# Kolja

Boeken van Arthur Japin
bij De Arbeiderspers:

*Magonische verhalen* (1996)
*De zwarte met het witte hart* (roman, 1997)*
*De vierde wand* (verhalen, 1998)
*Magonia* (verhalen en filmscenario, 2001)
*De droom van de leeuw* (roman, 2002)
*De vrouwen van Lemnos* (choreografisch scenario, 2002)
*Een schitterend gebrek* (roman, 2003)*
*Alle verhalen* (2005)
*De klank van sneeuw* (twee novellen, 2006)*
*De grote wereld* (Boekenweekgeschenk, 2006)*
*De overgave* (roman, 2007)*
*Zoals dat gaat met wonderen*
*Dagboeken 2000-2007* (2008)*
*Vaslav* (roman, 2010)*
*Kussenboek* (citaten, 2011)
*Maar buiten is het feest* (roman, 2012)*
*De man van je leven* (roman, 2013)*
*De gevleugelde* (roman, 2015)*

*Deze titels zijn ook verkrijgbaar als
luisterboek bij Uitgeverij Rubinstein

Bezoek ook www.arthurjapin.nl
www.facebook.com/arthur.japin
Twitter: @arthurjapin

Arthur Japin

# KOLJA

Roman

Uitgeverij De Arbeiderspers

Amsterdam · Antwerpen

MIX
Papier van verantwoorde herkomst
FSC® C004472
FSC www.fsc.org

Eerste, tweede en derde druk september 2017
Vierde druk oktober 2017
Vijfde druk december 2017
Zesde druk december 2017
Zevende druk maart 2018
Achtste druk november 2018



Omslagontwerp: Mijke Wondergem
Omslagillustratie: Ilja Repin, *Portret van een jongen*, 1884
The Metropolitan Museum of Art, New York

ISBN 978 90 295 2824 5 / NUR 301
www.arbeiderspers.nl
www.arthurjapin.nl

Pjotr en Modest Tsjaikovski met Nikolaj Konradi
en Sofja Jersjova, Palavas-les-Flots, juli 1876

*Voor Lex Jansen en Benjamin Moser*

# Inhoud

# I

*Wat is eer? Een woord. Wat is er eerbaar aan dat woord? Wat is die eer? Lucht. Mooie beloning! Wie heeft eer? Hij die woensdag is gestorven, voelt hij eer? Nee. Hoort hij eer? Nee. Het valt niet te voelen. Niet voor de doden.*

– Falstaff in HENRY IV,
William Shakespeare

# I

Ik zag het al vanaf de Nevski Prospekt, nog voordat ik de straat in liep.

In de verte had zich voor het huis een menigte verzameld, hoofd in de nek, hopend op een glimp van het onnoemelijk verdriet daarboven. Op de vijfde verdieping stonden, ondanks het vroege uur en de ijzige wind die vanaf de Neva door de straten joeg, alle ramen wijd open.

Ik versnelde mijn pas, alsof na een nacht ononderbroken reizen die laatste honderd meter nog iets uitmaakte.

Een theeventer wrong zich door de wachtenden, die daar sinds middernacht al stonden. Waterdamp hing rond de samowaar die hij op zijn rug droeg. Zijn klanten warmden hun verkleumde vingers aan de wolkende kommen. Een melkkar had de oploop ook gevonden. Een jongen met een plateau *kartosjka*-cakejes deed goede zaken, een paar boerinnen, zeulend met een mand vol antonovka-appels, minder.

Wie niet wist wat hier gaande was, had het voor een buurtfeest kunnen houden: rood aangelopen koppen met her en der een glimmer van sensatie. Hun opwinding leek op die van de wachtende meute buiten de hekken van een regimentsbal, en toch... Er is iets aan de dood wat de levenden doortrilt. Zijn loodzware aanwezigheid beperkt zich niet tot de ontslapene, maar sijpelt door de kieren van het sterfhuis en doordrenkt ons van een doodsbesef, dat meestal niet veel meer is dan de opluchting dat wíj goddank, ondanks alles, nog in leven zijn.

Deze schuldige gewaarwording, aan andermans pijn te zijn ontsnapt, verenigde de mensen voor de deur van de Morskajastraat. Hun mededogen en de vroomheid van hun gebeden zijn er niet minder om, maar het idee voorlopig nog een lengte op het onvermijdelijke voor te liggen werkt op een massa even aanstekelijk als vrolijkheid of bloeddorst.

Eén blik op die koppen en ik wist dat ik te laat kwam.

Sommigen probeerden, alsof ik voordrong bij de avondkassa van het Aleksandrinski, mij de doorgang te beletten. Anderen dachten dat ik voor de ophef kwam en klampten mij aan om mij op de hoogte te brengen van de laatste geruchten, maar ik sloeg mijn blik neer, zodat ik niet wist wat ze zeiden.

Dit is een van de voordelen van mijn gebrek, woorden waar je niet aan wilt, sluit je moeiteloos buiten.

Van allen was Sofronov de enige die ik herkende.

'Aljosja!' riep ik, verbaasd hem voor de deur te vinden in plaats van binnen bij zijn meester, maar in alle verwarring ging mijn stem verloren.

Vreselijk zag hij eruit. Hij was nog geen tien jaar ouder dan ik, maar deze ochtend oogde hij als een oude man, gebogen, zo goed als bezweken, leek het, onder zijn verlies en de worsteling van de afgelopen dagen.

Pas toen ik hem bij de arm greep, keerde er wat leven in hem terug.

'Och nee toch, Nikolaj Hermanovitsj!'

Een paar tellen keek hij mij alleen maar aan, alsof hij eerst nog moest bevatten dat het leven ons werkelijk tot dit punt had gebracht.

'Kunnen we niet naar binnen?' vroeg ik, want woorden vang ik het snelst in rust.

Hij schudde zijn hoofd en begon te huilen.

'Ze willen er niemand bij. Ze staan erop.'

'Wie?'

'In de kleine salon ligt hij. Op het Ottomaanse bankje. Daar is het ook gebeurd. Vanmorgen, iets over drieën. Ik wil er niet aan denken. Dat hij daar nu zo ligt. Terwijl ze bezig zijn.'

'Wie in godsnaam? Waar zijn ze mee bezig?'

'Met de ontsmetting. De Commissie van gezondheid.'

'Dus het was cholera?'

Opnieuw keek Sofronov mij aan.

Zijn blik bleef leeg alsof hij mijn vraag niet had begrepen.

'Ze volgen de procedure.' Hij haalde zijn schouders op. 'Mijnheer Modest heeft ze ontboden.'

Ik keek rond of die ook ergens in de menigte stond.

'Hij is nog boven. Mijnheer wil zo dicht mogelijk bij zijn broer blijven en heeft zich op zijn kamer opgesloten. Dat had ik ook moeten doen. Ik had bij hem moeten blijven, jawel, na al die jaren, ik had bij hem moeten blijven! Maar als iemand mij stuurt, dan ga ik, dat ben ik zo gewend.' Met de rug van zijn hand droogde hij zijn wangen. 'Hierbuiten lijkt alles nog erger dan wanneer je naast hem zit.'

'Ik begrijp het niet. Moet Modests kamer dan niet ook worden ontsmet? En jullie zelf? Maak jij je geen zorgen?'

'Zorgen? Ik heb er niet genoeg over om ook nog aan mezelf te spenderen. Vanaf afgelopen donderdag heb ik Pjotr Iljitsj dag en nacht gewassen en verzorgd, en nu leven we...?'

'Maandag.'

'Maandag! Als er iets viel op te lopen, had ik het onderhand wel eens onder de leden.'

'Maar in alle ernst, cholera!'

Ik had al spijt dat ik Sofronovs arm had aangeraakt, maar zelf leek de bediende allerminst bezorgd om eventuele besmetting.

'Gisteravond nog hebben we hem in de tinnen badkuip getild. Op een beddenlaken, met zijn allen, ieder sjorrend aan een hoek: mijnheer Modest, mijnheer Bob en ik, zei de gek. Niet om nog iets te verhelpen, maar om zijn lijden te verlichten. Hooguit in de hoop misschien op die manier het plassen nog op gang te krijgen. Och, hij had zo'n pijn. Maar hij wou niet, dat stuk eigenwijs, al dagen niet. Bleef maar weigeren in bad te gaan omdat mevrouw hun moeder op die manier gestorven is. In bad. Het is dat hij uiteindelijk te ver heen was om nog te protesteren, maar anders...'

Ik gebaarde hem wat rustiger te spreken. Het is als hardlopen, iemands lippen te lezen. Soms raak je even achterop, dan trek je een sprint om je achterstand in te halen, waarna je je balans hervinden moet en energie vergaren om weer gelijk op te kunnen gaan.

'Maar ik begrijp niet dat je meester gewoon thuis heeft kunnen sterven,' sputterde ik. 'Waarom is hij niet naar het keizerlijk hospitaal gebracht? Meteen bij de eerste symptomen al.'

'U zegt het.'

'En ook nu nog blijft hij hier?'

'Hij ligt er prachtig bij. Alsof hij elk moment nog eens zou kunnen ademen.' Sofronov begon opnieuw te huilen. 'Alsof hij slaapt. U zult het zien.'

'Is de kist nog open dan?'

'Ik zeg toch, hij ligt nog op de sofa. Niks aan de hand, gewoon alsof hij elk moment wakker kan worden.' Hij keek rond. 'Zie nou toch, wat een belangstelling!' In de korte tijd dat wij daar stonden was de groep wachtenden alweer gegroeid. Dit deed hem goed. 'Iedereen hield van mijnheer. Heel Petersburg zal hem nog eens willen zien.'

Ik zweeg. Opbaren leek mij uitgesloten. Ik wist niet beter of het is een wettelijke verplichting ieder slachtoffer van een besmettelijke ziekte ogenblikkelijk te kisten en zijn kist te verzegelen. Zeker met een epidemie in de stad, zoals deze herfst, wordt die regel streng gehandhaafd.

Ik zei tegen mezelf dat Aljosja Sofronov in de war moest zijn. Vanaf zijn twaalfde jaar was de arme kerel zelden langer dan een paar uur van Tsjaikovski's zijde geweest. Dat hij het aanschijn van zijn lieve meester nog zou kunnen zien tijdens een wake, leek mij de irreële hoop van zijn gebroken hart.

Hij las mijn stille gêne en boog naar me toe, vertrouwelijk.

'De dood op zichzelf is al zo'n raadsel, Nikolaj Hermanovitsj.' Nu was het zijn hand die mijn arm nam. 'Waar komen wij vandaan, waar gaan wij heen? Onderweg van de aarde naar de hemel doemen zoveel vragen op die nooit een antwoord krijgen. Eentje meer of minder maakt dan ook niet uit. Laat het rusten, Kolja.'

Sinds ik tien was had hij mij niet meer zo genoemd. Mij zo beetgepakt had hij nog nooit. Hij verstevigde zijn greep op mijn arm, dringend, alsof hij op het punt stond mij dooreen te schudden.

'Wat je vandaag hier verder ook nog ziet of hoort,' sprak hij, 'neem het zoals het komt. Alsjeblieft. Bij een verdriet als het onze is het beter geen vraagtekens te zetten.'

De voordeur werd opengegooid. De indringende geur van mercurochloride sloeg ons tegemoet.

Drie witgejaste werknemers van de Commissie van gezondheid stapten naar buiten. Zij droegen doktersmutsen, handschoenen en mondkapjes, die zij nu lostrokken om schone lucht te happen.

Sofronov hield de mannen staande. Hij wisselde enkele woorden met hen, maar zij stonden met hun ruggen naar mij toe, dus ik kon hun lippen niet lezen. Zodra zij wegliepen, week de menigte voor hen uiteen.

'Het is in orde.' De bediende hield de deuren voor me open. 'De voorstelling is ten einde. We mogen er weer bij.'

Alle klokken waren stilgezet, de spiegels afgedekt met zwarte lappen. Familieportretten waren met de afbeelding naar de wand gehangen opdat de voorouders het verdriet van hun nageslacht niet zouden zien.

Ik durfde niet meteen naar de kleine salon te lopen. Moed om Modest onder ogen te komen moest ik helemaal nog vatten, zodat ik Sofronov vroeg mij eerst even in de ontvangstruimte te laten, waar ik op dat moment de enige was.

Hij bood aan mij een versnapering te brengen, maar eten of drinken als er een dode in huis ligt, lukt mij niet.

Fris was het overal. Toch liet ik de ramen open. Op de hele verdieping hing, ondanks de desinfecterende middelen, een weeë geur, niet van ontbinding – die moest nog inzetten – maar van ziekte, in het bijzonder een van het innerlijk gestel en alle ongelukjes die deze met zich meebrengt.

Die lucht droeg niet bij aan mijn waardering van het appartement, dat erg somber bleek te zijn.

Modest, Pjotr Tsjaikovski's broer, woonde hier samen met Bob Davidov, hun beminde jonge neef, laatstejaars rechten, de zoon van hun zuster.

Nog geen maand geleden hadden die twee, na onze breuk, hun intrek hier genomen, maar dit verklaarde maar ten dele de sobere inrichting. Ik herkende twee stoelen en een tafel die ze hadden meegenomen uit mijn huis aan de Fontanka, dat ik hen gesommeerd had te verlaten.

Zij waren er bepaald niet op vooruitgegaan. Het groene tegelwerk op de centrale schouw vertoonde barsten, de tapijten waren sleets, het meubilair was bij elkaar geraapt. Kennelijk had Modest nog geen ander gevonden op wiens zak hij teren kon, en moest hij nu zien rond te komen van zijn schrijverij.

De armoede deed mij verdriet. Ik had gedacht dat zijn

oudere broer wel zou bijspringen. Modest hield hier een eigen kamer voor hem vrij voor het geval dat hij in de stad een opvoering van een van zijn opera's of balletten wilde bijwonen. Gebruik had Pjotr Iljitsj er amper van kunnen maken, behalve dan in de afgelopen noodlottige weken.

Nog voordat Bob Davidov binnenstormde, herkende ik in het dreunen van de loszittende vloerplanken zijn kordate tred. Hij had nog geen bezoek verwacht en stevende, verzonken in gedachten, af op het dressoir.

'Konradi!' Twee tellen had hij nodig om tussen alle verdriet zijn hartelijkheid te hervinden, waarna hij het schetsblok dat hij onder zijn arm droeg op tafel wierp en met uitgestrekte armen op mij afkwam. Wij kusten elkaar als vroeger, maar daarna liet hij niet zomaar los. 'Och, te laat, Kolja, alles, het is allemaal voorbij. Wie moet ons nu door het leven leiden?'

Zijn vingers klampten zich vast aan de stof van mijn jas. Hij was eenentwintig, vier jaar jonger dan ik, en droeg zijn militaire uniform, maar hij drukte zich tegen me aan zoals een kind doet bij zijn vader. Ik wist niets beters te bedenken dan hem over zijn haren te strelen. Hij legde zijn hoofd op mijn schouder en liet het gebeuren.

'Wij zijn nu volwassen,' troostte ik. 'Jij en ik, wij zijn al ergens. Het is niet meer zoals vroeger, Petja en Modest hoeven ons niet meer bij de hand te nemen.'

Hij maakte zich los, liep naar het dressoir, zoals hij van plan was geweest, schonk een glas wodka in en sloeg het achterover.

'Misschien geldt dat voor jou,' zei hij. 'Jij hebt je fortuin, je landgoed, je bedrijf. Allemachtig, je hebt nu zelfs een verloofde gevonden.'

'Je zou het eens moeten proberen,' schoot ik in de verdediging, maar het was niet als verwijt bedoeld.

'Maar ik, wat ben ik anders dan een lege koffer...' Met

een grimlach schonk hij zichzelf nog eens in. 'Dat ik wel degelijk bagage heb, heeft Petja mij een keer gezegd. Om me op te beuren. Dat ik het wel in me heb, al weet ik het zelf niet, maar dat het allemaal dooreen ligt. Dat ik mijn inhoud alleen nog hoef te schiften, hield hij vol. Dat het in mij allemaal eerder te veel is dan te weinig, net als bij hemzelf, dat ik meer bij mij draag dan ik onderweg nodig zal hebben. Mijn koffer inpakken! Gladstrijken en opvouwen moet ik de boel. Stapeltjes maken. Kiezen wat wel mee op reis gaat door mijn leven en wat niet. En ondertussen...'

'"Meer lezen, meer leren." God ja,' verzuchtte ik, 'ik zie het hem zeggen: "Geniet van je jeugd, jongens, koester jullie tijd en talent."'

'Uiteindelijk heeft toch niemand hem gekend zoals jij en ik, Kolja. Niemand. Niet op die manier.' Bob grabbelde een handvol krijtjes uit een la van het dressoir. 'Dat ik meer met mijn muziek en met mijn tekenen moest doen. Dat waren de twee dingen waar hij bij mij altijd op hamerde: mijn solfège serieuzer nemen en vooral nooit een dag voorbij laten gaan zonder een tekening te maken. Nou, dat zal hij weten ook! Kom mee.'

Hij griste zijn schetsblok van tafel en nam mij bij de hand.

'Misschien kan ik beter even wachten op Modest.'

'Geen tijd. Zo meteen zetten ze beneden de poorten open en dan is Petja voorgoed van hen. Ze staan er allemaal, collega's, leerlingen, bewonderaars. Heb je dat niet gezien? Zij komen dadelijk boven. Dan zijn wij hem voor altijd aan hen kwijt. Even nog is hij van ons, wij moeten voortmaken.'

Hij trok mij mee de gang op, ongedurig als een schooljongen bij aanvang van het speelkwartier. In zijn zenuwen bleef hij aan het woord, maar als er veel tegelijk gebeurt, mis ik de helft.

Voor de ingang van de kleine salon liet Bob mij los om met drie vingers een kruis te slaan. Hij ademde een keer diep in en uit, keek mij zijlings aan om te zien of ik er klaar voor was, en opende de dubbele deur.

Pjotr Iljitsj lag nog in zijn kamerjas. Op de Ottomaanse sofa, precies zoals Sofronov gezegd had.

Aan het hoofdeinde was een beeltenis geplaatst van Christus aan het kruis, waarvoor een waskaars brandde. Het minste vlamgeflakker deed de schaduwen op het ingevallen gelaat bewegen, alsof er in de kassen en de groeven, in de lippen zelfs, een restje leven school.

Een glimlicht op het hoge voorhoofd. Door de witte baard, vol als altijd, leken nu de neus en wangen smaller. Mogelijk waren ze dat door het grote lijden ook. Gelig was zijn huid. Als perkament.

Bob Davidov had een stoel gepakt en was bij het lichaam aangeschoven, zo met de dode vertrouwd als alleen degene zijn kan die hem bij de laatste adem in zijn armen hield – een innigheid die even kort van duur als eeuwig is.

De jonge man sloeg zijn ene been over het andere, klapte zijn schetsblok open en steunde het op zijn knie. Hij kneep zijn ogen samen en bestudeerde zijn onderwerp alsof het een model was van de academie. Uit een zak van zijn uniformjas viste hij een stompje houtskool, dat hij boven het papier liet zweven.

'Een staande ovatie hebben zij hem gegeven,' sprak hij zonder zijn blik van zijn oom te laten afdwalen. 'Vorige week bij de première van zijn nieuwe werk.'

'Ja, was het een succes?'

'Een week! Niet te bevatten. En toch is het zo: acht dagen geleden maar en hij presteerde op de toppen van zijn kunnen.'

'Een symfonie, las ik.'

'Zijn zesde. Mensen wisten niet wat ze er van moesten denken natuurlijk, zo vol, die muziek, zo beladen. Die ovatie verdiende hij vooraf, om wie hij is, enkel door voor het orkest te verschijnen. Na afloop klonk het applaus plichtmatig. Gewone mensen, hoe moeten die ook snappen wat er in hem omgaat...' Hij stokte en keek me aan. 'Omging. We moeten leren de verleden tijd te gebruiken, ik weet het, maar ik krijg het mijn bek gewoon nog niet uit.'

'Teleurgesteld zeker dat het niet aansloeg?'

'Meer nog dan normaal. Dacht dat het aan hem lag, dat hij niet intens genoeg gedirigeerd had.'

'Zo'n kater overviel hem na elke eerste opvoering.'

'Maar dit keer, hij was er heilig van overtuigd dat het zijn allerbeste werk was en kon maar niet begrijpen dat geen mens dat wou inzien, de musici zomin als het publiek. Gek genoeg vond hij het voor mij het ergste.'

'Voor jou?'

'Het werk is aan mij opgedragen. En nou schaamde hij zich, de gek. Zo'n lauwe ontvangst. Alsof hij mij iets had cadeau gedaan dat niets waard bleek. Had gehoopt een dergelijk gebaar te maken met een van zijn successen. Maar mij maakt het niet uit...' Hij boog voorover, bevrijdde een van de gevouwen handen en hield die tegen zijn wang, terwijl hij tegen het lijk sprak alsof het hem kon horen: '... dat weet je toch? Mijn naam daar naast de jouwe te zien staan, dat is het enige wat telt, mijn vriend, mijn lieve vriend. Dat weet je wel, jawel, dat weet jij best.'

'Ik vraag me af,' onderbrak ik aarzelend, 'of je hem wel zo aan moet raken.'

De jongeman keek naar me op, verstoord, verbaasd.

'In verband met de ziekte,' voegde ik er ter verduidelijking aan toe.

'Ach ja.'

Bob dacht na en knikte.

'Dat is ook zo. De ziekte.'

Hij plaatste de hand terug. Dit deed hij nogal omstandig, zoals een schilder zijn model positioneert. Alsof hij hem herschikte voor een betere lichtval.

'De natuur is eruit,' klaagde hij. 'Vanochtend moesten we hem versjouwen, Modest en ik. Op tafel leggen, zodat Sofronov hem wassen kon en omkleden. Er was zo'n kerel hier, goddank, een van de eersten die met bloemen kwam, muziekstudent, Sergej Pavlovitsj, er als de kippen bij. Die heeft ons geholpen. Samen met Rimski-Korsakov, die kwam als tweede. Eerst hebben we hem versjouwd van de sofa naar de tafel en daarna weer terug. Je hebt geen idee hoe loodzwaar zo'n lichaam wordt wanneer de geest er eenmaal uit is, alsof die tot dan toe alles overeind gehouden heeft. En daarna... je krijgt het nooit vanzelfsprekend meer in vorm.'

Hierna viel hij met de houtskool in driftige halen op het lege vel papier aan.

Van de beeltenis die daarop ontstond, gleed mijn blik, ter vergelijking, naar het origineel en durfde daar nu pas op te blijven rusten.

In mijn hoofd probeerde ik hetzelfde te doen wat Bob deed op papier, nog in alle haast iets vastleggen wat wij hierna nooit meer zouden mogen zien, de vormen waar wij zo van hielden: de boog van een wenkbrauw, de lijn van de neus, al die uiterlijkheden die, hoe onze herinnering haar best ook doet, gedoemd zijn te vervagen. Alsof we er bij leven niet voldoende op hebben gelet.

Zelfs nu al kon ik me nauwelijks nog voorstellen hoe van die bloedeloze lippen ooit iets viel te lezen, hoe warm de handen, die al paars aanliepen, hadden gevoeld wanneer ze streelden. Arm vlees, dat zo vol levenslust van ons gehouden heeft, hoe daar ooit een wil in zat die een heel orkest kon samenbrengen en wist te bewegen tot een maat. Hoe blauw nu ook alweer precies het blauw was van de ogen onder die gesloten leden. Dat hart, wat daar nog aan muziek in zat!

Van Petja's meesterstukken heb ik er zelden een gemist. Sterker, sommige zijn in hem opgeweld terwijl ik met mijn blokkendoos of mijn soldaatjes aan zijn voeten lag. Hoe vaak zat ik niet met mijn schrift bij hem aan zijn werktafel? Soms las ik de maten mee terwijl hij ze noteerde. Dat ik ze nooit zou kunnen horen, deed aan de innigheid niet af.

Alle concertzalen heb ik vanbinnen gezien. Aan musiceren werd het allerhoogste belang gehecht. Voor mij bleef het onvatbaar, maar de wereld leek erom te draaien. Bij ieder belangrijk werk zat ik vooraan, soms al tijdens de repetities.

Dat ik Petja's muziek niet horen kan, wil niet zeggen dat ik die niet heb ervaren. Tot in de longen trilt een symfonieorkest, golvend door het lichaam. Hoe dichterbij je komen kunt, hoe meer je ervan meekrijgt. Op ruggengraat en botten breken ritmes. De buikholte vangt de intensiteit, crescendo, decrescendo. Zo drong Tsjaikovski tot mij door.

Terwijl Bob hem aan het schetsen was, vocht ik tegen mijn verlangen Petja aan te raken. Ik dacht erover mijn hand tegen zijn slaap te leggen. Niet de palm, maar de buitenkant. Van voor naar achter zou ik over zijn haren kunnen strijken. Nog één keer door zijn hals misschien.

Ik stelde me voor hoe koud het hoofd zou aanvoelen; hoe het als met tegenzin op mijn beweging log wat heen en weer zou gaan. Er stond een waterstandaard met carbol, ik had me daarna kunnen ontsmetten.

In plaats daarvan probeerde ik me te herinneren wanneer ik voor het laatst zijn warmte had gevoeld.

Contact leg je met mij, al sinds de wieg, het makkelijkst via de huid. Mij suste mijn moeder niet met woordjes, maar door te trommelen met haar vingers op mijn wang. Met een vingerstreek liet zij mij weten dat zij waakte, met een kriebel in mijn handpalm dat het tijd was om te drinken.

Het snelst vangt men mijn aandacht, en die van andere doven, door een hand te plaatsen op mijn arm, even op mijn schouder, op mijn knie. (Een plek die ik zien kan, graag; tik mij onaangekondigd op mijn rug en ik verschiet.)

Mijn verbinding met het leven blijft in de eerste plaats tactiel. Lichaamswarmte, wrijving, tinteling, een greep die ferm is of juist zacht, maar daardoorheen iets anders nog, een ontlading van degene tegenover mij, zijn energie waarneembaar, prikkelzacht als zomerregen op een handpalm.

Ook nu ik dan spreken kan, na alle moeite die ik daarvoor heb moeten doen, haal ik nog steeds uit iemands handdruk meer essentiële informatie dan uit een avond lang met hem praten. Ik kan er ook zelf meer in kwijt. Huid geeft zich onomwonden prijs aan huid.

Een lijf drukt zoveel meer uit dan een zin. Zeker het mijne. Aan mij zijn het de handen die formuleren, vingers die uiteenzetten, armen die hun punt maken, de oogopslag die articuleert. Alles aan mij is sprekender dan mijn stem.

Halverwege zijn schets hield Bob het blad op armlengte om het resultaat te beoordelen. Met een vinger doezelde hij hier en daar wat lijnen en hij bestudeerde ze daarna opnieuw.

Hij zei iets, maar dat zag ik niet, waarop hij met een handgebaar mijn aandacht naar zijn lippen trok.

'Die ziekte waar jij zo bang voor bent,' sprak hij, 'die

kwaal waar Petja aan onderdoor is gegaan, die kwam niet van binnen, maar van buiten. Al die mensen. Die lui, daarbeneden, dat is het ware gif. Met zijn allen hebben zij hem uiteindelijk genekt. Als hij vandaag onaanraakbaar is, is dat omdat zij hem dat hebben gemaakt. Maar wij, die van hem houden... Wij die van hem hielden, laten wij hem in godsnaam blijven omhelzen. Nu het nog kan. Als wij het niet doen, Kolja, wie dan?'

Hij blies aandachtig wat houtskoolrestjes weg. Een hardnekkig brokje probeerde hij eerst met de zijkant van zijn hand en daarna met een nagel van het papier te krijgen. Toen het niet in één keer lukte, vloekte hij en wierp alles, totaal onredelijk ineens, met grote kracht de kamer door, het tekenblok, de krijtjes en de houtskool, die tegen de wand vloog en in stukken brak.

'Angst en domheid, dat meedogenloze systeem van middelmatigheid, dat bange mensen veiligheid verschaft. Zij rusten niet voordat zij ons allemaal zullen hebben uitgeroeid. Ons allemaal!'

Hij boog over het lijk en kuste het.

'Idioot.' Hij zei het liefdevol. 'Altijd maar iedereen en alles proberen te verzoenen!'

Een werkman verscheen in de deuropening met zijn pet in de hand.

'Op vergiffenis hoop ik, heren,' sprak hij opgelaten, 'en op begrip zowel van God als van u beiden.'

De kerel, die het dodenmasker kwam maken, droeg een lederen voorschoot en werd geflankeerd door twee kinderen. Het ene was een jongen van een jaar of tien, die twee zware emmers torste, eentje met gips en eentje met water, het andere een meisje van hooguit zeven, haar armen vol gereedschap. Het hele stel had de mouwen opgestroopt alsof ze het plafond kwamen witten.

'Het is alleen... veel langer kunnen wij niet wachten.

Niet als we nog enigszins het leven willen vangen.' Voor het opgebaarde lichaam sloeg hij een kruis en boog diep.

Het kleine grut ontvouwde, om het parket te beschermen, in een hoek van de rouwkamer een zeildoek, waarop ze water door het gips begonnen te mengen.

'De droogtijd bedraagt hooguit vijftien à twintig minuten dankzij een geheim procedé, ontwikkeld door mijn vader en door ondergetekende vervolmaakt. Drie generaties doen wij dit werk nu, jawel, mijn opa heeft de grote Poesjkin zelf nog mogen doen. Drie generaties, en de vierde ziet u bezig.'

Met witte neuzen van het stuifsel hing zijn kroost boven de emmer, erin roerend met een spatel.

'Wil jij Modest laten weten dat ik hier ben?' zei ik toen Bob Davidov zijn spullen van de vloer raapte en wegliep.

De maskermaker bracht eerst een onderlaag van vaseline aan en daarop zwachtels, die hij in het mengsel had gedrenkt. Zijn dochter kwam naast Pjotr Iljitsj staan. Handjes op de sofa, kin op een armsteun zag zij toe hoe zijn gezicht onder het gips verdween.

'Jij durft!' riep Modest toen hij binnenstapte.

De werkman gaf zijn kinderen een teken zo onopvallend mogelijk te vertrekken.

'Hoe is het mogelijk?' gromde hij. 'Wat heeft dit in godsnaam te betekenen? Wie heeft jou binnengelaten?' Hij beende door de kamer als een beer door een kooi. 'Dat jij zou durven komen, Kolja, hier! Een normaal mens kan het niet verzinnen, anders had ik wel opdracht gegeven jou de toegang te beletten.'

'Om te beginnen wil ik jullie mijn medeleven betuigen.'

'Niet nodig.'

'Werkelijk, het spijt me zo.'

'Te laat.'

Hij cirkelde rond het lichaam van zijn broer. Af en toe stond hij tegen het licht zodat ik niet alles kon volgen wat hij zei.

'Wat een onmetelijk verdriet,' ging ik onverstoorbaar verder. 'En zo volledig onverwacht, wat is er toch gebeurd?'

'Lees jij de kranten niet? Hij heeft ongekookt water gedronken. Ongekookt water, het staat overal te lezen. Daarvoor hoef je ons dus niet lastig te vallen. Kom je gnuiven of wat is het?'

'Alsjeblieft, Modest, ik kom in vriendschap. Met verdriet.'

'Met een vergiet? In godsnaam, man, articuléér!'

'Ver-driet,' herhaalde ik gedwee. 'Uit goede wil ben ik hier. Ik kom vanwege Petja.'

Hij snoof minachtend.

'Dacht jij dat die jou hier zou willen hebben?'

'Ja,' zei ik ferm. 'Ja, dat denk ik zeker.'

'De vuige moed!'

Hij greep mij bij mijn arm, klaar mij de gang op te werken en uit huis te zetten, maar ik verzette me.

'Ik weet dat hij mij hier wou hebben,' hield ik vol, 'omdat hij mij zelf heeft gevraagd te komen.'

'Wat betekent dat?'

'Sterker, hij heeft het me gesmeekt.'

Modest verstevigde zijn greep, wij stonden borst aan borst. Het zal me toch niet gebeuren, dacht ik, dat we de sterfkamer van Pjotr Iljitsj tot boksring verbouwen.

'Dezelfde dag dat ik zijn brief kreeg, ben ik afgereisd.' Ik rukte me los en trok mijn jas recht. 'Alleen daarom ben ik hier, Modja. Ik kom net in de stad aan, vanmorgen had ik van jullie beproeving zelfs nog geen notie, pas op het station zag ik de bulletins. Ik had geen idee dat je broer ziek was, laat staan dat ik te laat zou komen om hem nog te spreken.'

'Wat is dat voor brief? Wanneer is die geschreven?'

'Afgelopen donderdag.'

'Uitgesloten, afgelopen donderdag lag hij al op bed.'

'Daarover heeft hij met geen woord gerept.'

'Waarover dan wel? Wat heeft hij geschreven?'

Ik aarzelde. De plek, de omstandigheid, ik wist niet hoe Modest het zou opvatten.

'Waar dénk je dat het over ging?' zei ik voorzichtig.

'Weet ik het,' zei hij geërgerd. 'Als hij schreef zoals hij over jou dacht, schold hij je waarschijnlijk pagina na pagina de huid vol.'

Als het aan mij lag, was ik opgestapt, maar het leven heeft mij aan de broers Tsjaikovski verplicht. Om tijd en kalmte te winnen draaide ik me weg en keek naar buiten.

Het kruispunt van de Malaja Morskaja- met de Gorkhovajastraat zag zwart van de mensen. Vanaf het Alexanderpark stroomde alleen maar meer volk toe, in banen geleid door cadetten van de Keizerlijke Marine, die waren aangetreden vanuit het Admiraliteitsgebouw.

Wagens waren in de oploop vastgeraakt. Een koetsier bedreigde met zijn zweep het rouwbezoek dat hem de weg blokkeerde.

Heeft ooit een zoon van Rusland zo'n mensenmassa op de been gekregen als onze Petja deze dag?

Het was diens laatste wens waaraan ik gehoor kwam geven. Ik mocht die niet verzwijgen. Dus liep ik op Modest toe en keek hem aan.

'Die brief van hem,' zei ik, 'ging over jou en mij.'

## 2

### NOTITIES VAN MODEST
### [UIT: CAHIER I – 1875]

*Grankino, Oekraïne*
*12 december 1875*

De jongen gezien. Het zal niet meevallen.

Zijn wereld is klein en angstig. Hij is er alleen en wil niemand toelaten. Het minste of geringste maakt hem aan het schrikken. Aanraking is uitgesloten. Contact maakt hij liever niet. Alsof de aanwezigheid van anderen hem pijn doet.

Hij hoort niet, spreekt niet; lezen of schrijven kan hij evenmin. Van het hele concept taal geen notie.

Als een hondje zit hij op een oude deken in een hoek van zijn kamer op de grond. Om zich heen een paar houten soldaatjes, maar die lijken hem nauwelijks te interesseren.

Eentje hield hij in zijn hand, ondersteboven. Hij sloeg daarmee op zijn borst, een mechanische beweging zonder ziel of zin, onophoudelijk het poppetje met het rode uniform beukend tegen zijn hart.

Hij is spichtig en schijnt ook weinig lust te hebben om te eten, waardoor hij klein is voor zijn bijna acht jaren. Zijn blik is droef, zijn trekken zijn ernstig. Zijn algehele aanblik is miezerig. Hoewel hij daar warm en droog zit, oogt hij verregend. Alles hangt: zijn ogen, zijn mondhoeken, zijn haar. Dit vergroot de indruk dat hij niet in zijn omgeving past, die rijk en kleurig is. De Konradi's zijn vermogend. Het ontbreekt hem aan niets, maar het kind zit er verloren tussen, niet wetend wat hij met de dingen en de mensen aan moet. Een mormel dat in de nacht per ongeluk ergens naar binnen is geslopen, daar heeft hij nog het meeste van weg, een dier dat zich, wanneer het licht wordt, op een plek gevangen weet waarvan het in zijn paniek de uitgang niet kon vinden.

Zodra hij merkte dat iemand zijn kamer binnen was gekomen, verstarde hij, waakzaam alsof hij kon worden aangevallen. Hij keek mij niet aan, staarde naar de muur, maar hield mij vanuit een ooghoek wel degelijk in de gaten.

Ik deed vooral moeite me niet aan hem op te dringen. Er was geen haast, want ik had opdracht gegeven dat wij ten minste een uur lang door niemand mochten worden gestoord. Enig plan had ik niet, omdat ik geen idee had wat ik zou aantreffen. Zijn stemmingen wisselden, was mij verteld, maar vooralsnog leek hij rustig.

Ik liep eerst eens naar een van de ramen en keek een tijd over de velden alsof die mij meer interesseerden dan het kind. Ze waren kaal en bevroren. Kraaien zwermden hongerig in het spoor van de rentmeester, die in de verte te paard door de klei trok met op schoot zijn dochtertje, dat zich met twee vuistjes aan het zadel vastklampte.

Ik volgde hun tocht over de akker en na een tijdje merkte ik dat de jongen hetzelfde deed. Hij was op zijn knieën gaan zitten om over de vensterbank te kunnen zien.

Het was alsof zijn lichaam met de vogels meebewoog: vlogen zij op, dan veerde hij overeind, streken zij neer, dan zakte hij terug op zijn hielen.

In zijn nabijheid voel ik me een oplichter, alsof ik hier onder valse voorwendselen ben. Het idee dat ik dit zou kunnen, is gewoon absurd. Een groep studenten weet ik een college lang te onderhouden, ja, en dat dan nog ternauwernood, maar ik heb hierin toch geen enkele ervaring?

Vervloekt zij Petja, die mij dit opdringt. Misschien hoort een oudere broer de jongste op het rechte pad te dwingen, maar zo uitzichtloos was mijn toekomst in Sint-Petersburg nou ook weer niet. Na mijn studie heb ik rondgeluierd, ja, boven mijn stand geleefd en honderden roebels verkwist, maar om mij dan, onder het mom dat het om mijn bestwil is, te straffen met een herculeswerk als dit!

Alles met dank aan Boris Brovtsin, een van Petja's jaargenoten die bevriend is met de Konradi's. Hij was het die op een van hun reünie-avondjes wel een mooi baantje voor mij wist als opvoeder. Tel uit je winst! Alsof er geen simpeler manier is om mij van een inkomen te verzekeren. Het is dat ik op deze manier voldoende tijd hoop over te houden om te schrijven, anders had ik mij hier niet eens vertoond.

Onbegonnen werk, ver van enige beschaving!

Grankino is een mooi huis, zeker voor deze contreien, maar Aleksandrovka is een dorp van niks en een somberder provincie dan Jekaterinoslav vind je nergens. Dit hele district Novomoskovsk kun je als decor gebruiken voor een opvoering van *Armoei is geen schande.*

Ik trok mijn jas uit, knoopte mijn vest los, alles op zijn elfendertigst, en stroopte mijn mouwen op alsof ik in zijn kamer thuis was.

Na een klein kwartier merkte ik dat mijn desinteresse

de jongen verveelde. Eraan gewend, neem ik aan, het middelpunt te zijn, het zorgenkind om wie iedereen zich druk maakt, begon hij mijn aandacht te trekken, onnadrukkelijk eerst. Hij stond op, liep rakelings langs mij, pakte een tekenblok en potloden, en ging op de hoge stoel aan zijn lessenaar zitten schetsen. Bij dit alles sleepte hij de oude deken mee.

Dit was mij al verteld, hij kan er niet zonder. Onder die lap had hij in de wieg gelegen. Zelfs nu de gaten erin vielen, gaf hij het vod, als het in de was moest, alleen na een worsteling uit handen. Terwijl hij aan het werk was, hield hij het met zijn vrije hand tegen zijn wang gedrukt.

Ik besloot geen enkele belangstelling voor zijn tekening te tonen. Het was makkelijker geweest over te gaan tot de hysterie waarmee volwassenen gewoonlijk het gepruts van kinderen bejubelen, maar iets zei me dat eerlijkheid ons verder zou brengen.

Toen het hem te lang duurde, liet hij iets vallen. Ik raapte het niet op. Vervolgens gooide hij een propje door de kamer, daarna eentje naar mij, gevolgd door zijn vlakgum, dat mijn achterhoofd raakte.

In plaats van boos te worden verraste ik hem – het was het eerste wat me inviel – door op de vloer te gaan zitten, zíjn terrein. Hij, op zijn hoge stoel, keek nu op mij neer. Dat de rollen waren omgedraaid, leek hem te intrigeren. Met grote ogen keek hij mij aan en hij maakte, met de tong tussen de tanden, een tekening.

'Ben ik dat?' vroeg ik.

Hij dacht even na en stootte toen een kreet uit, zo onmenselijk dat ik moeite had me goed te houden.

Hierna ging ieder van ons door met dat waarmee hij bezig was. Ik schoof wat heen en weer over de planken, hij schetste, totdat hij uiteindelijk van zijn stoel sprong, zijn dekentje uitspreidde en weer bij zijn soldaatjes ging zitten.

Ik dacht dat ik wellicht nu met hem mee zou kunnen spelen, maar wat ik ook probeerde, hij ging volledig in zijn kinderwereld op en leek mij niet meer te zien.

Hier is geen leraar nodig, maar een arts. Dit kind is te ver heen. Het moet niet naar een school, maar naar een instituut. Ik mag het hem en zijn ouders niet aandoen, maar ook mezelf niet, dat ik me uitgeef voor een man die zou weten hoe je zo iemand zou kunnen helpen.

Toen mijn uur met de jongen erop zat, kwam Sofja Aleksandrovna binnen, juffrouw Jersjova, zijn gouvernante. Zij werd gevolgd door een bediende, die hem zijn middageten bracht. Het zat in een aardewerken kom, die voor het kind op de grond werd gezet.

'Wat is de bedoeling?' vroeg ik.

'Dat hij hem leegeet,' zei juffrouw Jersjova. 'Dit is elke dag de hoop, maar het gebeurt zelden. Ik stop hem tegenwoordig tussendoor iets lekkers toe. Dat zou niet moeten, dat weet ik wel, maar op die manier wordt hij in elk geval niet magerder.'

De jongen trok de kom naar zich toe en rook eraan.

'Waarom eet hij niet aan tafel?'

'Wij zijn het zo gewend.' Zij wilde gaan. 'Zolang wij erbij staan te kijken eet hij in elk geval niet. U en ik gebruiken de lunch met mevrouw Konradi, zij verwacht ons.'

Ik volgde haar, maar keek bij de deur nog een keer om. Zoals toen ik binnenkwam, zat de jongen met zijn gezicht afgewend, blik naar de muur.

'Komt u?' Juffrouw Jersjova stak haar arm door de mijne. 'Zodra wij weg zijn, is hij rustig.'

'Voelt hij zich dan bij niemand op zijn gemak?'

'Heus, zo is het goed. Kolja snapt onze wereld niet. Hij is beter af in de zijne.'

Ik wilde niets liever dan vertrekken, de familie mijn excuses maken en de eerstvolgende trein nemen, terug naar de bewoonde wereld, maar ik kon het niet.

Ik liep zijn kamer weer in en pakte de jongen zijn eten af.

Voor het eerst keek hij mij nu werkelijk aan. Zijn ogen lichtten op, even verrast als verontwaardigd. Na een tel spuwden ze vuur.

Hij wilde de kom terugpakken, maar ik hield hem buiten zijn bereik. De tweede keer dat hij ernaar graaide, lukte het hem de lepel te pakken, die eruit stak.

Hij sloeg mij ermee en hard ook, tweemaal op mijn arm, de derde keer tegen mijn hoofd. Ik griste hem zijn wapen uit handen, waarna hij het op een huilen zette, maar ik toonde geen genade, nam hem bij de hand en trok hem mee. Ik sleurde hem zijn kamer uit, weg uit zijn veilige wereld, de gang over, de trap af en de eetzaal binnen.

Alina Ivanovna Konradi, zijn moeder, sprong zo geschrokken op van tafel dat zij haar stoel omgooide.

'Wie heeft hier opdracht toe gegeven?'

'Niemand, mevrouw,' antwoordde de gouvernante. 'Dit is geheel en al mijnheer Tsjaikovski's idee.'

Zelf was ik te druk met de jongen aan het worstelen om mijn bedoeling toe te lichten. Ik moest hem bij zijn kraag op afstand houden, want hij schopte naar mijn schenen.

'Wel mijnheer, ik moet zeggen, dit is niet wat wij voor Kolja in gedachten hadden!'

'Dat ben ik me bewust, mevrouw.'

Een ruk aan het tafelkleed, een kaars viel om, een glas rolde op de grond. 'Mij is om een revolutionaire aanpak gevraagd, als laatste redmiddel, onorthodox...'

Ik gaf de huishoudster, die was toegesneld om Alina Ivanovna's stoel recht te zetten, opdracht een extra couvert voor de jongen te dekken.

'...maar ik dacht: voordat wij het ongewone uitproberen, is het misschien goed eerst een normále situatie te creëren.'

Ik plantte Kolja in een stoel. Hij keek de tafel rond en volgde, deels argwanend, deels geïntrigeerd, de bediening, die tafelzilver voor hem neerlegde.

'In ieder ander huis mag het normaal zijn, met zijn allen aan tafel, maar helaas, Modest, dat is het voor ons al heel erg lang niet meer.'

'Mooi zo.' Ik sloeg mijn servet open en schoof aan. 'In dat geval is mijn aanpak dus wel degelijk revolutionair.'

Ik nodigde iedereen uit zo min mogelijk aandacht te besteden aan het kind, te tafelen zoals ze gewend waren en daarbij een zo gewoon mogelijk gesprek te voeren.

Zodra Kolja merkte dat iedereen zat, kwam hij tot rust en keerde, zoals hij gewend is, in zichzelf.

Zijn doofheid is aangeboren en ongeneeslijk. De gehoorbeentjes zijn onherstelbaar misvormd.

Toen zijn vader, de landbouwkundige en grootgrondbezitter Herman Konradi, kort na de geboorte doorkreeg dat zijn zoon hem niet kon horen, wilde zijn vrouw het aanvankelijk niet geloven. De baby reageerde op haar woordjes, zij wist het zeker, ja, zelfs op haar ademhaling. Ook toen een arts haar het slechte nieuws bevestigde, hield zij vol: de kleine Nikolaj lachte immers wanneer zij kirde, keek haar aan als zij achter haar hand geluidjes maakte.

Maandenlang heeft Alina Ivanovna alle tekenen van Kolja's doofheid genegeerd en gelet op het minste wat er maar op zou kunnen duiden dat haar kleintje toch ineens haar stem herkende.

Toen onomstotelijk kwam vast te staan dat zij een doofstomme had gebaard, stortte zij in. Ziek van teleurstelling hield zij wekenlang het bed. Zodra zij voldoende was hersteld om de gemiste liefde in te halen en de zuigeling weer zelf te wiegen, leek Kolja slechter te bereiken dan voorheen. Haar gebaren las hij niet meer. Wanneer zij hem aanhaalde, huilde hij alsof hij op de een of andere manier begrepen had dat hij de oorzaak van haar ziekte was geweest.

'Denk niet dat wij het niet hebben geprobeerd,' zei Kolja's moeder na een tijdje, 'hem er aan tafel bij te hebben als er bezoek is, maar daar zijn wij mee gestopt.'

'Lang geleden al?'

'Het is onmogelijk om het goed te doen, begrijpt u, noch voor de gasten, noch voor ons. Of je hem nu als uitzondering behandelt of als ieder ander, hij merkt dat het je moeite kost. In het ene geval doe je jezelf geweld aan, want de situatie ís nu eenmaal niet alledaags, in het andere geval hem, want als hij ergens niet tegen kan, is het medelijden. Het verwart de mensen die op bezoek komen te veel, en hemzelf nog het meest. U moet begrijpen: hij leest mensen zoals wij een boek. Je kunt niets voor hem verbergen.'

'Is dat ook de reden dat u hem in de winter hier op Grankino laat en niet mee naar Moskou neemt?'

'Hij heeft baat bij de rust.'

'En u daarginds vast ook.'

Zij keek mij aan, ontoegeeflijk.

'Het is niet, zoals u denkt, dat ik me voor hem schaam.

Ik zou niets liever doen, geloof me, dan hem altijd bij me hebben, hem overal mee naar toe kunnen nemen, zoals andere moeders doen, trots, en de wereld het leven tonen dat ik heb voortgebracht.' Zij blikte naar Kolja en zijn gouvernante aan de overzijde van de tafel. 'Maar soms is een verdriet te groot, mijnheer Tsjaikovski. Daaraan dag in, dag uit te worden herinnerd...'

'Als u wilt dat uw zoon op een dag normaal zal functioneren... Hoe kunt u van Kolja verwachten dat hij zoals anderen wordt, wanneer hij niet met hen vertrouwd raakt? Als hij nooit onder de mensen komt, niet eens bij u aan tafel?'

'Hij wórdt niet zoals anderen.' Hardhandig legde de moeder haar bestek neer. 'Die verwachting is niet reëel. Ik heb haar lang geleden opgegeven. Ik raad u aan datzelfde te doen.'

'Maar is dat niet het streven? Is dat dan niet waarvoor u mij in dienst neemt? Om te zorgen dat hij op een dag zo normaal mogelijk in de maatschappij zal kunnen functioneren?'

'Normáál.' Ze schamperde. 'Wat wil dat zeggen, Modest? Als iemand afwijkend is geboren, moeten wij hem dan ten koste van alles dwingen te worden zoals wij?'

'Omwille van zijn geluk misschien. Om zijn eenzaamheid tegen te gaan.'

'De norm...' Alina Ivanovna keek dwars door mij heen, zonder mededogen. 'Zeg eens, heeft ú daar in het leven veel baat van ondervonden, altijd maar te doen alsof u bent als iedereen?'

Ik zweeg. Ik voelde dat ik rood werd.

'Wat ik niet wil,' ging Kolja's moeder verder, 'is dat hij voor gek versleten wordt. Wij hebben niet het eeuwige leven en op een dag is alles hier voor hem. Om landerijen zoals deze te bestieren zal hij leiding moeten kunnen geven, aanwijzingen, opdrachten. Omdat hem dat mondeling nooit zal lukken, zal hij minstens moeten leren lezen en schrijven. Hiertoe hebben wij onze hoop op u gevestigd. Tot op heden is geen mens erin geslaagd hem ook maar een woord bij te brengen.'

De jongen brulde.

Iedereen keek op.

'Het is niets.' Juffrouw Jersjova, die naast hem zat, lachte. 'Of nou ja, het is juist ook eigenlijk wel iets heel bijzonders.' Zij streek hem stralend door zijn haren. 'Hij heeft zijn bord leeg. Zonder hulp of iets, mevrouw. Hij heeft het vrijwillig leeggegeten, helemaal, en nu vraagt hij om meer.'

Na de lunch sprak ik met de secretaris van de Konradi's, die uitlegde dat geen school de jongen hebben wil. Mijnheer is nog bij enkele instituten geweest die zich op de opvang en begeleiding van moeilijk opvoedbare kinderen toeleggen, maar had daar gruwelijke toestanden aangetroffen, middeleeuws, niet zelden onhygiënisch, waarbij geen onderscheid gemaakt wordt tussen kinderen met een lichamelijk gebrek en geestelijk gestoorden. Dit heeft hen doen besluiten de kleine Nikolaj dan liever helemaal aan huis te houden.

Voor de aanstelling die mij aangeboden wordt, krijg ik niet op voorhand een contract. Aangezien ik hier uitsluitend ben op voorspraak van Boris Brovtsin en mijn broer, en ik met het onderwijzen van gehandicapte kinderen geen ervaring heb, dien ik eerst mijn geschiktheid te bewijzen. Terecht. Dit komt mij ook goed uit, want zo kan ik er ook zelf te allen tijde onderuit. Ondertussen ontvang ik salaris en wordt alles voor mij betaald, maar voorlopig zonder wederzijdse verplichting.

Ook de methode-Hugentobler, waar ik mij ter voorbereiding op vandaag in had verdiept, wordt alleen op proef aanvaard. Het voorstel is dat ik in het nieuwe jaar met de jongen naar Lyon reis om daar uit de eerste hand van de dokter zelf te vernemen wat voor hoop er nog voor Kolja is.

Alina Ivanovna Konradi wilde mij iets laten zien: haar haakwerk.

'Van kleins af fascineert hem de beweging van de naalden,' zei ze. 'De patronen die eruit ontstaan... Het zijn de enige momenten waarop Kolja en ik vanzelfsprekend samen zijn.'

Zij pakte een boordje waaraan zij bezig is. Daarmee gingen wij de kamer van de jongen binnen, die in zijn eigen wereld op de grond zat.

Zijn moeder nam plaats, zonder dat hij haar aandacht schonk. Zij trok de naalden tevoorschijn, legde het bolletje katoengaren naast zich in de stoel, leidde de fijne draad rond haar pink en begon. En inderdaad, binnen de kortste keren kwam de jongen op haar toe, gelokt, zo leek het, door de snelheid van haar vingers. Aan haar voeten zat hij, met zijn kin op haar knie, en hij volgde aandachtig het vorderen van het patroonwerk in haar schoot.

'Als ik een fout maak, ziet hij het eerder dan ikzelf. Het zijn de vormen van de natuur, vermoed ik, die hij erin herkent. Iets dergelijks heeft hij met de nerven van een blad, uren kan hij ze onafgebroken bestuderen, de lijnen van het spinrag in een web, het uitwaaieren van kringen op een vijver.'

Zij stond op en opende een schetsboek. Pagina na pagina had de jongen daarin haar patronen nagetekend.

'En dit doet hij uit zijn hoofd, hè!' Voor het eerst betrapte ik haar moedertrots. 'Het is niet dat hij mijn werkjes natekent, nee, elk lijntje, iedere kruissteek haalt hij uit zijn herinnering. En foutloos: dit is Csetneki-haakwerk uit Hongarije. Deze is Cluny. Dit *Broderie anglaise.*'

Zij haakte een rij en stopte toen om haar zoon over zijn bol te aaien.

'Dit is onze taal, hè jong? In lussen en halve stokjes, zo praat jij met mama.'

Zojuist, terug op mijn kamer, overvalt mij een melancholie. Waarom kan ik niet zeggen. Alsof ik afscheid neem. Van mijn lieve leventje om te beginnen, van zorgeloosheid. Nooit eerder heb ik verantwoordelijkheid gedragen voor een ander leven dan het mijne. En zelfs dat breng ik er vaak niet al te goed van af.

Aan één kant verwelkom ik het gewicht dat ik op mijn schouders neem, voor iemand werkelijk een verschil te kunnen maken, anderzijds betreur ik de vrijheid die ik daarvoor op moet geven. En overmoed is het ook, dat zeurende gevoel deze mensen iets te beloven wat ik met geen mogelijkheid kan waarmaken.

Hoe dit ook zal uitpakken, in dit schrift zal ik er verslag van doen. Mislukt het dan kan ik misschien van mijn fouten leren, slaagt het, dan heeft een ander er wellicht wat aan. Om mijn gedachten over deze zaak helder te krijgen, daarvoor kan het dienen, als opmaat naar het echte werk. Ik oefen onderwijl mijn pen zoals een worstelaar zijn spieren. Vanaf nu dus op deze plaats, in dit cahier, alles wat te maken heeft met Kolja en zijn nieuwe meester.

In de middag mij opnieuw een uur met hem afgezonderd. Verliep aanvankelijk langs gelijke lijnen, behalve dat ik nu direct al bij hem op de grond ging zitten.

De jongen zat in kleermakerszit voor de haard. Alsof

het een kijkdoos was gluurde hij ernaar, gebiologeerd door de vlammen. Af en toe pookte hij erin, al even serieus. Nooit eerder heb ik iemand op die manier een vuur zien porren.

Ik had een boek meegenomen en ging wat zitten lezen, deed of ons samenzijn vanzelfsprekend was. Na verloop van tijd kwam hij bij me en nam mij mijn boek af. Ik liet hem. Hij keek erin, bladerde, meer niet. Ik pakte het terug en las hem voor, wat bij een dove onzinnig is, maar iets anders schoot mij niet te binnen.

Ik hoopte bij God dat niemand ons zo zou betrappen, want dan had ik – mijn inval was te idioot – mijn nieuwe baan direct op mijn buik kunnen schrijven.

Het opmerkelijke was dat mijn pupil het prettig leek te vinden. Niet anders dan een horend kind zou doen, kroop hij bij me. Dus ik las door.

Als dood zaad in bevroren aarde vielen de woorden, zin na zin, maar ik bleef hardop lezen, serieus alsof hij ze kon verstaan. Met een vinger ging ik langs de regels en wees de letters aan, alsof hij lezen kon. Wat dit betekent weet ik niet, maar het deed ons beiden goed.

Uiteindelijk lazen wij – kan ik het zo noemen? – samen twee hoofdstukken.

Na een pagina of wat legde hij zijn hand tegen mijn rug. Om de trilling van mijn stem te horen, neem ik aan.

# 3

Sofronov had de kachels al gedoofd, maar de temperatuur in het appartement waar de gestorvene lag opgebaard bleef stijgen. Niet alleen rees de zorg dat dit het lichamelijk bederf zou bevorderen, ook waren diverse mensen door het lange wachten en alle emotie onwel geworden.

Het gedrang aan de Malaja Morskajastraat werd zo langzaamaan onhoudbaar. Sinds de deuren waren opengezet stond het trappenhuis van boven tot beneden vol. Er ontstond wrevel tussen de klimmende en dalende rijen, die zich langs elkaar moesten wringen. Sommigen, die nog afscheid moesten nemen, verweten anderen, die dit net hadden gedaan, dat ze met hun gesnotter de boel hadden opgehouden.

Bloemen en kransen mochten en konden niet meer mee naar binnen. Hierdoor ontsproot op straat een klein park van taxustwijgen, sparrentakken en ander duurzaam groen dat ons herinnert aan de eeuwigheid. Binnen hing de geur van rozen en aronskelken zo zwaar dat ik een van mijn niesbuien kreeg.

Pjotr Iljitsj was inmiddels van de kleine kamer waar hij was gestorven, verhuisd naar de ontvangstsalon op de hoek. Die was ontdaan van alle meubels, op enkele kaarsenstandaards na, het glimmende koper verstopt onder zwart crêpepapier.

De componist had zijn comfortabele sofa moeten verruilen voor een harde, lage katafalk, bedekt met glanzend wit satijn, waarop hij in zijn zwarte pak was neergelegd.

Hieroverheen was een doorzichtige lijkwade gedrapeerd, die alleen zijn gezicht vrijliet.

Ter vergelijking was achter hem een grote foto neergezet. Daarnaast zat op een kruk een matrone met een bakje carbolzuur op schoot en een spons, waarmee zij om het kwartier neus en lippen van de dode bette. Dit liet een lichtrode waas na op Pjotrs snorbaard, waardoor de huid nog bleker afstak, doorschijnend haast, als het droeve en eeuwenoude gelaat van Kosjtsjei de Onsterfelijke.

'Hij kan zoveel hebben gewild,' sprak Modest, 'maar ík ben hier niet degene die ineens besloot dat wij elkaar niet meer moesten zien.'

Wij hadden ons teruggetrokken in een aangrenzende kamer, de zijne. Ook die was klein en kaal. Een smal bed tegen de muur, een kleine schrijftafel, op de grond manuscripten opgestapeld, zijn toneelstukken, een drukproef, uitgaven van zijn libretti; een plank met oude boeken en versleten schriften, een lederen fauteuil om in te lezen met daarnaast zijn oude reiskoffer, die dienstdeed als bijzettafel.

'Had het aan mij gelegen,' ging hij verder, 'dan was tussen jou en mij alles gebleven zoals het was. Zoals het van begin af is geweest. Ik heb dit allemaal nooit gewild. Ik zou dus niet weten wat ik er nu nog aan zou kunnen doen. Wat wordt er nou eigenlijk van mij gevraagd? Jij hebt met mij gebroken, niet andersom.'

'Daarom kom ik nu ook naar jou toe en jij niet naar mij.'

'Maar als mijn broer jou niet geschreven had...'

'Hij hééft geschreven.'

'En anders was jij van je levensdagen nooit gekomen.'

'Maar ik bén er.'

Hij zweeg en keek de kamer rond.

Aan de muur een prent van de Acquedotti Neroniani die wij meebrachten uit Rome. De kap op de lamp was een beschilderde kamelenblaas die ik in Tiflis voor hem had gekocht; zijn correspondentiemap van rood marokijnleer hadden wij opgeduikeld op een kade aan de Mediterranée. Het verguldsel was van de sierrand gesleten. De Algerijnse zeevaarder die het ding verkocht, zag ik nog zó voor me, de onverzettelijkheid op diens gezicht toen ik geprobeerd had erop af te dingen.

'En je weet zeker,' vroeg hij, 'dat het op donderdag was dat Petja jou schreef?'

'Maakt het iets uit?'

'Alles.'

Zo oud kwam Modest mij nu voor! Ons verschil in jaren, dat mij toen ik klein was amper is opgevallen – meer speelkameraad vond ik hem soms dan leraar – leek ineens onoverkomelijk.

In korte tijd had hij het laatste elan van de jeugd verloren. Hij miste sowieso de klassieke trekken van zijn oudere broer, de rechte neus, de vierkante kaak. Beiden hadden hetzelfde hoge voorhoofd, maar Modja's kin week terug naar zijn hals, waardoor daarboven alles uit balans leek, de schedel haast topzwaar.

'Je moet je scheiding niet zo in het midden dragen,' zei ik teder. 'Hoe vaak moet ik dat nog zeggen?'

Vroeger had ik op zo'n moment dat saaie, strakke kapsel met mijn vingers in de war gebracht. Ze jeukten om het weer te doen. Hij merkte dat, keek mij niet aan, maar sloeg zijn blik neer om te verbergen dat de herinnering hem plezier deed.

'Wil je me er iets meer over vertellen?' vroeg ik.

'Het heerst.'

'Ik weet het.'

Hij haalde achteloos zijn schouders op.

'Wat kan ik er verder over zeggen? Minstens zes mensen zijn de afgelopen weken op eenzelfde manier gegaan.'

'Dat bedoel ik, een gewaarschuwd man...'

'Het is het lot, Kolja, we moeten het laten rusten. Waarom hij, waarom niet een ander? Als je daar te veel bij nadenkt, word je gek.'

'Juist nu! Als het heerst, waarom heeft hij dan niet beter opgelet?'

'Had hij maar zus, had hij maar zo, het heeft geen zin jezelf daarmee te kwellen. Het is gebeurd zoals het is gebeurd. Alsjeblieft, dat moeten we aanvaarden.'

Dit klonk als wijze raad. En toch...

'Dus het was in een restaurant?'

'Hier om de hoek, bij Leiner's.'

'Was je erbij?'

Hij knikte.

'Mijn god, Modest, verschrikkelijk!'

De anekdote brandde op zijn lippen, maar om de een of andere reden hield hij hem liever binnen.

'Luister. Ik heb twee bulletins doen uitgaan. Ze hangen bij iedere kiosk.'

'Ik zag er een, vanochtend, op het station.'

'Nou dan? Daarin staat de hele gang van zaken zwart-op-wit, alles wat je weten wilt.'

'Over hém ja, maar niet over jou. Zoiets ingrijpends mee te maken!'

'Iemand drinkt een glas water, dat is alles.'

'Een heel glas?'

'Een paar slokken. Maar als het is besmet... Een paar druppels zijn genoeg.'

'Kon je hem niet tegenhouden?'

'Dan had ik dat wel gedaan,' zei hij nors, 'denk je niet?'

Ik deed alsof dit een van die zinnen was die ik soms mis wanneer iemand slordig spreekt. Horenden hebben geen idee hoe vaak wij hiermee ons voordeel doen.

'En dit was woensdagavond tijdens het souper?' ging ik

verder alsof hij gezellig op zijn praatstoel zat. 'Welke voorstelling hadden jullie bezocht?'

Hij had een tel nodig om te beslissen dat antwoorden geen kwaad kon.

'*Het vurig hart* van Ostrovski.'

'Grappig stuk. Werd het goed gedaan?'

'Varlamov speelde de hoofdrol.'

'Varlamov is hilarisch! Kan hij weer lopen?'

'Met een stok. Zo gaat hij op en af, zijn scènes speelt hij zittend. We hebben hem in zijn kleedkamer opgezocht in de pauze. Dan zit hij met die voeten van hem in een bak koud water. En de hele tijd had hij er zijn Koeroslepovpruik bij op! Samen hebben ze de gek nog uitgehangen, Petja en hij. Varlamov speelde dat hij mediamiek was en boodschappen doorkreeg van gene zijde. Je had ze moeten zien. Petja deed zich voor als een van die goedgelovige sukkels die op een bericht hopen, maar elke keer als hij iets probeerde te zeggen, draaide Varlamov zijn ogen ten hemel en begon te orakelen. Ik dacht dat ik erin zou blijven!'

'Dus jullie waren vrolijk?'

'Opperbeste stemming, allebei. En ook daarna, iedereen was er. Hij op zijn gelukkigst natuurlijk, omringd door alle knappe jongemannen.'

'Ai, ai, Petja en zijn "vierde suite". Heeft hij zich gedragen?'

'Je kent hem toch.'

'Daarom. Hij heeft ze hoop ik toch niet allemaal naar Leiner's meegenomen?'

'Sanja en Konstantin Litke alleen. En Bob uiteraard. Kortom, enkel onze neven, strikt familie. Ik wilde eerst snel even naar huis. Even opfrissen. Ik ben een uurtje later aangeschoven.'

'En toen had hij van dat water al gedronken?'

'Niet dat ik weet. Ze zaten volop aan de wijn. Maar de

macaroni die ze ons serveerden was zo droog, daar viel niet tegenop te drinken. Te veel meel, te weinig *sugo*. Leiner's is een prima plek, maar aan de Italiaanse keuken moeten ze zich niet vergrijpen.'

'Maar dan nog, waarom geen mineraalwater?'

Hij keek me aan, geërgerd en bezorgd.

'Mi-ne-rrrraal,' zei hij op zijn leraarstoontje. 'Je tong is lui. Je oefent niet genoeg. Om godswil, als je niet articuleert, hoe moeten mensen jou verstaan? Kom op, houd het vóórin: mi-ne-raal-wa-ter!'

'Blijft de vraag: waarom werd dat niet geschonken?'

'Hun mineraalwater was op.'

Ik probeerde me de situatie voor te stellen: Petja, omringd door zijn favoriete vrienden, uitgelaten, vol van levenslust. Misschien wat aangeschoten al. Zo vluchtig zijn dus onze levens. Een bord slechte pasta doet het hem, gevolgd door een taaie dorst die zich niet zomaar weg laat slikken. Hij schraapt zijn keel. Hij leunt voorover. Ondoordacht reikt zijn arm naar de kan.

'Een restaurant dat ongekookt water op tafel zet ten tijde van een epidemie?' zei ik. 'Het is niet te geloven.'

Kennelijk was er aangeklopt, want Aljosja Sofronov stapte binnen, nogal verhit, op de voet gevolgd door Bob Davidov.

'Neem me niet kwalijk, heren, dat ik stoor, maar het lukt me niet meer om de mensen te kalmeren. Half Petersburg staat op de trap en de andere helft wacht buiten. Ik verwacht het operakoor hier voor het eerste requiem. Hoe krijg ik ze allemaal boven? Waar moet ik ze laten?'

'Hij heeft gelijk, Modest,' viel Bob hem bij. 'Het is allemaal goed bedoeld en vooralsnog blijft iedereen eerbiedig, maar je kunt geen kant meer op. Ik heb nu alle kaarsen toch maar uitgedaan, God verhoede dat iemand er een omstoot.'

'Deze verdieping is op zoiets niet berekend, mijnheer,' zei Sofronov. 'Wij kunnen onze Pjotr Iljitsj als het zo doorgaat niet bij ons houden.'

'We zouden er voor kunnen kiezen om hem te verhuizen,' stelde Bob voor.

'Waar moet hij heen?'

'Een van de keizerlijke theaters, de opera bij voorkeur. Ergens waar hij groots en knap ligt en waar toch veel mensen eenvoudig toegang tot hem hebben.'

'Ik heb groothertog Konstantin geschreven, vannacht al, en hem die vraag bedekt gesteld. Op het Winterpaleis had ik natuurlijk gehoopt, we zouden hem op de schouder kunnen nemen en hem er in processie naartoe dragen.'

'En?'

'Er kwam wel een condoleance, maar geen antwoord. Hij zou het met de tsaar bespreken...'

'Geweldig.'

'...behalve dat die de stad uit is en op zijn vroegst morgenochtend pas wordt terugverwacht.'

'Vraag de School voor Jurisprudentie,' opperde ik. 'Petja is hun beroemdste student. Die plek heeft voor hem altijd zoveel betekend.'

Het was iets wat mij zomaar te binnen schoot, maar het effect van mijn woorden was verbijsterend.

Eerst dacht ik dat ik niet goed oplette. Dat er iemand aan het woord was terwijl ik de verkeerde kant uit keek. Soms in gezelschap moet ik gokken wie zal spreken en verwacht ik van de verkeerde lippen antwoord.

Ik keek van de een naar de ander, maar dit keer zei geen van drieën iets. Zij staarden mij alleen maar aan, in grote verlegenheid, alsof ik in mijn gezegende onwetendheid een scheet had laten trompetteren tijdens een staatsbanket.

'In de presidiumzaal,' probeerde ik. 'Onder die hoge koepel zou hij prachtig liggen.'

Ze keken elkaar aan, Bob, Modest en Sofronov, nog steeds vertwijfeld.

'En het zou vertrouwd voelen,' ging ik verder. 'Voor hém in de eerste plaats. De School voor Jurisprudentie, alsof hij thuiskwam.'

'Onmogelijk.' Bob zocht naar redenen. 'Het is gewoon... De school. De voorgeschiedenis. Het zal niet gaan. Het is...'

'...te ver!' zei Modest.

'Precies. Te ver. Zo is het,' zei Bob dankbaar.

'Een heel eind,' beaamde Sofronov gretig. 'Een mijl op zeven.'

Dit was zo duidelijk een drogreden dat ik niemand in verlegenheid wilde brengen door hem te weerleggen.

'Hij was met zijn jaargenoten nog altijd zo dik,' droeg ik alleen nog aan. 'Die regelen dat graag. "Alles voor het uniform", of wat zeggen jullie ook altijd weer?'

'Nee, Kolja! Het gebeurt niet en nu hou je erover op!' Modest liet zijn vuist met zo'n kracht op zijn schrijftafel neerkomen dat een stapel manuscripten ervan afschoof en over de vloer uiteenwaaierde. Sofronov begon ze op te rapen.

Ik zweeg, zoals vroeger soms tijdens zijn lessen, zonder te begrijpen wat ik had misdaan.

'Mijn God,' verzuchtte Modest. 'Wat een dag om uit te kiezen voor een weerzien, Kolja. Had jezelf een plezier gedaan en was weggebleven.'

Ik zat zelfs weer zoals toen, hoofd gebogen, handen tussen mijn knieën geklemd.

Het bracht ook de anderen in verlegenheid.

'Ik denk dat ik iets weet,' schoot Bob te hulp. 'En Kolja kan ons daarbij helpen...'

De Izaäkkathedraal was zo goed als naast de deur: op de hoek van de straat, de grootste orthodoxe kathedraal ter wereld! Dé aangewezen plek om de wake naartoe te verplaatsen: dichterbij dan het Winterpaleis, één blok van de Tsjaikovki's.

In een hoek van het duistere heiligdom vond ik de pope aan een kaal houten tafeltje terzijde van de iconostase, verscholen achter een malachieten zuil. Bij het licht van een petroleumlamp was hij de liturgie aan het voorbereiden; zijn gestalte in het warme schijnsel nietig onder de gewelven en de immense koepel. Hij hoorde mij naderen, keek op en knikte mij al van verre vriendelijk toe.

Zodra ik hem had uitgelegd waarvoor ik kwam, een plek om Petja op te baren, stond hij op en haalde zijn gebedsstola uit de zak van zijn eenvoudige witkatoenen kleed. Hij drukte er een kus op en hing hem om zijn hals.

'Ik begrijp de vraag.'

Hij plukte aan zijn grijze baard alsof hij een gewichtig religieus vraagstuk afwoog.

'Het spijt me,' concludeerde hij uiteindelijk. 'De grote Tsjaikovski hier opbaren, dat zal niet gaan.'

Hij raapte zijn papieren bijeen, blies de lamp uit en vertrok.

'Maar waarom dan niet, vadertje?'

Hij probeerde aan mij te ontkomen, maar ik liep mee op.

'Neem alstublieft genoegen met mijn weigering,' zei hij. 'Probeer het ergens anders. Keus genoeg. Er is geen kerk in de stad waar ze bij zo'n verzoek niet een gat in de lucht zouden springen. Ga dáár heen, maak een van hén gelukkig.'

'Maar waarom u dan niet?'

'Wat ik doen kon, heb ik voor Pjotr Iljitsj al gedaan.'

'Ik weet het, u hebt zijn biecht gehoord.'

'U legt de vinger feilloos op de zere plek: afgelopen nacht was ik zijn biechtvader. En dat alleen per ongeluk. Het was een noodgeval en ik bleek het dichtste in de buurt. Daar doe je niks aan, het hoort bij de roeping. Kort voor het einde hebben ze mij van mijn bed gelicht, inderdaad, voor de sacramenten. Behoorlijk aan de late kant, mag ik wel zeggen, want er was nauwelijks nog een zinnig woord uit te krijgen. Het grootste deel van de tijd was Pjotr Iljitsj zo goed als buiten bewustzijn. Om de paar woorden moest hij weer bij zinnen worden gebracht.'

'Maar het is uiteindelijk wel gelukt?'

'Dat weet alleen de Heer onze God Almachtig. Ik heb in elk geval gedaan wat er van mij verlangd werd. Ik heb mijnheer Pjotr Tsjaikovski de biecht afgenomen, zijn allerlaatste, dus dat was één keer en niet weer. Wat ze er daarboven vervolgens mee doen, daar ga ik niet over. Ik heb zijn ziel gereinigd zo goed en zo kwaad als dat ging.'

'Is het om de zonden die hij zich heeft laten ontvallen, dat wij zijn resten niet hierheen mogen overbrengen?'

'Nee, mijnheer.'

'Is het vanwege de manier waarop hij leefde?'

'Ik zeg u: nee, mijnheer!' Bij de deur naar de sacristie hield de priester stil en over zijn knijpbrilletje heen keek hij me aan. 'Zijn leven heeft hier niets, maar dan ook niets mee te maken.'

'Hij was nu eenmaal niet als anderen. Ik weet niet hoe ernstig de zonden waren die hij u vannacht heeft opgebiecht, maar ik heb zo een vermoeden. In elk geval ken ik hem goed genoeg om te weten dat ze niet rechtvaardigen dat u het huis van God voor hem gesloten houdt. En mocht er toch onverhoopt door hem een menselijke zonde zijn begaan, die zijn intocht in dit heiligdom of die van zijn ziel in de hemel zou belemmeren,' stelde ik grootmoedig, 'dan ben ik hier, voor het aangezicht van God, bereid die zonde op mij te nemen.'

'Zwijg!' maande de pope fel. Geschrokken greep hij mij bij mijn polsen. 'Weest u, mijnheer, alstublieft voorzichtig met uw woorden.'

Toen ik uitleg vroeg, gooide hij het over een andere boeg en voerde voor zijn weigering een strikt formele reden aan.

'De Tsjaikovski's zijn niet van deze parochie. Om de wake hier te kunnen houden heb ik de welwillende toestemming nodig van de Allerheiligste Synode. Hebt u enig idee hoe druk de patriarchen zijn? Voordat ik die in vergadering bijeen heb, laat staan in aanwezigheid van de metropoliet, zijn we dagen, misschien wel weken verder. Tegen die tijd rust uw vriend al breeduit in zijn graf.'

'Wie of wat belet u hem hier te ontvangen? Zeg het me, vadertje.' Nu was het mijn beurt hém vast te pakken. 'De waarheid nu, dan val ik u niet langer lastig.'

'Ik volg enkel de richtlijnen van Johannes Chrysostomus en Efrem de Syriër,' zei hij verongelijkt. Hij onttrok zich aan mijn greep en wreef over zijn armen alsof ik hem pijn had gedaan. 'Ik heb mijn biechtgeheim, mijnheer. Meer kan ik u niet zeggen, behalve dat ik handel naar een besluit zo oud als het Concilie van Efese, een besluit dat door de kerkvaders te Nicea nog eens werd bekrachtigd. Ik zeg u, ga heen en vind een andere kerk.'

'Wat schiet ik daarmee op, daar volgt de pope dan toch dezelfde richtlijnen?'

'Een andere pope heeft de man niet de biecht gehoord. Ik wel, daar gaat het om. Wat ik gehoord heb, mag ik niet naast mij neerleggen. Ik weet dingen waaraan ik niet voorbij kan gaan. Een andere zielenherder, die nergens van weet, mag aan uw verzoek gehoor geven zonder zijn geweten, zijn geloof en zijn verstandhouding met Onze-Lieve-Heer geweld aan te doen. Ik niet, niet nu ik van de omstandigheden op de hoogte ben.'

'Welke omstandigheden?'

Hij keek mij aan om te zien of ik het echt niet wist of me alleen maar van de domme hield. Zonder iets te zeggen draaide hij zich om en stapte de sacristie binnen.

'Zo'n groot man,' riep ik hem achterna, 'mankeerde er dan werkelijk zoveel aan de manier waarop hij leefde?'

Het hoofd van de pope verscheen nog één keer om de deurpost.

'Voor de laatste maal,' beet hij mij toe voordat hij de deur dichtgooide. 'Ik zeg u toch: het gaat mij niet om zijn léven. Het kan me niet schelen hoe hij heeft gelééfd. Het gaat om hoe hij stierf.'

Het mannenkoor van de Keizerlijke Opera was inmiddels boven.

In het trappenhuis aan de Malaja Morskaja ving ik de trilling van hun bassen op zodra ik mijn hand op de houten leuning legde. In het appartement van Modest was een gezongen requiem begonnen, het eerste van de vier die vandaag op het programma stonden.

Halverwege mijn klim naar de vijfde verdieping, stuitte ik op een jongeman die de bijeenkomst voortijdig had verlaten en zich naar beneden haastte. Het was een conservatoriumstudent, ene Koezmin, die een paar maal met Rimski-Korsakov, zijn leermeester, bij ons op de Fontanka over de vloer gekomen was. Met één hand hield hij zijn sjaal voor mond en neus, met de andere, elegant, lichtte hij zijn hoed en hij boog, als om mij zijn dunnend gitzwart geverfd haar te tonen.

Hij sprak iets uit, naar zijn blik te oordelen zijn medeleven.

'Maar Michail Aleksejevitsj,' zei ik met een gebaar om hem te herinneren aan mijn handicap, 'blijft u niet voor de muziek?'

Hij ontblootte zijn gezicht met tegenzin en toonde mij zijn woorden.

'Het is daar boven een hele vreemde toestand,' zei hij. 'Triest en eigenaardig. Als ik u was, zou ik niet verder gaan. Ik kwam om afscheid te nemen van uw lieve vriend, niet om hem te vergezéllen naar de eeuwigheid. Open en bloot ligt hij daar!'

'Ik weet het, ik was eerder op de dag al bij hem.'

De jonge muzikant week achteruit.

'En wat dacht u, ik tart het lot nóg eens?'

'Ik werd er voor een korte boodschap op uitgestuurd, maar nu die is gedaan...'

'Vindt u die situatie dan niet uiterst verontrustend? Het was een knappe kerel, maar zijn smoeltje was nou ook weer niet zo beeldschoon dat ik mijn leven riskeer om het nog even te mogen bekijken. Een choleraslachtoffer opbaren zonder kist, misschien bij de mammelukken, maar in een beschaafd land heb je zoiets toch niet eerder meegemaakt? Ik heb het opgenomen met Modest. Die beweert nu dat die ziekte slechts de aanloop geweest is maar uiteindelijk toch niet de oorzaak van Pjotr Iljitsj' dood. Dat alle bacillen eergisteren al waren gedood, alleen te laat voor een herstel, zodat niet de ziekte zelf, maar het falen van zijn nieren hem noodlottig is geworden.'

'Dit hoor ik voor het eerst,' zei ik verbaasd.

'Aha!' Koezmin priemde zijn vinger in de lucht als een aanklager die zijn verdachte een bekentenis heeft ontlokt.

'Maar als Modest dat zegt, is het vast en zeker zo.' Ik lachte geruststellend. 'Waarom zou hij erom liegen?'

'Dat is nou precies mijn vraag aan u: waarom?'

'Hoe het ook zij, zorg hoeft u niet te hebben. Alles is daar boven hygiënisch. De Commissie van gezondheid heeft vanochtend die etage tot in de kleinste uithoek nog ontsmet.'

'En dáár, Nikolaj Hermanovitsj, benoemt u nu mijn gróótste zorg. Als iemand ons verlaat omdat zijn nieren niet meer willen, waarom dan toch, legt u mij dat eens uit, die hele poppenkast? Waarom ruikt alles naar mercurochloride? Ik zeg u, ergens deugt iets niet, en ik weet niet hoe het met uw doodsverlangen zit, maar ik ben niet van plan mijn gezondheid te riskeren om uit te zoeken wat het precies is.'

Gedecideerd sloeg hij zijn sjaal weer voor zijn mond, brabbelde iets ten afscheid en vertrok.

Mij duizelde het onderhand. Wie ik vandaag ook sprak, ieder leek mij met een nieuw raadsel op te zadelen. Eenmaal boven ging ik de kamer van Modest binnen, waar niemand was. Ik slaakte een zucht, rustte met mijn voorhoofd tegen de dubbele deur en bleef zo even staan, ogen gesloten, voor een korte pauze tussen de bedrijven van het leven.

De eenzaamheid van alles overviel me. Alsof ik pas nu begreep hoe rigoureus mijn band met de Tsjaikovski's was verbroken. Twee mannen die ik sinds mijn vroegste jeugd als mijn enige, mijn ware familie had gezien, was ik kwijtgeraakt. Petja verloor ik onvrijwillig, Modest door eigen toedoen, voor zover een kind er iets aan doen kan dat het volwassen wordt en loskomt van zijn opvoeder.

Tot vandaag kenden wij drieën geen geheimen voor elkaar. Nu doemde er tussen ons een op, zo zwart, zo onheilspellend, zonder dat wij onze twijfels, angst en vragen met elkaar nog konden delen.

Als een klankkast ving mijn schedel de trilling van het mannenkoor aan de andere zijde van de deur. De vibraties van hun jammerklacht. Tot dan was mijn verlies vooral een woord geweest.

Ik nam plaats achter Modests bureau, zocht pen en papier.

Aan mijn verloofde wilde ik schrijven, mijn lief, mijn levensengel, enig vlammend licht van mijn bestaan, Fanja, de vrouw die ik in aanwezigheid van de dood ineens heviger miste dan ik had vermoed.

De muren hier waren doortrokken van verdriet. Als

een drenkeling houvast, zocht mijn hart aanhankelijkheid.

Zij had nog zo aangeboden met mij mee te reizen naar Sint-Petersburg, maar de toon van Pjotr Iljitsj' brief was, zonder dat ik wist dat het zijn allerlaatste was, zo dringend geweest, zo beklemmend en verontrustend, dat mijn vertrek geen uitstel verdroeg, zelfs niet het uurtje dat het regelen van Fanja's reis en het pakken van haar koffers had gevraagd.

Nu had ik spijt. Dat een man zo naar een vrouw verlangen kon als ik naar haar! Nu ik omringd was door alles wat verloren ging, leek haar vriendschap mij nog kostbaarder. Mijn veiligheid, mijn vast bestaan. Een paar zinnen maar wilde ik haar sturen, van één ziel aan de andere, om te laten weten dat ik aangekomen was en ook op afstand onverminderd van haar hield.

Wat is dat aan de liefde, die behoefte haar onophoudelijk te bevestigen? En als wij onszelf herhalen, is dat dan om de ander van ons gevoel te verzekeren of onszelf? Het een noch het ander is toch zeker nodig? En toch doet het ons goed, onmisbare dwaasheid, zoals het de hypochonder geruststelt telkens even naar zijn hart te luisteren om te weten of het nog wel klopt.

Daar zat ik, door de somberte van het verleden aangeslagen, klaar om mij te richten tot mijn toekomst, terwijl ik vol ongeduld de laatjes van de schrijftafel doorzocht naar postpapier.

Amper een uur tevoren had ik hem hier toch zien liggen, de correspondentiemap, het warme marokijnleer opvallend in het kale interieur. Nu bleek die nergens te vinden.

Het leek mij niet dat Modest, die aan de katafalk naar de zangers stond te luisteren, het ding onder zijn arm droeg. Het moest hier dus ergens zijn, maar waar? Zoveel bergruimte was er niet.

Intussen bedacht ik lieve woordjes, die ik Fanja Androesisjin schrijven zou, mijn hart! Een toepasselijk gepassioneerd citaat uit de *Onegin* wellicht. Twee regels doken uit mijn geheugen op.

Naar de derde was ik aan het graven toen mijn oog op de rode map viel. Een hoekje stak, alsof iemand in haast had geprobeerd hem te verstoppen, achter de oude schriften op zijn boekenplank.

Ik trok het ding tevoorschijn en sloeg het open. Rechts zat het papier, waar ik een velletje van nam. Links enveloppen en het vloeiblad. Achter een zijden lint staken brieven die Modest nog moest beantwoorden.

Een daarvan droeg, in hoogdruk, een gulden opschrift waarin ik de naam herkende van Petja's vertrouwde huisarts, sinds jaar en dag zijn steun en toeverlaat, dokter Bertenson.

In de ruim zeventien jaren die ik met Modest gedeeld heb, ik zweer het met mijn hand op mijn hart, heb ik nooit zijn post gelezen. Ook nu zou ik het niet hebben gedaan, als ik niet de akelige indruk had dat hij iets voor mij verborg.

Bertensons schrijven was verzegeld, maar aan de bovenkant met een briefopener losgesneden. Ongedurig, zo te zien, nerveus, want de enveloppe was lelijk gescheurd. Die bevatte slechts één vel, zonder aanhef of ondertekening.

'Zoals gevraagd', stond er ter introductie.

Wat volgde was een opsomming, kort en zakelijk, van het ziekteverloop bij cholera, van besmetting en de eerste symptomen, de koortsen en de oplevingen, het effect op lever en nieren, tot en met het keerpunt waarop genezing niet meer mogelijk is, gevolgd door details van een gruwelijke doodsstrijd.

In de kantlijn stonden dagen en uren met potlood aangegeven.

Het leek een voorbeeldig collegedictaat van een student medicijnen. Bij het idee dat dit het verslag moest zijn van Petja's lijdensweg, welden mijn tranen, maar argwaan hield de overhand.

Ik bekeek het poststempel.

Het was van vandaag. Dit medisch rapport was met de ochtendpost gekomen.

Ik nam een blanco vel uit de map en schreef aan mijn liefste, niet zwierig met de zinnen van Poesjkin, maar in haast, alleen om haar te zeggen dat er zich iets onverhoopt had aangediend; dat ik mijn plannen veranderd had en mijn afwezigheid hierdoor tegen mijn zin langer zou gaan duren dan ik haar bij ons afscheid had beloofd.

# 4

## NOTITIES VAN MODEST
## [UIT: CAHIER II – 1876]

*Parijs, Franse Republiek*
*20 januari 1876*

Goocheltrucs, gekke bekken, snoepgoed, alles haal ik uit de kast om oogcontact te krijgen, maar de jongen blijft mijn blik mijden. Willen wij verder komen, dan móéten wij elkaar in de ziel kijken. Onze eerste strijd zal dus niet over horen gaan maar over zien.

Sofja Jersjova had mij al voorbereid, het kind is van slag door de treinreis. Hij is nooit meer dan twintig werst van Grankino geweest. Twee nachten heeft hij niet geslapen. Door de grote ramen van de ontbijtzaal staart hij de fiakers na, bestudeert de venters voor de nieuwe Opéra, winkelende dames op de boulevard des Capucines.

'Wat lijkt u beter...' Juffrouw Jersjova legde haar hand op mijn onderarm. 'Dat wij hem dwingen tot een wandeling of zullen we hem in zijn eigen wereld laten?'

Zij en ik slaan de handen ineen. Goddank. Tegenover Herman Konradi had ik nog twijfels over de juffrouw geuit. Of het wel verstandig was haar aan te houden. Ik vreesde dat zij mij als rivaal zou zien, een indringer die taken overneemt waarin zij als opvoeder tekortschoot, maar wij kunnen het juist uitstekend met elkaar vinden. Wij strijden aan dezelfde kant, haar toenadering is allerhartelijkst.

'Zal jij je dit keer nou eens niet vergrijpen aan de gouvernante!' lachte Petja toen wij alleen waren. Hij trok een ondeugende grimas en draaide aan zijn snorpunten als Varlamov in een boulevardkomedie.

Hij meent in alle ernst dat de juffrouw een oogje op mij heeft.

'Misschien is het verstandig,' zei hij, 'haar bijtijds te laten weten dat zij op de verkeerde gokt.'

*21 januari 1876*

Eindelijk de *Carmen*! Gisteren, donderdagavond, in de Opéra Comique. Net op tijd, want over een week wordt zij wegens gebrek aan succes van het repertoire gehaald.

Wij kregen de loge van Halévy, die we moesten delen met een van diens schoolvrienden, een kunstenaar, die de hele tijd maar schetsen zat te maken, niet de scène, enkel het orkest en wat ruggen van het parterrepubliek. Mijn broer liet zich er niet door afleiden.

Hij zit al maanden met de partituur op schoot alsof het een van zijn scharrels is, hummend, stralend, wiegend op de maat. Toen de jonge componist onlangs overleed was hij ontroostbaar. Geen noot die Petja niet uit zijn hoofd kent, geen woord dat hij niet mee kan zingen. Dit zijn volgens hem de enige melodieën die ons zullen overleven.

'Vanaf nu alleen nog echte mensen!' jubelde hij in de pauze. 'Geen nimfen of koningen meer, maar alledaagse figuren op toneel die het leven op de huid zitten, waarachtig, zoals Don José, aangevreten door zijn liefde voor een fabrieksmeid! Wat kunnen ons de besognes van vertoornde goden of wraakzuchtige bojaren schelen? Gewoon de pijn die jij en ik ook kennen, Modja, daar gaat het om, lust en verlangen, onbeantwoord en verboden, harteloos als de liefde zelf!'

Hij is op die muziek verliefd als op een lichtmatroos. Zoals hij zat te stralen bij de uitvoering van de noten, die hij maandenlang alleen lezen kon of dromen.

'Het pretendeert geen enkele diepte, maar het is zo levendig, vind je niet? Zo licht. Zo eerlijk dit, zo helemaal als ik me had voorgesteld.'

Hoe doe je dat? Hoe werkt dat, bladmuziek verklanken in je hoofd? Hoe stel je je iets voor waarvan je het geluid niet kent? Hoe luister je naar een stem die je nooit gehoord hebt?

Wij staan op de drempel van ons avontuur, de jongen en ik. Morgen reizen wij naar Lyon. Met juffrouw Jersjova natuurlijk.

Overmorgen al beginnen daar zijn lessen.

En de mijne.

'Vergeet niet,' probeerde Petja mij gerust te stellen, 'je kunt er nog te allen tijde onderuit. Kijk het aan, zie hoe dat lesgeven je bevalt, wat het precies inhoudt, die methode, hoe het is te werken met onvolwaardigen. Of het wel iets voor je is, of het überhaupt mogelijk is, doofgeborenen te leren spreken. En blijkt de taak te ontzagwekkend, lijkt je de lijdensweg van die jongen hopeloos, dan heb jij gedaan wat je kon. Je hebt jezelf niets te verwijten, draagt de zorg aan een ander over en kunt met opgeheven hoofd vertrekken.'

Hoe stel je je iets voor waarvan je geen idee hebt wat het is?

'Dat ik muziek hoor zodra ik noten zie,' beweert Petja, 'is niet gekker dan dat jij een stem hoort wanneer je een roman leest. Daar is geen wonder aan: iemand heeft iets neergeschreven en jij interpreteert het.'

'Wij wéten hoe een mens klinkt of een instrument. Wij herkennen akkoorden. Maar Kolja heeft geen houvast. Nooit heeft hij iets gehoord, hij kan niet lezen, niet schrijven, niks. Hoe leg ik hem uit wat woorden zijn, waar moet je beginnen?'

'Ik weet ook niet hoe ik begin wanneer ik componeer. Nog minder hoe ik verder moet. Je weet alleen dat je iets uit niets zult moeten maken, want dat is wat scheppen is. Hoe interpreteer je iets wat niet bestaat? Het neerschrijven van de noten, is dat niet veel wonderbaarlijker dan ze lezen? Hoe vind je ze, waar worden ze geboren? Ver voordat ik ze op schrift stel, kan ik je zeggen. Het begint met niets. Een zwijgen brengt ze voort. Uit de leegte wellen ze. En iets in mij herkent ze. Een geestesoor vangt ze op. Het is au fond een gekte natuurlijk. Waar was al die muziek voordat ik haar opriep? Ze bestond niet en toch, in alle stilte, heb ik haar gehoord. Waar haalt een schrijver zijn verhaal vandaan? Waaruit bestaat de stem die tegen de schrijver spreekt, waar zit het ongehoord orkest dat voor mij speelt opdat ik hun melodie noteer?'

'Iets uit niets maken...'

'Meer dan uit stilte ontstaat het uit gemis.'

## Onderweg naar Lyon
## 22 januari 1876

Ons afscheid zojuist op het perron... Na een maand lang samen, Berlijn, Genève, onze wilde nachten in de Franse hoofdstad. Twee broers, deelden die ooit zo intens, zo innig, elkaars levens, elkaars liefdes en geheimen?

Hij hield zich goed, beter dan ik natuurlijk weer, en hij begon over een beweging in het nieuwe strijkkwartet, zijn derde al, waaraan hij gisteren begon op onze kamer in het De La Paix. Het komt in e-mineur te staan, zegt hij. Vanwege mijn vertrek.

Juffrouw Jersjova zit tegenover mij in de coupé met een naaldwerkje, de jongen naast haar, gebiologeerd door de patronen die zij produceert, maar wat gebeurt me...? Zojuist staat Kolja op en hij komt naast mij zitten. Hij laat het gehaak voor wat het is, komt liever bij mij en hij neemt mijn hand.

'Als één zintuig wegvalt,' lees ik in het boek van dokter Hugentobler, 'worden andere zintuigen gevoeliger'. Misschien kijkt de jongen daarom liever van je weg. Hij heeft oogcontact minder nodig dan wij. Veel informatie krijgt hij sowieso wel binnen. Om mij te begrijpen hoeft hij mij niet per se te zien.

Eerst nam hij dus mijn hand en hield die gewoon zachtjes beet. Zo hebben we een tijd gezeten tot vertedering van Sofja Jersjova, die bij de aanblik bijna volschoot.

Maar toen trok hij hem naar zich toe, mijn hand, en begon ermee tegen zijn borst te slaan. Herhaaldelijk. Ik deed niets en liet het toe: hij sloeg met mijn hand tegen zijn borstkas, precies zoals ik hem, de ochtend waarop ik hem voor het eerst zag, had zien doen met het roodgeverfde soldaatje.

# 5

'Als die heren strakjes komen,' vroeg Sofronov, 'wat zal ik ze dan schenken?' Hij had zijn mouwen opgestroopt en was met een zwabber in de weer. 'Believen die iets warms of beter een versterkertje?'

Tussen het eerste en het tweede requiem moest de kamer waarin Pjotr Iljitsj lag opgebaard worden ontruimd voor een privéontvangst van zijn oude studievrienden.

Niet alleen een geur van natte jassen had de stroom bezoekers in de afgelopen uren achtergelaten, maar ook stof en moddersporen, een verfrommeld zakdoekje, vergeten handschoenen. Ook vonden wij, als na een kermis, een ochtendkrant, sigarenwikkels, een snoeppapiertje zelfs.

De bediende wrong zijn dweil. Ik vergaarde bloemen die op en naast de dode waren neergelegd, en bond ze tot een bos bijeen. Bob en Modest sleepten stoelen aan waarop de jaargenoten konden plaatsnemen rond het lichaam van hun oude kornuit.

'Ik zou ook een samowaar kunnen neerzetten,' bedacht Sofronov, 'dan kan ieder zelf nemen.'

'Kan mij het schelen wat ze drinken?' antwoordde Bob. 'Voor mijn part stikken ze erin.'

Modest schrok. Twee tellen gaapte hij mij aan, met zijn mond vol tanden, en toen maande hij zijn neef dat hij zich om mijnentwil moest inhouden.

Met kracht pootte Bob een stoel in de kring rond de overledene.

De Keizerlijke School voor Jurisprudentie, de prestigieuste opleiding in het land, was niet alleen de alma mater van de broers Tsjaikovski, maar ook van Bob Davidov en veel mensen die wij kenden. Voor jongeheren van de hoogste stand bestond er eigenlijk geen alternatieve opleiding, niet serieus, niet zonder gezichtsverlies, behalve misschien het page-korps.

De belangrijkste rechtsgeleerden van het rijk gaven er les en ik heb nooit gehoord dat iemand, behalve door geboorte, in aanmerking is gekomen voor een van de felbegeerde administratieve functies aan het hof zonder de steun van het machtige kameradennetwerk van oud-leerlingen.

De perzikkleurige schoolgebouwen aan de Fontanka stonden zozeer symbool voor de waarden van het keizerlijk Rusland dat bezoekers aan Sint-Petersburg, wanneer zij langs dat deel van de kade wandelden, de hoed soms afnamen.

Eenzelfde uitstraling had het uniform dat de studenten – na een straffe en geheime inwijding – mochten aantrekken. Het verschafte de drager, jong als hij was, aanzien in de hele stad, opende alle deuren en bracht een toekomstige sleutelpositie in het rijk binnen bereik. De lange jas met de opstaande kraag, geborduurd met goudbrokaat, en de tweepuntige steek met het insigne vertegenwoordigden een eer die door de dragers, hartelijk in hun geleerde verbond vereend, ten koste van alles werd verdedigd.

De ongelukkige die, op welke manier dan ook, de eer van het uniform schade toebracht, schaadde de reputatie van de school. Zo iemand kon rekenen op uitstoting, een erestraf of erger, want binnen dit hechte verband had het gedrag van één zijn weerslag op het aanzien van allen. Meteen vanaf het eerste semester leidde dit onder de jaargenoten tot solidariteit, een warme broederband en het ontstaan van levenslange vriendschappen.

Dat de klas van '59 zich een laatste keer rond hun Pjotr Iljitsj wilde scharen, verbaasde dan ook allerminst. Evenmin dat zij dit in afzondering wilden doen. Zoals de vrienden ooit samen hun ritueel tot toetreding hadden ondergaan, hadden zij ook afscheidsrituelen, die zij in gedeeld verdriet en beslotenheid wilden volvoeren.

Zeven man sterk kwamen ze boven, grimmig somber. Een paar van deze hartsvrienden herkende ik meteen. Aan een van hen, August Gerke, advocaat bij het ministerie van Justitie, had Pjotr Iljitsj nog maar pas geleden zijn *Tendres reproches* opgedragen, een nieuwe pianocompositie; Gerkes vader was aan het conservatorium Petja's leermeester geweest en August speelde zelf.

Een ander, Ivan Toertsjaninov, juridisch adviseur van de gouverneur, had ik eens gesproken op het nieuwjaarsbal en dan was er Vladimir Nikolajevitsj Gerard, die Petja mij in de Parijse opera eens aangewezen had als een van zijn jeugdliefdes.

Boven aan de trap worstelden de vrienden nogal met hun natte overjassen. Sofronov probeerde alle paraplu's aan te nemen voordat die zouden lekken op het Afghaanse tapijt.

Ongemerkt in alle drukte van hun intocht verloor Bob opnieuw even zijn zelfbeheersing, maar Modest kalmeerde hem. Zij fluisterden iets wat niemand opving, behalve ik, voor wie de sterkte van een stem van geen belang is zolang er licht valt op de lippen.

'Ik weet niet of ik dit opbreng,' zei de een panisch, waarop de ander hem toebeet: 'Je moet, je móét!'

Direct trokken hun gezichten weer in de plooi en verwelkomden ze het clubje rouwenden dat verder bestond uit Aleksej Belostotski en Nikolaj Nikolajevitsj Schreiber, senatoren voor het departement strafrecht, Boris

Brovtsin, voorzitter van de Rechtskamer, en Mordvinov, senator en advocaat van de Synode.

Al met al een kleurloos kluitje. Heeft hun positie hen zo gemaakt, vroeg ik me af, of waren zij al in de kern zo toen zij nog jongens waren? Ze hadden vast meer pit toen zij samen nog hele nachten doorhaalden en schouder aan schouder lagen bij te komen in een of ander bordeel. Jeugd, met zijn eindeloze mogelijkheden, spiegelt ieder eenzelfde grenzeloze toekomst voor, maar langzaam, keus na keus, sorteert het leven mensen uit.

Van Petja's vrienden was Gerard de enige die zich niet goed hield.

'Ik heb wat woorden proberen te vinden...' begon hij. Maar meteen al werd het hem te machtig. 'Ik zou hem willen zeggen... ik hád het hem ook moeten zeggen, ja, maar God, het is te laat.'

Anderen schoten hem te hulp, van alle kanten tegelijk.

Zo'n groepsgesprek is mij als een tenniswedstrijd, het is ondoenlijk je ogen constant op de bal te houden. De finesses zijn me dus ontgaan, maar het bleef beperkt tot gepaste spijt, precies de juiste dosis medeleven die andermans rouw draaglijk houdt.

Enkel Vladimir Nikolajevitsj Gerard vergat zichzelf. En ons.

'Zo'n man als hij,' jammerde de voormalig oogappel van Pjotr Iljitsj. 'Maar goed, het is gebeurd, onze Petja is nu in de hemel overal van af. Hij wel. Hij wordt meegevoerd door engelen, die goeie kerel, zo'n lieve goeie kerel als hij was. Maar wij... Nog zoveel jaar te gaan! Wat moeten wij?' De tranen liepen over zijn wang. 'Wij moeten ermee léven!'

Een kleine, gezette man dook op, iemand die zich tot dan toe tussen zijn kameraden leek te hebben schuilgehouden. Hij droeg een knijpbril en een slechtzittend jasje met sleetse plekken op de mouwen.

Zijn plotselinge verschijning was des te verrassender omdat hij, als een sportsman die iemand een bal probeert af te vangen, van achteren op de arme Vladimir Nikolajevitsj toesprong. Met uitgestrekte armen greep hij diens neerhangende schouders en hij trok hem aan de kraag twee passen naar achteren, waarop de betraande jurist, toch al in wankel evenwicht, zijn balans verloor en struikelde, de ander meeslepend, zodat de twee over de geknoopte tapijten rolden als rugbyspelers door de modder.

'De heren hier hebben zelf genoeg verdriet,' verklaarde de aanvaller terwijl hij Gerard van zich af duwde, 'daar hebben ze jouw tranen niet bij nodig.'

Zijn bril was van zijn neus gevlogen.

Op handen en voeten tastte hij ernaar rond.

'Veel verschuldigd,' mompelde hij toen ik zijn bril onder een tabouret vond. Hij stak mij zijn hand toe zodat ik hem overeind kon hijsen.

Wij stonden borst aan borst terwijl hij met een jaspand in twee korte halen de dikke glazen van zijn bril schoonveegde, zonder welke hij stekeblind leek. Toen hij hem opzette, verraste mijn nabijheid hem. Geschrokken, alsof hij niemand had verwacht, deed hij een stap terug en hij stak zijn hand uit.

'Jakobi. Nikolaj Borisovitsj Jakobi.' Onderdanig klikte hij zijn hielen. 'Uw dienaar.'

'Wel, Nikolaj Borisovitsj,' zei ik toegeeflijk, 'u brengt onverwacht toch nog wat leven in dit huis.'

'Ik ben onhandig geboren, ben ik bang. Ik wilde, begrijp me goed, enkel maar voorkomen...'

Hij draaide zich, terwijl hij verder sprak, van mij af om zijn plaats tussen de anderen weer in te nemen.

'Mijnheer Konradi hoort u zo niet,' onderbrak Modest.

'Pardon?'

'Hij is doof.'

'Mijnheer Nikolaj Konradi?' Verbijsterd draaide Jakobi zich weer naar me toe.

'Om u te begrijpen moet hij uw lippen kunnen lezen.'

Jakobi keek mij aan alsof hij die mededeling niet wilde geloven, een compliment dat ik wel vaker krijg.

'Wel, wel.' Het sloeg hem even uit het veld. Achter zijn brillenglazen kneep hij zijn ogen samen ter nadere bestudering. 'Kijk aan, daar hebben wij zowaar mijnheer Konradi...' Van top tot teen nam hij mij op. 'Wat een toeval, kijk nou eens aan, wel, wel.'

'Welk toeval?' vroeg ik.

'De dove en de blinde...' Hij knikte eens en lachte vriendelijk. '... bij wijze van spreken. Uw ogen en mijn oren. Meer bedoel ik niet. Stel u toch eens voor, als wij die konden combineren, u en ik, ja, dan zouden wij het, alleen als zoiets nodig was natuurlijk, samen zonder iemands hulp nog een verdomd eind kunnen schoppen.'

Hij knikte ten teken dat ons onderhoud afgelopen was en zocht, zoals een zwaluw het midden van de zwerm, weer bescherming tussen zijn vrienden. Als één blok wandelden zij, zodra Modest de deuren opende, de rouwkamer binnen, hoofden gebogen.

Buiten op straat haalde ik eerst eens een paar maal diep adem. Lucht had ik nodig, koele, frisse lucht, alsof ik die tekortgekomen was.

Na de beklemming van de dood wenkt het leven uitgelaten. Ineens hipt ieder vogeltje alleen nog rond om jou te herinneren aan je vrijheid.

Terwijl ik daar zo stond – juist rekte ik mij uit als was ik opgestaan uit een te krap bedje – werd ik aangeklampt door Misja Antonovski, met wie ik goed bevriend was in Lyon.

Op het doveninstituut zat Antonovski een klas onder mij. Hij heeft daar Petja herhaaldelijk van dichtbij meegemaakt en kwam nu afscheid nemen. Hij stond in de wachtrij, samen met zijn zuster Ljoeba.

Zij sprak toen al tot mijn verbeelding, maar bleek nog mooier dan ik me herinner. En niet minder eigenzinnig: nog altijd is zij vastbesloten tot een studie medicijnen met als drijfveer op een dag een middel te vinden tegen de wiegenziekte die haar broers gehoor verminkte.

Trots vertelde Misja dat zijn zus ter voorbereiding al elke avond is te vinden in de Kunstkamer.

'Een van de professoren daar gelooft in studierecht voor vrouwen.'

'Meer dan dat,' onderbrak Ljoeba, 'hij is ervan overtuigd dat wij het binnen nu en een paar jaar zullen krijgen ook.'

'In de tussentijd stelt hij mijn zus na sluitingstijd, in alle heimelijkheid, alvast zijn laboratorium ter beschikking.'

Mijn oude schoolvriend leunde, om dit alles uit te leggen, zwaar op zijn gebaren. Log bleef hij daardoor, en vreemd, zodat ik kortaf reageerde. Het ergert mij altijd te zien hoe ik had kunnen zijn als ik op dat niveau was blijven steken. Zijn uitdrukking bleef vlak en zonder nuancering, zijn lipgebruik was lui. Ook het lezen van mijn lippen lukte hem maar matig.

Meer dan eens moest Ljoeba tussen ons tolken, wat ons alle drie geneerde. Toen ik verderliep, dankte ik mijn geluk weer eens dat ik Modest tot leraar kreeg. Wat heb ik hem vervloekt om zijn strikte regime en zijn methodes zonder mededogen, maar wat hebben die mij ver gebracht!

# 6

## NOTITIES VAN MODEST
## [UIT: CAHIER II – 1876]

*Lyon, Franse Republiek*
*25 januari 1876*

Het heeft meer weg van een krankzinnigeninrichting dan van een dovenschool. Nergens aan toegekomen. Niet eens mijn koffer uitgepakt. Drie dagen en nóg niets van de stad gezien. Dat aan het eind van de straat de Rhône stroomt, heb ik alleen van horen zeggen. De jongen is volledig overstuur, elke minuut gaat heen met troosten en kalmeren.

Nummer 10, rue Duhamel, waar te beginnen? Boven de voordeur een gevelsteen: een piramide met daarin een oog dat neerkijkt op iedereen die aanbelt. Onze dovendokter blijkt vrijmetselaar. Zijn instituut is ondergebracht in een van hun oudste loges. Passers, winkelhaken, hamers, rozen, korenschoven – het huis wemelt van geheime tekens.

Zodra de deur openzwaaide, torende de directrice, echtgenote van de dokter, twee stoeptreden hoger zo boven ons uit dat juffrouw Jersjova en ik ons klein voelden als Kolja. Het mens draagt haar kastanjebruine vlechten opgewerkt en gaat volledig in het zwart gekleed. Alsof wij haar hadden gestoord bij het bidden, hield zij haar handen voor haar buik gevouwen, waar ze op haar lange, strakke rok rustten. Zonder er een voor ons vrij te maken stelde mevrouw zich voor.

'Hugentobler-Zuberbühler.'

De dag dat hij dat kan uitspreken, dacht ik, verdient de jongen zijn diploma.

Zij viste naar een lorgnet, dat naast sleutelbos en liniaal aan haar riem bungelde, nam ons daardoor op en gaf met een hoofdwenk te kennen dat wij dienden te volgen, waarop zij zich omkeerde en oploste in het duister van de gang.

Juffrouw Jersjova keek mij, om moed te vatten, even aan. Met een zucht nam zij Kolja bij de hand. Ter geruststelling nam ik de hare.

Jacques Hugentobler scheen de antipode van zijn vrouw: druipsnor, los golvend haar, een lach die hoop houdt tegen beter weten in. Hij sprong achter zijn bureau vandaan, bood ons stoelen aan en had de eerste vijf minuten enkel oog voor, zoals hij hem noemt, 'de jongeheer Konradi'.

Met de handen op zijn knieën stond hij over het kind gebogen en trok hij uitbundige gezichten van verbazing, woede, angst, om te zien wat daarop voor reactie kwam. De dokter onderzocht mond, keel en oren en stak net zo lang zijn tong uit totdat Kolja hem nadeed.

'Waarom bent u niet zijn ouders?' vroeg hij mij.

'De juffrouw en ik zijn niet gehuwd.'

'Dat is geen excuus.'

'Zij is zijn gouvernante, ik ben Nikolajs privéleraar.'

'Wel, wel...' Wrijvend over zijn onderrug, pijnlijk schijnbaar, kwam hij overeind. 'Daar hebben we het dan, de aap komt uit de mouw.'

'Ik heb u hierover geschreven.'

'En u hebt geen ervaring met het lesgeven aan doofstommen, mijnheer Tsjaikovski, is het wel?'

'Geen enkele.'

'Dat is me mooi.'

'Maar ik ben bereid te leren en stel me zonder voorbehoud tot uw beschikking.'

'Zonder ouders, ziet u...' De dokter masseerde zijn flanken en schudde zijn hoofd. 'Zolang die zich niet betrokken tonen...'

'Zij vóélen zich betrokken.' Sofja Aleksandrovna legde haar arm om Kolja's schouders en trok hem tegen zich aan. 'Zij zijn alleen te druk. Zo'n reis... Zo ver van huis. Zij hebben daarginds ook hun verplichting.'

'Dat is altijd het verhaal.' Hugentobler nam weer plaats achter zijn bureau. 'Vermogende ouders, tijd hebben ze niet, maar geld genoeg. Tien leerlingen heb ik hier, allemaal hetzelfde verhaal. Zodra hun kinderen hebben leren spreken, krijgen papa en mama weer interesse.'

'U zou ook kunnen zeggen,' wierp Sofja tegen, 'dat het de ouders zozeer interesseert dat zij bereid zijn voor uw hulp een fortuin neer te leggen.'

Kolja liep naar het raam en staarde over straat.

Hugentobler volgde zijn gedragingen aandachtig.

'En hoeveel ouders,' zei hij ondertussen, 'die geen cent hebben te makken interesseert het net zoveel of meer? Daarom vertel ik u mijn droom: binnen een jaar of tien een heuse school voor doofstomme en blinde kinderen uit de onderklasse. Stuk of honderd leerlingen gratis en voor niks, gefinancierd door inkomsten uit de privéopleiding. Ik heb het terrein waar alles komen moet al op het oog en dan verder nog eens iets...'

Midden in een zin greep hij een voorwerp uit de la van zijn bureau en wierp het met volle kracht de kamer door. Naar het raam. Recht op Kolja af, die met zijn rug naar ons toe stond.

De jongen, trefzeker, sprong op als een snoek die opduikt naar een ijsvogel, zijn bovenlijf een halve slag gedraaid. Hij sloeg een arm uit en ving het voorwerp.

Een lederen bal was het, zo groot als een appel, die dwars door de ruiten was gegaan als Kolja hem niet uit de lucht had geplukt.

'Ziet u, dit is de vergissing die de mensen maken.' Hugentobler hield zijn hand op. Trots wierp de jongen de bal terug. 'Ze denken dat zulke kinderen iets missen.'

Nadat hij Sofja Aleksandrovna naar de overkant van de rivier had gestuurd om in de oude stad een schooluniform voor Kolja te kopen, leidde hij mij een lokaaltje binnen. Ondanks de frisse winterwind zette de dokter een raam open.

'U moet zijn aandacht zien te vangen. Daarmee begint alles. Die schijnbare afwezigheid van uw jongen is volstrekt normaal. Zo krijgen we ze hier allemaal. Concentratie is onontbeerlijk voor de zware weg die voor ons ligt. De blik moet worden gericht. De geest op de lessen toegespitst. Het lijf moet uit zijn lethargie worden gewekt. De spieren in de keel, de lippen en de tong, alles is onderontwikkeld. Ditzelfde geldt voor het hele pulmonaire systeem. De longen zijn lui. De thorax traag. Het middenrif functioneert matig. De flanken zijn niet gewend zich voor het spreken breed te maken. Trainen moeten we ze! Dat hele lijf. Zoals men atleten traint.'

Hij overhandigde mij een lijst met vijfentwintig voorbereidende oefeningen, waarmee wij vanaf nu elke dag moeten beginnen, een uur lang.

Spelletjes noemt de dokter ze, gymnastiek, maar de herhaling is meedogenloos en in een tempo dat steeds hoger wordt opgevoerd.

'Een gladiatorenschool is dit,' verduidelijkte hij. 'En u, mijnheer Tsjaikovski, bent de provocator, de man met de karwats die de strijder, zodra die het dreigt op te geven, opzweept.'

*1 Ga zitten op een aangegeven signaal.*
*2 Open de klep van het bureau. Sluit hem weer.*
*3 Haal de lei daaruit tevoorschijn en leg hem weer terug.*
*4 Pak een krijtje uit de doos en doe het erin terug.*
*5 Open de deur. Sluit hem weer.*
*6 Pak een boek en breng het naar de leraar.*
*7 Strek een arm uit, breng hem omhoog en naar achteren, naar links, naar rechts. Nu de andere arm.*
*8 Laat beide handen zien, eerst de bovenkant, dan de onderkant.*
*9 Vingers laten zien, een voor een.*
*10 Linkeroog aanwijzen, rechteroog, neus, oren.*
*11 Open en sluit de mond.*
*12 Open en sluit de rechterhand, dan de linkerhand. Ten slotte beide handen tegelijk.*
*13 Wijs de rechtervoet aan, linkervoet, de knieën.*
*14 Doe een stap vooruit met de rechtervoet, vervolgens de linker.*
*15 Drie stappen naar voren nemen, drie naar achteren.*
*16 Lippen aanraken, tanden, tong.*
*17 Lippen tuiten, rondmaken, tussen de tanden drukken.*
*18 Tanden op elkaar.*
*19 Onderkaak voor de bovenkaak brengen en daar even houden.*

*20 Tong uitsteken en intrekken.*
*21 Puntje van de tong tegen de bovenlip leggen. Nu tegen de onderlip.*
*22 Punt van de tong tegen de boventanden, tegen de ondertanden. Dit zowel aan de voor- als aan de achterkant.*
*23 Wangen opblazen. Met de handen de lucht weer uit de wangen persen.*
*24 Tegen de rug van de hand blazen.*
*25 Blaas een kaars uit.*

En dit dan vijftien keer.

Kolja iedere handeling duidelijk maken is al een opgave. Te zorgen dat hij zijn aandacht erbij houdt, is bijna onmogelijk. Hem daarbij streng aanpakken is mij ondoenlijk. Het kind doet zo zijn best! Hij raakt er letterlijk van in de knoop – linkerhand, rechtervoet. Ik heb er zelf al moeite mee, terwijl ik nog kan spieken van papier.

Zodra ik Kolja op adem wil laten komen, grijpt Hugentobler in.

'De snelheid is essentieel.' Met weids armgebaar slaat de man de maat, driftig, rigoureus. 'De hersenen moeten aan de impulsen wennen, de zenuwbanen moeten open, dóór, dóór, stuw die energie door het ruggenmerg! En dóór!'

Elke keer dat de jongen zich vergist, staat Hugentobler erop dat hij een reeks helemaal opnieuw begint. Het brengt mij zelf soms net zo dicht bij tranen als die kleine.

'Het is nú jammeren,' houdt de dokter vol, 'óf over tien jaar, wanneer hij merkt dat het te laat is om nog aan het leven deel te nemen.'

Voor de volgende serie oefeningen, gericht op de ademhaling, moeten de jongen en ik ons tot op het hemd ontkleden en tegenover elkaar plaatsnemen. Eerst adem ik terwijl hij zijn handen op mijn borstkas drukt.

*Een korte ademstoot – middellang – lang*
*Lang – lang – lang*
*Lang – kort kort – kort kort*
*Lang – kort kort – kort kort*
*Lang – kort kort kort – kort kort kort*
*Lang – kort kort kort – kort kort kort*

Als hij mij dit heeft nagedaan, begin ik dezelfde reeks, maar nu met klank.

Kolja moet dit proberen na te bootsen, maar het is niet om aan te horen. Dit is niet erg, wordt mij verzekerd. Vaak begint het pas na weken ergens op te lijken.

O God, hij wíl zo graag, maar weet dat hij het fout doet. Uit onmacht schreeuwt hij, huilt hij. Dit vindt Hugentobler buitengewoon positief. 'Stap één is zulke kinderen hun onvermogen bewust te maken. Dat stimuleert de vechtlust.'

Vervolgens moet ik Kolja laten ervaren wat er in mijn lijf gebeurt wanneer ik zacht een toon begin, crescendo en diminuendo maak. Hij legt zijn handjes rond mijn strottenhoofd, terwijl ik een reeks woorden spreek. Dit leidt tot geen enkele herkenning of begrip. Toch moeten wij dit stug herhalen, raadt de dokter, enkele uren elke dag, opdat het kind vertrouwd raakt met het verschil in resonans en leert begrijpen welke spieren een sprekende hiervoor gebruikt.

Ten slotte voeren wij deze hele klankoefening opnieuw uit, nu met Kolja's handen op mijn gezicht, zodat hij voelt dat je je stemgeluid kunt sturen van keelholte naar mondholte, neusholten, voorhoofdsholten en weer terug. Daarna omgekeerd: ik neem zijn gezicht in handen. Tot nog toe zonder resultaat. Ook dit, wordt mij gezegd, zal weken in beslag nemen.

'Ik heb eens de dochter van een stationschef behandeld die een taal ontdekt had in de stand van de seinen en de wissels,' vertelde dokter Hugentobler. 'Dit meisje had zich dat idioom zelfs aangeleerd en trachtte te communiceren via het scharen van haar vingers en het heffen en laten zakken van haar armen. Zij liet ze scharnieren zoals de borden die haar vader omzet bij de aankomst van de treinen. Ieder mens is te begrijpen als wij maar bereid zijn ons ver genoeg in hem te verdiepen.'

Ons lot is ons een raadsel en allemaal zoeken wij ergens houvast.

'Deze kinderen,' verklaarde Hugentobler, 'zijn in hun eenzaamheid wanhopig. Zoveel dingen zijn hun onnavolgbaar. Codes waar zij niet bij kunnen, signalen die zij niet begrijpen... zij zoeken een handvat. Horenden lijken allerlei afspraken te maken waar zij buiten staan. Doven blijven altijd op zoek naar antwoorden, menselijke patronen, een geheime betekenis achter het alledaagse.'

*26 januari 1876*

In de eetzaal trof ik een ander jongetje uit Rusland, Misja Antonovski, een jaar jonger. Hij is hier een halfjaar, maar veel zinnigs komt er nog niet uit. Dit kind is horend geboren, maar werd door ziekte doof.

Ik heb Kolja naast hem gezet. Ik dacht: twee landgenoten kunnen het met elkaar wel vinden, maar zonder taal blijven het vreemden. Even was er contact omdat een beker melk omviel, verder niets.

*27 januari 1876*

Alles is nu volledig uit de hand gelopen.

Vanochtend kreeg de jongen zijn eerste les 'expressie' van mevrouw Hugentobler. Ik mocht daar niet bij zijn, zogenaamd 'omwille van zijn concentratie'.

Toen ik terugkeerde van een wandeling door de stad, trof ik het kereltje aan als een veroordeelde op het schavot.

'Nee!' schreeuwde ik, sjorrend aan de leren riemen waarmee hij vastgebonden zat. 'Dit niet, dit nooit, niet zo, hier werk ik niet aan mee!'

Kolja gilde als een dier dat wordt gekeeld.

'Stil maar, jongen, stil maar,' suste ik, want ik vergat in mijn paniek dat hij mij niet horen kan. En toen het me te binnen schoot, bleef ik sussen in de hoop mezelf te kalmeren. 'Ik ben er, jongetje, rustig maar, het is goed, lief kind, ik maak je los!'

De striemen staan op zijn polsen, op twee plaatsen tot bloedens toe.

Ze hadden hem aan de 'praatstoel' gebonden, een zetel van massieve blokken hout, speciaal gebouwd op kinderen die zich uit alle macht proberen los te rukken. Een uur lang had hij zo moeten zitten.

'Altijd hetzelfde, de eerste keer,' zei Rosa Hugentobler.

Zij en haar man werken volgens een omstreden, strikt orale methode, waarmee zij groot succes boeken. Geen leerling die zich hieraan onderwerpt, beweren ze, verlaat het instituut zonder zich kenbaar te kunnen maken.

'Denk goed na, mijnheer,' waarschuwde Hugentobler toen ik dreigde dat wij onze spullen zouden pakken. 'Waarmee berokkent u de jongen de meeste schade, blijven of nu opgeven?'

## In de nacht

Er is geen land met hem te bezeilen. Slapen wil hij niet. Hij wil niet alleen zijn, geen minuut. Hij klampt zijn oude dekentje, dat wij uit Grankino meebrachten, zo vast dat zijn vingers er wit van zijn. Zodra wij het licht uitdoen, begint hij te krijsen. Sofja heeft alles geprobeerd om hem te sussen, maar weet het ook niet meer. Zij is in tranen.

Om twee uur hebben we zijn bedje maar in mijn kamer gezet, want mijn nabijheid is het enige wat Kolja kalmeert.

Hier zit ik dus. Aan mijn bureau. Kaarsen aan.

Ik zou hem willen uitleggen dat ik zoiets niet nog eens zal laten gebeuren. Dat ik hem, koste wat het kost, beschermen zal. Dat alles, zelfs het ergste, om zijn bestwil is. Dat ik zijn vriend ben. Sofja zijn vriendin. Dat wij aan zijn kant staan.

Maar alleen door te gebaren kan ik hem bereiken. Ik kan morgen bij het circus solliciteren, zo maai ik met mijn armen, maar de kleine Nikolaj op de man af zeggen hoe ik met hem meevoel, blijft ondoenlijk.

Zijn ademhaling is nu rustig. Het krassen van mijn pen over papier benadrukt de stilte. Zij ligt over de uitgestorven stad. Stel je voor onder zo'n doodse deken dag in, dag uit te leven. De afstand tot alles.

Het idiote is dat ik stilletjes doe om het kind, nu het is ingedommeld, niet te wekken. Het verschuiven van mijn stoel, zelfs het omslaan van een pagina doe ik voorzichtig. Bespottelijk, ik zou een kanon naast hem kunnen afschieten.

Zo lastig is het nu je te verplaatsen in een ander. Kon een mens zichzelf maar vergeten, dan begreep iedereen elkaar.

Ik heb hem toegedekt. Hij werd even wakker, zag dat ik het was, en sliep weer verder.

'Ik weet wat u denkt,' zei Rosa Hugentobler-Zuberbühler in het overleg dat ik geëist had. 'Dat ik met zo'n kind niet begaan ben. Dat ik wel harteloos moet zijn. Hoe iemand zich kan afsluiten wanneer er een begint te huilen of te krijsen, vraagt u zich af. Hoe een mens in staat kan zijn tot zulke wreedheid. En dat voor een vrouw! Dat ik een ijskoningin moet zijn, denken ouders. Dat het maar goed is dat ik zelf geen kinderen heb, het is me allemaal al eens gezegd.'

Om volmaakt te leren spreken, stellen de Hugentoblers, moet de leerling de toevlucht tot andere expressiemiddelen onmogelijk worden gemaakt. Geen gebaren meer, geen mimiek of grimassen. Iedere beweging anders dan die van de mond, het strottenhoofd en het ademhalingsapparaat is verboden. De eerste maanden worden de kinderen daarom ingesnoerd.

'Ik ben hier alleen toe in staat, mijnheer Tsjaikovski, omdat ik heb gezien hoe het de kinderen is vergaan voor wie ik mededogen heb getoond. De eerste jaren, waarin ik me tegen hun smeken en jammeren nog niet gepantserd had. Degenen die mij zo aan het hart gingen dat ik me te zwak getoond heb, de stakkers door wie ik me uiteindelijk heb laten overhalen. Degenen die ik het op hún manier liet proberen, zij hebben het geen van allen gered. Toen ik dit begreep moest ik met mezelf in gevecht. Misschien is dit het punt waarop u zelf al bent aanbeland, anders komt dat nog: de dag waarop je je afvraagt of je wel alleen maar warm en zacht voor ze moet zijn, zoals je in je hart het liefst zou willen, of dat je ze wérkelijk redden wilt. Is dat het geval, dan moet je je vermannen. Dit ben je aan ze verplicht, ook al zullen zij jou erom vervloeken.'

Zij viel even stil, alsof ze hun verwensingen weer hoorde.

'Hard zijn is ook een vorm van liefde,' ging zij verder. 'En niet de makkelijkste, kan ik u zeggen. Ik mag dan geen moeder zijn, maar vergis u niet: dit zíjn mijn kinderen. En wanneer iemand mijn methode laakt, als ik er weer eens om verketterd word en iemand mij zegt dat ik, als ik ze zo behandel, geen gevoel in mijn donder heb, dan denk ik: inderdaad, het ís me gelukt. Ik héb gedaan wat hun eigen moeder niet zou kunnen. Ik overwon mijn gevoel. Ik heb mij tegenover deze kinderen harteloos getoond, ja. Dat heb ik voor ze opgebracht.'

# 7

'Hij is zo moedig geweest,' begon dokter Bertenson toen ik onaangekondigd bij hem op de stoep stond. 'Zo moedig, Kolja, helemaal tot op het eind. Bleef zich maar verontschuldigen dat hij ons last bezorgde met zijn sterven. Altijd maar de anderen voorop, in leven en in dood, denken, voelen, weten voor een ander, wat een man, onze Pjotr Iljitsj, onze vriend, wat een mens!'

'Hoe heeft het zo snel kunnen gaan? Vanochtend nog arriveerde ik hier in de overtuiging dat ik hem zou spreken.'

'Ik weet niet wat je hem had willen zeggen, Kolja, maar vanaf nu...' Hij sloeg een kruis. 'Wat je ook op je lever hebt, je kan het voortaan met hem delen in gebeden, want zo goed als zeker zit hij vooraan bij de troon van God.'

De oude Varvara kwam met Turkse koffie binnen. Het goede mens legde haar hand tegen haar boezem om mij haar medeleven te betuigen. Terwijl zij uitserveerde, zwegen wij.

Ik kende Vasilji Bernardovitsj Bertenson zowat mijn hele leven. Modest riep hem erbij toen ik met roodvonk het bed moest houden, sindsdien werd de lijfarts van de Tsjaikovski's als vanzelfsprekend ook de mijne. Pjotr Iljitsj, die mensen feilloos de ziel las, schonk deze arts zijn onvoorwaardelijk vertrouwen. Een zalvende geruststelling straalde hij uit, een kalm overwicht, waarbij je je, ook al mankeert je niets, vanzelf wat beter voelt.

'Het zou mij helpen,' zei ik zodra wij weer alleen waren, 'als ik alles wat beter zou begrijpen.'

'En helpen zou ik jou graag. Dat ben ik aan jullie wel verplicht, nietwaar? Veel liever nog had ik hém willen helpen. Een heilige eed heb ik ooit gezworen dat ik daaraan alles doen zou. Maar helaas, moge Apollo mij vergeven, ik ben ook maar een mens. Bij Asclepius, Hygieia en Panacea... dit is het verdrietigste falen uit al mijn praktijkjaren en zo is het. Voilà, daar heb je het, meer valt er niet te snappen.'

Hij tuurde in zijn koffie om te zien of die al was bezonken.

'Misschien kunt u met betrekking tot het verloop van de ziekte iets verhelderen?'

'Ik betwijfel het.'

'Hoe het begonnen is, bijvoorbeeld.'

'Ik weet niet...' Hij keek op en schatte de situatie in. 'Hoeveel heeft Modest jou al verteld?'

'Nog amper iets. Wij hebben elkaar nauwelijks kunnen spreken. Alle bezoek. Hij is te druk.'

'Dat zal, ja, ja, te druk, dat zal.' Hij keek naar buiten, alsof daar iets zijn aandacht trok. 'Tja, zo'n akelige ziekte, hoe verloopt zoiets?'

'Donderdag om een uur of vijf, begreep ik, liet Modest u roepen?'

'Vijf uur, dat klopt, maar ik was op huisbezoek, de bevalling van een eersteling die nogal op zich liet wachten. Pas tegen achten vond ik thuis het spoedbericht. Petja had de hele dag al diarree en hij was misselijk. Kwart over acht was ik bij ze. Ze hadden al warme kompressen aangebracht en hem van zijn slaapvertrek naar de salon gebracht, zodat hij dichter bij het toilet lag.'

'Zag u meteen hoe ernstig het was?'

'Niet meteen. Hij kon nog zelf de gang op als het moest en dan, je weet, zijn maag, zijn darmen, altijd al zijn zwakke punt. Het middel dat ik ooit voor hem bedacht en dat tot dan toe tegen zijn gastritis altijd heeft geholpen, had Sofronov hem al gegeven: een mengsel van mineraalwater met borax. Maar toch, ik ging ervan uit dat hij een van zijn aanvallen had, mogelijk verergerd door een catarre van de maag. Meer kon ik niet constateren omdat niemand eraan had gedacht zijn excreties te bewaren. Hij braakte trouwens minder, zei Sofronov, dan eerder op de dag. Wij dachten daarom allemaal dat het ergste wel voorbij zou zijn. Modest was zelfs niet thuis. Die had repetities voor zijn nieuwe stuk – mijn God, ja, dat moet overmorgen ook nog in première! *Vooroordelen*. In het Aleksandrinski. De dag van de begrafenis, hoe kan het zo uitkomen! Kortom, tegen de tijd dat ik bij Petja arriveerde, bleek Modest voor een doorloop in het theater te zijn. Iedereen had goede hoop behalve... De enige die met geen mogelijkheid viel te kalmeren, was Pjotr Iljitsj zelf. Hij smeekte mij hem niet alleen te laten. Hij greep mijn arm, hij was wanhopig...'

Dokter Bertenson kon even niet verder spreken.

'Wat zei hij dan,' drong ik aan. 'In godsnaam, wat heeft hij voorvoeld?'

'Ik ben bij hem gaan zitten. Wij hebben gepraat.'

Hij keek me aan, verlangend de intensiteit van dat moment te kunnen delen. Zijn lippen tastten al naar woorden, maar hij zette zijn tanden erin en floot ze terug.

'Mijn eed,' zei hij en hij schudde zijn hoofd.

'Dus wanneer kon de diagnose uiteindelijk met zekerheid worden gesteld?'

Dit leek zijn verwarring eerder te vergroten.

'De diagnose...'

'Ja, dat is toch niet geheim, wanneer hebt u de ziekte bij hem kunnen constateren?'

'Er zijn symptomen, tja, en verder is het lastig. Een mens heeft al zo weinig zekerheden in het leven, geloof me, tegen het einde wordt het er niet beter op. Rond tien uur dacht Petja zelf dat hij ging sterven, en riep: "Vaarwel!" Wij namen geen verandering waar, maar hij hield vol dat zijn heengaan nu onmogelijk nog veel langer kon duren. Ik schrijf dit toe aan angst. Hij bezwoer me dat hij niet genezen zou, niet genezen kón. Dit wist hij zeker, zei hij, en hij smeekte mij hem iets te geven wat zijn lijden zou verkorten, iets wat zijn leven zonder verder uitstel zou beëindigen, maar u begrijpt, ik mag zoiets niet doen. Tegen middernacht leek hij gelijk te krijgen. Zijn marteling nam toe. Koud werd hij en klam. Hij kreeg stuipen van de pijn, zijn handen en zijn voeten werden ijzig blauw. Toen pas konden we met zekerheid zeggen dat het algide stadium van de cholera was ingetreden.'

'Maar,' zei ik verbaasd, 'dat is het twééde stadium, nietwaar?'

'En het gevaarlijkste, dat klopt.'

'Waar de patiënt languit ligt, nat en ijzig.'

'Zo is het precies.'

'En het eerste stadium dan, hoe hebt u dat kunnen missen?'

Het was niet als verwijt bedoeld, maar wat kon het anders zijn?

'Ik geef toe...' Vasilji Bernardovitsj knikte schuldbewust. 'Een ander had het misschien eerder gezien, maar ik verzeker u, het had in dit geval niets uitgemaakt. Niets had deze patiënt kunnen redden, daar durf ik op te zweren. Nu weet u het.'

'Maar... als een ander de symptomen eerder had herkend, waarom dan u niet?'

'U moet begrijpen, ik heb nooit een patiënt met cholera behandeld. In al mijn lange jaren niet. Het is een ziekte... die komt bij ons niet voor.'

Hier had ik nog niet bij stilgestaan, maar inderdaad. Deze kwaal trof vrijwel zonder uitzondering alleen de laagste klassen. Wij hadden nooit iemand gekend die eraan leed, terwijl de cholerapandemie die op dat moment woedde, binnen een eeuw in Rusland al de vijfde was.

Dit keer was de ziekte door pelgrims uit Bombay meegebracht naar Mekka, vanwaaruit de ziekte zich over eenentwintig landen had verspreid. Onze grenzen was zij vijf jaar geleden overgestoken. In 1888 werd in Vladivostok de eerste haard ontdekt en inmiddels woedde de verschrikking in zeventig provincies. Een half miljoen landgenoten had de aandoening al opgelopen, van wie de helft was gestorven. Desondanks: niemand die wij hadden kunnen kennen. Geen van dokter Bertensons patiënten.

'Alles draait om hygiëne,' verduidelijkte hij. 'Als de gebruikelijke sanitaire maatregelen maar in acht worden genomen en ieder contact met lijders aan de ziekte zorgvuldig wordt vermeden. Zolang je stromend water gebruikt, zeker als dat nog eens goed is doorgekookt... Sofronov zal het zichzelf wel kwalijk nemen.'

'Sofronov?' zei ik verbaasd.

'Die had hem het fatale glas immers geschonken, die middag, bij de lunch.'

'Thuis? Mij is verteld dat het bij Leiner's werd gedronken.'

'Bij Leiner's...' Deze nieuwe informatie overviel hem.

'Aan tafel, een dag eerder in het restaurant, woensdagavond al bij het souper.'

'Welja, dat is ook zo! Sofronov, hoe kom ik daar nou bij, die arme kerel, de brave onschuld zelve! Bij Leiner's, een avond eerder, ja, dat moet ook wel, natuurlijk was het daar, dat wist ik toch.'

Hij trok zijn horloge en stond op.

'Dat is nou het slaapgebrek. De uren die ik sinds donderdag in bed heb doorgebracht zijn op de vingers van één hand te tellen en nu het dan achter de rug is, komt alle spanning en vermoeidheid er in één keer uit! En kijk nou, over twintig minuten word ik alweer ergens verwacht, dus, Kolja, fijn jou weer even te zien. Goed dat je gekomen bent, ik was al bang, na jullie onenigheid...'

Hij leidde mij naar de deur van zijn werkkamer en vroeg Varvara mij uit te laten.

'Heeft Modest daar met u over gesproken, over onze onenigheid?'

'Hij niet. Pjotr Iljitsj liet het zich ontvallen. Ergens in die laatste uren. Jullie breuk baarde hem onevenredig grote zorgen. Het was zijn vurige wens dat het tussen zijn broer en jou nog goed zou komen. Beter zo, veel beter, zeker gezien de omstandigheden. Ruzie en rouw passen niet in één ruimte. Veel fijner elkaar de hand te reiken en elkaar te steunen, nietwaar? Wel dan, ik houd je niet langer op, jongen. We zien elkaar gauw genoeg weer, ongetwijfeld vandaag of morgen nog bij een van de diensten. Hou je sterk!'

Ik stond in de vestibule, jas al aan, toen ik me bedacht en mijn hoofd nog even bij Vasilji Bernardovitsj om de hoek stak.

'Eén ding,' vroeg ik. 'Als zich die tweede fase van de cholera bij Petja donderdagavond openbaarde, en zo in alle hevigheid, wanneer verkeerde hij dan in de eerste fase?'

'Ah, daar heb je me, dat moet ik nazoeken.'

'Die moet toch zeker zo'n twaalf uur eerder zijn begonnen.'

'Zoiets, zoiets.' Hij hield zich op de vlakte. 'Dat zou je denken.'

'Minstens dus op donderdagochtend.'

'Nou, dat klopt dan toch?' Dokter Bertenson leek opgelucht. 'Ja, vóór de lunch, ik zei het al. Sofronov heeft zichzelf niets te verwijten.'

'Jawel, maar dan nóg: de incubatietijd...' Ik rekende het

in gedachten na, maar het was simpel: 'Vanaf de besmetting tot de eerste signalen verstrijken tussen één en drie dagen. Op zijn vroegst kan het noodlot dus woensdag in de ochtend hebben toegeslagen, ver voor het etentje bij Leiner's.'

'Weet je wat,' sprak de dokter ongedurig, 'ik sla er de boeken nog eens op na en dan kom ik erop terug.'

'Dat is niet nodig,' zei ik. 'Al deze informatie heb ik al. Die komt van u zelf.'

'Van mij?'

'Ja, van het lijstje dat u aan Modest hebt gestuurd.'

'Ik weet van geen lijstje.'

'Het verslag van het ziekteverloop bij cholera. Het kwam vanmorgen per post.'

'Desalniettemin, ik ken het niet.' Hij liep naar de haard, alsof hij zijn interesse in mij had verloren, en begon het vuur op te porren.

'De fasen, het nauwkeurig tijdsverloop,' hield ik vol. 'Uw naam stond er toch echt boven in hoogdruk: "Dokter Bertenson". Verguld en wel. Ik vond het op Modests bureau en heb het bestudeerd, zodoende.'

'O, zulk briefpapier, maar dát is niet van mij.' Hij lachte gemaakt. 'Vergulde hoogdruk, waar ziet u mij voor aan! Dat briefpapier is van mijn broer.'

'Lev Bertenson?'

'Hij heeft...' Vasilji Bernardovitsj wist het niet een-twee-drie te formuleren. 'Mijn broer nam de behandeling van mij over. Ik dacht dat je dat wist. Diezelfde avond nog, donderdag, is hij erbij geroepen.'

'De lijfarts van de tsaar? Door wie is hij erbij geroepen?'

'Door de familie.'

'Ineens een vreemde na al die jaren dat u Petja's vertrouwen had? Uitgerekend in zijn laatste dagen?'

'Er werd gedacht...' Hij keek in de haardvlammen. Zweetpareltjes flonkerden. 'Ik dacht het zelf ook... dat hij dit keer, een uitzondering, voor deze zaak, wij dachten allemaal dat Lev hiervoor het meest geschikt zou zijn.'

'God, Kolja, de ene dokter of de andere,' zei Modest geërgerd. 'Heb ik niks anders aan mijn hoofd dan die hele lijdensweg van de afgelopen dagen nog eens tot in detail met jou door te nemen?'

'Maar Lev Bertenson, een wildvreemde aan zijn bed, waarom in hemelsnaam?'

'Omdat er in het hele land geen knappere arts te vinden is. Lijkt je dat reden genoeg? En als er een betere was, had ik díé laten komen. Vasilji's broer is wereldwijd gewild. In Londen heeft hij prins Alfred van zijn Cyperse ziekte genezen, dacht je dat iemand zijn moeder daarna heeft gevraagd: "Majesteit, was uw eigen arts niet goed genoeg?"'

Wij zaten aan tafel bij de Litkes.

Koka en Sanja hadden erop gestaan dat wij niet ook de avond nog in het sterfhuis zouden doorbrengen. Na alle ceremonie en het eindeloze jammerend bezoek was de lucht er te zwaar om te ademen. Bob Davidov hadden ze aan de arm bij de baar moeten wegvoeren, de twee jonge graven ieder aan een kant, want zelfs voor die paar uur wilde hij Petja niet alleen laten.

'Misschien moet je het laten rusten, Kolja,' viel Bob nu in.

'Dat krijg ik al de hele dag te horen,' morde ik. 'Van iedereen.'

'Misschien zit er dan iets in,' zei Sanja gemoedelijk. 'Denk je niet? Als iedereen datzelfde zegt. Laten we geen tijd verdoen. We zijn onder elkaar. Laten we het over zijn léven hebben!'

Zoals wij daar zaten, vormden wij de harde kern van wat Petja zijn 'vierde suite' noemde. Pas drie suites had hij geschreven toen hij ons die bijnaam gaf. Wij waren zijn onvoltooide werk: de zwerm knappe jongemannen die hem in Sint-Petersburg overal volgden. Ik met Modest en Bob, Petja's laatste grote liefde; Sanja was zijn 'général de suite' en Koka 'de goddelijke'. Wij waren de adellijke voorhoede met wie hij, man van glas, arm in arm liep om de kleinburgers te epateren. Hij en de mannelijke fine fleur van Petersburg, wier goedkeuring hij nodig had om zijn eigenwaarde op te kunnen brengen, een jongensleger waren wij, zijn bastion tegen de wereld. Slenteren door de dierentuin achter de Petrus- en Paulusvesting tijdens de eindeloze witte nachten, met elkaar zwieren bij de Duitse koperblazers, Napolitaanse mandolines, altijd een zweem van schande in de lucht, spannende beloften, de passagierende cadetten, spookachtig tussen de berkenbomen, hun witte uniformen in het bloedeloze licht.

'Dat wil ik!' Bob, die zijn verdriet probeerde weg te drinken, greep allebei mijn handen dwars over de tafel van de Litkes heen. 'Godverdomme, ja, laten wij vanavond alleen nog aan alle vrolijkheid denken!'

'Alle vrolijkheid die wij met hem hebben beleefd!' klonk de toost die Sanja uitbracht. Hij sprong ervoor op zijn stoel. 'Op zijn liefde voor het leven!'

'Op zijn liefde voor ons!'

'Laten we nergens anders aan denken...' Koka dronk zijn glas in één teug leeg. 'Al die passie. Zoveel blije uren, zo ga ik mij hem herinneren. Voorgoed. Zijn lach, die lach van hem, laten wij daar alleen bij stilstaan!'

'Hoe hij soms niet meer was te stoppen ook, God jongens, onze Petja, hoe hij dan de slappe lach kon krijgen!'

'Verschrikkelijk ging dat eraan toe, geen houden aan!'

'Vooral als jij hoe-heet-ze nadeed, dinges, als La Bayadère.'

'Ik deed helemaal niemand na,' zei Modest quasi beledigd. 'Dank je hartelijk. Als ik dans, dans ik naar beste kunnen.'

'Ja, dat is juist het probleem!'

'Na mijn Bayadère krijg ik van jullie anders altijd groot applaus.'

'Omdat wij blij zijn dat het afgelopen is!'

En zo lieten wij, *piano piano*, ons verdriet wat vieren en gaven ons over aan de troost van ons verbond. Met een nieuwe fles kwamen nieuwe anekdotes. Wij raakten niet zozeer dronken van de drank, als wel van het heel even niet somber hoeven zijn.

'Van de week nog...' Modest lachte terwijl hij ieder bijschonk. 'In de kleedkamer bij Varlamov, in de pauze van *Het vurig hart*, och, Kolja, daar had je bij moeten wezen!'

'Terwijl Varlamov met zijn horrelvoet in een bak water zat!'

'En Petja speelde een hele scène.'

'In de rol van Koeroslepov?'

'Nee, als Koeroslepovs dochter!' Koka leegde zijn glas en gaf een stukje ten beste. '"Dat beetje vrijheid, wou je me dat afnemen? Die momenten waarin ik mezelf kan zijn? Dan sterf ik liever..."' Hij greep een servet van tafel en gebruikte dat als halsdoek, bevallig, terwijl hij de punten van het damast om zijn vingers draaide: '"Als ik niet zijn mag wie ik ben, dan wil ik niet leven! Ik zal jou eens laten zien wat er gebeurt als je een meisje haar vrijheid afneemt!"'

'Woensdagavond,' verzuchtte Sanja. 'Toen zaten we nog in het theater. Lachend. Godallemachtig, dat was woensdagavond en kijk ons nou eens zitten!'

'Woensdagavond,' beaamde Koka, 'en wij hadden verdomme geen idee!'

'Dat hopen we tenminste...' Modest, aangeschoten, liet het zich ontvallen. 'Dat nog niemand een idee had van wat hem stond te wachten.'

Enkele tellen waren ieders gedachten in Varlamovs kleedkamer.

'Allejezus!' Bob veerde op. 'Je denkt toch niet dat Petja toen al wist...?'

'En dan zo vrolijk zijn als hij was?' Koka was resoluut. 'Uitgesloten.'

'Nee, die avond zag alles er nog rooskleurig uit.' Daarvan was Sanja overtuigd. 'En pas de volgende ochtend... Ik heb je toch gezegd dat ik hem tegenkwam, de volgende morgen vroeg, lijkbleek. Volledig overstuur. Dát moet het moment zijn geweest waarop hij wist...'

Midden in zijn opwinding viel graaf Litke stil, betrapt. Geschrokken keken zij mij met zijn allen aan alsof ik niet allang aan tafel zat, maar net was binnen komen lopen zonder kloppen.

'Wat is dit nou?' riep ik verontwaardigd. 'Wát wist Petja woensdagvond niet en de volgende morgen wel?'

Ze aarzelden.

'Allemaal onzin!' Sanja lachte. 'Dat was de wijn die aan het woord was. Ik ben teut.'

'Wie niet?' zei Koka laconiek. 'Volledig in de lorum.'

'Wij allemaal,' beaamde Bob. De weerstand smolt. Hij schonk zichzelf nog eens in, stond op en hief het glas. 'Met dank aan onze voortreffelijke toostmeester!'

'De toostmeester bedankt!' riepen de anderen.

Toen ik opstond en afscheid nam, werd ik aan de borst gedrukt, maar geen van de aanwezigen kwam op de kwestie terug, ik evenmin.

'Het is een lange zware dag geweest, Kolja,' zei Modest alleen, als was het een excuus. 'En morgen moeten wij weer.'

Mijn woning aan de Fontanka was koud en vochtig. Maandenlang was ik niet in de stad geweest. Sinds ik Modest en Bob had weggestuurd, had niemand er meer gestookt.

Ik vond een kaars en dwaalde door de lege kamers, troosteloos nu zij hier niet meer woonden. De bedden afgehaald, de kasten leeg.

Ik maakte vuur. Dat had de huismeester moeten doen, maar ik was deze dag zo door alle gebeurtenissen meegesleept, dat ik die goeie kerel nog niet eens had laten weten dat ik in de stad was. Ik gooide een paardendeken om, schoof de leren stoel bij de haard, trok mijn laarzen uit en staarde in de vlammen.

Waarschijnlijk hadden de anderen gelijk en willen de doden dat wij ze met rust laten. Geboren worden is al één groot raadsel en elke dag komen er alleen maar vragen bij. Er daarvan een stel onbeantwoord laten is wel het minste waar een mens recht op heeft wanneer hij sterft.

# 8

## NOTITIES VAN MODEST
## [UIT: CAHIER II – 1876]

### *Lyon, Franse Republiek*
### *10 juli 1876*

Ineens staat Petja voor mijn neus! Vanochtend, place Perrache: er wordt aangebeld, ik doe open, stáát hij daar: mijn broer! Twee dagen eerder dan beloofd. Mijn grote broer, verdomd, mijn liefste vriend, ik ben erbovenop gesprongen als een hond op zijn meester. Door het dolle hebben we over de grond gerold, als een Deense dog heb ik zijn wangen afgelebberd!

Hij is op doorreis om te kuren. Moskou heeft hem gesloopt. Het conservatorium blijkt een vergissing: te veel lonkende jongelingen in de les, daarbuiten te weinig. En dan de mislukking van zijn *Zwanenmeer*, waarvan hij zo'n verwachting had. Tegen de zenuwen heeft Bertenson hem de waterbaden van Vichy voorgeschreven. De paarden van Julius Caesar hadden er baat bij, dus waarom hij niet?

Staan wij daar, komt Kolja naar beneden, schooltas onder de arm, uniformpje op zijn maandags onberispelijk, das gestrikt. Ik vraag hem, al kennen ze elkaar, zich nu eens voor te stellen zoals ik hem geleerd heb: rechtop staan, armen langs het lijf, vingers aan de broeknaad, middenrif aanspannen, door de neus ademen, stembanden sluiten, niet minder voorbereiding dan voor een trapezeact.

'Goe-e-mo-gen men-ee!' spreekt het jong. 'Mijn naam: Ni-ko-aj Kon-a-di...'

Elke lettergreep is nog even lang en op dezelfde toon en sterkte, zodat iedere expressie ontbreekt. De klinkers zijn te rond, labialen slepend, medeklinkers doffig ploffend en een r zit er voorlopig niet in.

'Nou, Kolja, ik moet zeggen...' Mijn broer keek even naar mij. Ik knikte ten teken dat de jongen hem begrijpen kon. 'Ik weet niet wat ik hoor,' ging Petja verder. 'Een paar maanden geleden, toen wij elkaar zagen... Ik bedoel, geen woord konden wij toen wisselen, niet één, en kijk nou eens!'

| | | |
|---|---|---|
| *a* | *o* | *ou* |
| *é* | *i* | *ai* |
| *au* | *u* | *an* |
| *on* | *in* | *un* |
| *ba-ba* | *do-do* | *cou-cou* |
| *mé-mé* | *ri-ri* | *sai-sai* |
| *eut-eul* | *ut-ur* | *ans-and* |
| *omb-onch* | *ins-int* | *unt-umb* |
| *ia-io-ia* | *ié-ieu-ié* | *iai-ian-ion* |
| *oi-oui-oua* | *ui-ien-uin* | *éan-éinl-oin* |
| *le-ba-teau* | *le-ta-pis* | *le-mou-ton* |
| *la-tou-pie* | *la-pou-pée* | *la-fo-rêt* |
| *ay-a-ay-o* | *ay-é-ay-è* | *ay-ai-ay-en* |
| *oy-é-ay-au* | *oy-eu-oy-en* | *uy-a-uy-é* |
| *le-bou-lan-ger* | *le-fer-blan-tier* | *le-cor-don-nier* |
| *a-dieu pa-pa* | *bon-jour ma-man* | *bon-soir ma-dame* |

'Een halfjaa...' Kolja knikte. 'Pa-ijs.' Zelfbewust ineens na het vertonen van zijn truc kwam het kind tegen mij aan staan en sloeg zijn arm om mijn been.

'Een halfjaar.' Er brak iets in mijn broer terwijl hij naar ons keek en dit herhaalde. 'Zo is dat, jongen! Een halfjaar!'

## *Later die middag*

'En schrijven,' vroeg Petja. 'Kom je daaraan toe?'

We zaten op een terrasje in Het Gouden Hoofd onder de platanen aan de kindervijver; Kolja was aan het spelen met Misja Antonovski, druk in de weer met een speelgoedbootje dat ik had gehuurd, lichtblauwe romp, een knalgeel zeil. Ik had ze hun schoenen en sokken uitgedaan en hun broekspijpen opgerold, zodat zij het water in konden, want telkens liep hun bootje aan de grond.

'Ik houd een dagboek bij,' antwoordde ik. 'Notities, vrij trouw. Alles over onze vorderingen hier.'

'Dat bedoel ik natuurlijk niet.'

'Nee.'

Een windstoot van de rivier bracht verkoeling. Op de vijver voer leven in de veelkleurige vloot. Alle zeiltjes bolden. Sommige bootjes schoten weg, andere sloegen om en dreven verder op hun zij. Hun kapiteintjes er joelend achteraan. Kort keken ze op toen Kolja opgelaten kreet.

'En ik vertaal.'

'Méér Shakespeare,' verzuchtte mijn broer.

'Shakespeare is er nooit genoeg.'

'Ik zou liever eens Modest Tsjaikovski lezen.'

De scheepjes waren op een hoop gewaaid, tuigage verstrengeld. Antonovski sprong de vijver in, net als veel andere jongens, maar Kolja bleef op afstand. Wij keken hoe hij aarzelde. Welk schuitje was van wie, een hele worsteling was gaande.

'Jij hebt het ongeluk,' zei mijn broer, 'dat je met een artistieke ziel geboren bent. Tot het eind van je dagen zal jij hunkeren naar die hoogste vorm van geluk: iets scheppen. Je hebt talent voor taal, talent voor drama, maar heb je het talent om door te zetten? Dóór te gaan wanneer je twijfelt, geloof te houden tussen alle meningen. Gevoeligheid is essentieel en tegelijk het grootste struikelblok. Je hebt een literaire ader, dat is zeker, nou nog de moed om hem te openen.'

'Lees jij mijn kritieken?' vroeg ik.

'Soms. Je weet hoe ik daarover denk.'

'Ik verdien er wat mee bij.'

'Maak liever je eigen fouten dan die van een ander aan te wijzen. Oordelen is het tegenovergestelde van scheppen, dat is de dood in de pot.' Hij wees op ouders die hun kroost vanaf de vijverrand aanwijzingen toeschreeuwden. 'Als je zeilen wilt, moet je het water op.'

'Ik heb wat schetsen voor mijn roman, maar Kolja's lessen... Die jongen en ik, het is intensiever dan ik dacht. Er ligt een opzet voor een toneelstuk, ik heb wat ideeën, heus, ideeën zat, maar wat ik echt zou willen is iets voor jou, met jou, eens een keer jij en ik iets samen.'

In de vijver was de strijd gestreden. Niet ieder kreeg zijn eigen boot terug. De sterksten bemachtigden de droog gebleven zeilen, verliezers dropen af met de restanten. Een ventje van een jaar of twaalf, kort blond borstelig haar, leek ervandoor te gaan met het knalgele zeil op de lichtblauwe romp. Antonovski keek de dief beteuterd na, maar Kolja liet het er niet bij zitten.

Hij riep.

Op zijn manier.

Het borstelhaar keek spottend om en liep verder. Maar

mijn jongen schreeuwde opnieuw. Nu stond de ander stil.

'Had je iets?' vroeg hij vechtlustig.

Kolja keek opzij naar mij.

'Dat dacht ik al,' zei het brutaaltje triomfantelijk en hij wilde verder lopen.

Toen gebeurde het.

'Die – is – van – ons!'

'Wat zei jij daar?' De blonde keek rond en zocht publiek voor zijn bravoure.

Kolja schatte zijn mogelijkheden in. Even dacht ik dat hij op zou geven. Toen stak hij zijn hand uit.

'Die – boot.' Hij zei het luid en duidelijk. De b een bom, spetterend de t. 'Mijn – boot. Geef – mij.'

Anders zijn is ook een toverkracht. Het onbekende jaagt de doorsnee schrik aan, en roept ontzag op. Even is de norm zijn houvast kwijt. Uit diezelfde gewaarwording, tegenover het vreemde een tel onthand te staan, worden uiteindelijk hoon en achtervolging geboren.

Woest en oer als een magische formule hadden Kolja's woorden geklonken. En zo werkten ze ook. Zes klanken toonden hem de tover van de taal: het borstelhaar stond zonder verder iets te zeggen zijn buit af.

Kolja knikte, veegde de modder van het zeil en ontwarde een koordje dat rond de mast gewikkeld zat.

### *13 juli 1876*

Het initiatief ligt sinds een paar dagen bij Kolja. Deed hij tot voor kort alles braaf en ijverig, je hield dat knagende idee dat hij het voor óns deed. Voor zijn ouders misschien. Om te plezieren, om niet tegen te vallen in elk geval, niemand meer teleur te hoeven stellen.

Dit is veranderd. Hij wíl. Het is gewoon vermoeiend. Hij zit mij achter mijn vodden in plaats van andersom. Tussen de lessen, als ik even bij wil komen, kruipt hij naast me en ratelt doodleuk nog wat oefeningen af.

Rond het middaguur Petja op de trein naar Vichy gezet. Op de terugweg kwam ik Rosa Hugentobler-Zuberbühler tegen, die haar meisjes in het park had laten spelen, hopend dat dit eenzelfde opleving teweeg zou brengen als bij mijn pupil.

'Nou,' zei ik, 'we moeten ook weer geen wonderen verwachten.'

'Elke dag, van ieder kind verwachten wij een wonder,' sprak mevrouw Hugentobler streng. 'Wij doen hier sinds jaar en dag niets anders. Het is de enige manier om dit werk vol te houden.'

Zij nam mijn arm.

'Een van mijn meisjes barstte op de speelweide in lachen uit. En ik dacht ineens: de doven lachen net als wij! Dit hebben wij gemeen. Al die jaren, mijnheer Tsjaikovski, en ik heb daar nooit bij stilgestaan: een lach is het enige geluid dat wij ze niet hoeven te leren of uit te leggen!'

Zodra de voordeur openging, kwam Kolja op mij toegestormd:

*V_ v_ v_ v_ v_ w_ w_*
*W, w, v, v, v, v, v, v*
*F, w_ f, v_ ph, v_ ph, v_*
*V, ph, v, f, v, ph, w, f*
*V, n, w, m, v, c, h, v, s*
*Q, v, f, v, t, w, p, v*

*Tv_ tv_ tv_ tv_ vt, vt, vt, vt*
*Sv_ sv_ sv_ sv_ vs, vs, vs, vs*
*Chv_ chv, vch_ vch*
*Tv_ st, vt, ts, sv_ ct, vs, ps*
*Chm, chv, ns, vch, kn, cv, ks, vs*

Hij sprong erbij op en neer als een circushondje, maar volbracht het zonder hapering en in het juiste ritme.

### *14 juli 1876*

Kolja is in de war van Ljoeba Antonovskaja, het zusje van Misja, dat hier twee weken met hun ouders op bezoek is. Zo aandoenlijk, voor de eerste keer verliefd. Klein als hij is, probeert hij indruk op haar te maken. Dertien jaar is zij en voorlijk. Weet al wat ze worden wil ook.

'Dokter.'

'Heel mooi,' zei ik voorzichtig.

'Ik weet heus wel dat vrouwen in ons land zoiets niet mogen,' sprak zij wijs. 'Maar eentje moet de eerste zijn. Desnoods doe ik als de Joden en ga studeren in het buitenland.'

'Toe maar. En waarom dokter?'

'Tot zijn tweede zong ik mijn broertje in slaap. Toen werd hij ziek. Nou kan ik zeggen en zingen wat ik wil, ik kan niet meer zo dicht bij hem komen.'

'Ik ben bang dat je Misja ook als dokter niet meer helpen kunt.'

'Maar ik kan nagaan hoe het zover heeft kunnen komen. Wat dat voor ziekte is geweest. En dan, misschien, kan ik op een dag het broertje van iemand anders ervan redden.'

Ik zie het haar nog doen ook, want zij is zorgzaam en oplettend. Vanmiddag prees zij Kolja omdat zijn uitspraak al zoveel beter is dan die van haar broer. Helemaal in de wolken, onze jongen! Ik denk niet dat die vannacht zal slapen!

*15 juli 1876*

Brief van Petja uit Vichy: hij is er nog geen dag of hij wil er alweer weg. Mist ons te erg, beweert hij, maar ik vermoed dat het eerder vanwege het strikte regime is dat de doktoren hem laten volgen. Slaapgraag moet nu om vijf uur op om met zijn flesje in de rij te staan voor de bron, die naar rotte eieren stinkt.

Hij huilt, schrijft hij, elke keer als hij aan Lyon denkt en aan ons, zo dichtbij. Bij het idee dat hij met ons zou kunnen zijn in plaats van op die plek die hij vervloekt. Vichy is volgens hem een verzamelplaats voor onze meest aanstootgevende landgenoten. Huilt als hij denkt aan mij en mijn 'familie', zoals hij ze noemt, Sofja en Kolja, mijn 'gezin'.

*18 juli 1876*

Vandaag in overleg met Hugentobler het lesrooster aangepast aan Kolja's vordering. Vanaf nu, dagelijks, als volgt:

| | |
|---|---|
| *Zinsconstructie & woordkeus* | *30 min.* |
| *Uitspraak* | *30 min.* |
| *Rekenen* | *30 min.* |

| | |
|---|---|
| *Schrijven* | *30 min.* |
| *Spieroefening tong & lippen* | *1 uur* |
| *Spieren ademhalingsapparaat* | *1 uur* |
| *Mondelinge conversatie* | *30 min.* |
| *Maaltijd* | |
| *Conversatie (vervolg)* | *30 min.* |
| *Dictaat (liplezen)* | *1 uur* |
| *Lezen (schrift)* | *1 uur* |
| *Zinsconstructie & woordkeus* II | *30 min.* |
| *Uitspraak* II | *30 min.* |
| *Rekenen* II | *30 min.* |
| *Schrijven* II | *30 min.* |

Concentratie blijft een probleem. Stilzitten is hem nagenoeg onmogelijk. Zijn aandacht blijft onvoorspelbaar en is nauwelijks te sturen. Werd hij vroeger afgeleid door alles wat niet met de les te maken had, nu doet hij liefst alle lessen tegelijk. Zijn nieuwsgierigheid is buitengewoon, maar te ongedurig.

Het grootste resultaat boeken wij thuis wanneer juffrouw Jersjova en ik gewoon wat met hem in de salon of in de tuin zitten te lezen en borduren. Je merkt tegenwoordig dat hij volgt waar zij en ik het over hebben. Af en toe durft hij zich al met een opmerking in ons gesprek te mengen. Lees ik een boek, dan komt hij op schoot zitten en leest, om te pronken, een aantal zinnen hardop voor.

### *20 juli 1876*

Brief van Kolja's moeder vol lof en dank. Petja heeft haar geschreven (zo verveelt hij zich dus in Vichy!) hoe nauw ik mijn lot aan dat van de jongen heb verbonden, dat ik als een vader voor haar zoon ben.

Het slechte nieuws is dat Alina Ivanovna dit aangrijpt als excuus. Nu zij Kolja in zulke goede handen weet, schrijft zij, laat zij met een gerust hart weten dat zij en mijnheer Konradi ons deze zomer toch niet, zoals beloofd, zullen komen opzoeken. Er zijn wat vage gezinsproblemen, en of ik het de jongen allemaal maar even wil uitleggen.

Uitgerekend nu hij zich driedubbel inzet! De stakker. Hij werkt juist zo razend om zijn ouders zo meteen achterover te doen slaan.

Of ik Kolja maar zeggen wil dat het haar spijt, of ik hem vooral haar liefde wil overbrengen en beloven dat zij hem dan komende winter extra zal verwennen als hij een paar weken naar huis mag.

Hij heeft om het nieuws niet gehuild. Maar werken zat er vandaag niet in.

# 9

Dacht ik aan woorden, zag ik vlinders. Een gesprek stelde ik mij als een schittering van vleugels voor. Op elke adem ontpopten er meer.

Soms zag ik er enkele aarzelen op iemands onderlip, maar uiteindelijk, door onzichtbare gedachten opgetild, vlogen zij toch altijd uit, sprankelend plots in volle vlucht, om zich bij de rest te voegen in een zon weerspiegelende kleurenpraal.

Zo droomde ik mij taal, ongrijpbaar.

Mijn eerste jaren deed ik het zonder. Kregen grote mensen door dat ik geen enkel woord tot mijn beschikking had, dan betrok hun gezicht. Zo klein als ik was, zag ik hun medelijden opwellen. Dit gaf mij het idee dat ik er iets aan miste.

Het emotioneerde anderen dat ik in stilte leefde. Zij zagen mijn zwijgen als gebrek en wonden zich erover op alsof spreken onmisbaar was als ademen. Zij spraken in mijn bijzijn vaak beschroomd, fluisterend, bang dat hun moeiteloze omgang met de taal een dove pijn zou doen. Zo werden woorden mij, haast onbewust, als het allerhoogste voorgespiegeld, van zielsbelang: teer, efemeer, een alom en voortdurend vluchtig fladderen dat het leven kleurt, nuance geeft, nerveus bij elke inval wisselend van richting, ritme, intensiteit.

Ik holde – zonder net – van kleins af achter woorden aan, kleuter, jongen, jongeman, student met armen zo van verlangen ongedurig uitgestrekt dat het ze enkel schrikachtiger maakte, uiteengejaagd heeft en verdreef.

Toen ik ze mij dan ten koste van mijn jeugd en onbevangenheid eindelijk eigen had gemaakt, nadat ik ze mij zwoegend en met strijd had toegeëigend, bleken woorden helemaal niet vrij. Wij jagen ze na en gebruiken ze zoals het ons uitkomt, wij leggen ze vast en voegen ze toe aan de verzameling van ons verstofte begrip. Vastgespietst en machteloos zijn ze mij uiteindelijk gebleken, fataal, gevaarlijk als de spelden waarmee vlinders worden opgeprikt, fladderend met hun vleugels levend vastgepind.

# II

*En mensen begrepen dat álle schoonheid, iedere vorm van liefhebben, van de goden kwam, en ze werden vrij en durfden en ze kregen vleugels.*

– OP VLEUGELS, Michail Koezmin

# 10

Een oude vrouw zat in de hal op een stoel. Zij keek mij aan, maar gaf geen sjoege.

'Diaghilev,' zei ik. 'Is dit de juiste verdieping? Ik ben op zoek naar Sergej Pavlovitsj Diaghilev.'

Alsof zij iets bewaakte zat zij erbij, suppoost in een museum leek zij in haar zwarte stofjas, witte haren onder een losse muts gepropt. Alles rook naar boenwas, alsof ze de plankenvloer net had gewreven.

'Ik ben een vriend van de Tsjaikovski's,' probeerde ik. 'Als ik het goed heb, is de jongeheer Diaghilev aan hen verwant.'

Haar handen lagen in haar schoot en speelden met een zakdoek.

'Er is mij verteld dat hij gisterochtend bij ze aan huis was. Vroeg in de ochtend. Kort na het overlijden. Klopt dat? Als een van de eersten. Ik zou hem daarover graag iets willen vragen.'

De oude vrouw veegde met de doek langs haar neus, het routinegebaar van iemand met een chronische kou. Haar blik dreef af, vertederd de ingevallen ogen in het gegroefde gezicht, en ze stak een vinger op alsof ze zeggen wilde: 'Luister!'

Zij hoorde een verre melodie waarop zij meewiegde.

'Het spijt me,' zei ik. 'Ik ben doof.'

Zij zuchtte, kwam met moeite overeind en ging mij voor door het appartement, dat niet zozeer kostbaar was gemeubileerd, als wel met grote stijl. Niet een-twee-drie wat je verwacht bij een student. Aan weerszijden waren de ramen hoog en licht, de wanden bespannen met groene zijde, vol met schilderijen.

Zij opende de poort naar de salon aan de Galernajastraat. In de zon die mij tegemoet stroomde, baadde de bron van haar genot, een jong mens, haar meester, een jaar of twintig, met de rug naar ons toe, in woeste concentratie gebogen over een piano.

Hij speelde enkele maten, stopte toen abrupt om de noten die hem waren ingevallen op te tekenen, wierp met een ruk van zijn hoofd een losgeraakte haarlok terug naar achteren en probeerde zijn akkoorden in een nieuwe zetting uit.

Met stralende bewondering keek de oude vrouw naar mij, trots als een kloek op haar jongen.

Even dacht ik dat de componist zo in zijn werk opging dat hij niet gemerkt had dat er iemand binnen was gekomen. Twee, drie keer probeerde hij nog een paar grepen, maar gooide toen, in zijn temperament gestoord, de klep op het klavier, hoofd in de handen.

'Wat heb ik gezegd, Doenja?' sprak hij boos. 'Ik kán niet gestoord worden, niet vandaag.'

Het oudje begon zich te verontschuldigen.

'Neem me niet kwalijk,' onderbrak ik. 'Het is mijn schuld, ik heb erop aangedrongen u te zien.'

Hij keek op, zag mij en was óm.

'Maar een uitzondering is natuurlijk altijd te maken...' Galant sprong hij overeind, nam mijn arm en leidde mij naar een divan, zette me in de kussens en kwam naast me zitten.

De oude vrouw vertrok hoofdschuddend.

'U hebt áángedrongen zelfs om mij te zien, zo, zo.' Sergej Pavlovitsj lachte innemend. 'Dat getuigt van een enthousiasme dat maar al te weinig jongemannen tonen. Zeg eens, wat maakt dat u besloot daar zo ineens op aan te dringen?'

Het had een overrompelende verschijning kunnen zijn, als niet alles uit proportie was. Dit gaf hem een droeve plompheid, maakte bonkig waar hij zwierig wilde zijn. Hiervan was hij zich maar al te goed bewust en hij zette zich eroverheen met onweerstaanbare flair. Het gekste echter was zijn hoofd. Dat was wel knap maar in verhouding echt té groot. Ik moest me dwingen ervan weg te kijken.

'Dat gezicht...' Hij schoof wat dichter naar mij toe en bestudeerde het nader. 'Ken ik het ergens van?'

'Een paar maanden geleden,' zei ik. 'Ik was bij uw concert en zag u zingen. Mijn naam is Nikolaj Hermanovitsj Konradi.'

'De leerling van Modest Tsjaikovski!'

'Geweest. Lange tijd. Da's waar. Inmiddels ben ik al jaren weer mijn eigen man.'

'*Nein! Lasst ihn unenthüllt!* God ja, de elegie van Amfortas voor zijn dode vader, die ik die avond ten gehore bracht. D-mineur. Zo toepasselijk: *Lebe, leb und lass mich sterben.*'

Dit laatste liet ik hem herhalen, want een onverwachte wisseling van taal verwart mijn lipleesvaardigheid.

'Ik moet u nadrukkelijk condoleren met uw verlies,' zei hij. 'U heeft mijn oom Petja goed gekend.'

'Erg goed.'

'Het is verschrikkelijk!'

'Verschrikkelijk,' beaamde ik. 'Daarom is het trouwens ook, om hém, dat ik u kom storen...'

Hoe meer ik ter zake wilde komen, hoe verder Sergej ervandaan zeilde.

'Een d-mineur...' Hij stond op, nam weer plaats achter de vleugel en sloeg verschillende akkoorden aan. 'Misschien laat ik het daarheen oplossen. Ik componeer mijn eigen eerbetoon aan hem, ziet u, een sonate. Voor viool uiteindelijk. Mineur, ik houd hem consequent in mineur.

Vanwege hem. Vanwege onze Pjotr Iljitsj.' Hij sloot zijn ogen alsof hij in gedachten even bij hem was. 'Ik heb hem gekend, och, stukken minder goed dan u. Wat zagen wij elkaar nu helemaal, in de theaters, af en toe natuurlijk in het badhuis, de gebruikelijke plekken. En toch, ik ken hem zoals de wereld hem kent, en nu... de wereld en ik, weet u, wij kunnen moeilijk zonder!'

Hij schoof weer naast me en greep, tot troost, leek het, mijn hand. Hij droeg een zegelring met zijn initialen.

'*De dood van Tsjaikovski* wil ik mijn sonate noemen. Ik ben onhandig bezig, maar oprecht. In elk geval zal het uiteindelijke werk doordrenkt zijn van gevoel, van waarachtige tonaliteit. Recht kan mijn muziek hem moeilijk doen. Om ook maar enigszins te kunnen uitdrukken wat onze vriend heeft betekend, zou ik krachtiger moeten kunnen componeren, verscheurend, iets ver buiten mijn macht, maar in elk geval geeft de muziek mijn stemming van dit moment weer, heel nauwkeurig, vooral dit deel, waaraan ik gisteren begonnen ben. Of nee, misschien noem ik het toch: *De dood van Tsjaikovski in het bijzonder en de dood van alle mensen in het algemeen*, wat vindt u beter?'

'Wat zijn dood betreft...' Ik nam mijn hand terug. 'U was er als een van de eersten.'

'Als állereerste, mag ik wel zeggen.'

'Was dat bij toeval?'

'Toeval!' Hij lachte spottend. 'Toeval is er aan deze hele tragedie niet te pas gekomen. Nee, ik had opgevangen dat het zover was.'

'Opgevangen van wie?'

'Van wie, van wie? De hele stad wist al dagenlang dat hij op sterven lag.'

'Maar iemand zei u dat eerder die nacht het einde was gekomen.'

'Helaas.'

'Wie was het?' vroeg ik iets te ongeduldig.

'Het geeft ongeluk over de doden te spreken zolang ze nog boven de grond staan.' Sergej Diaghilev sloeg een kruis voor een icoon van de heilige Stefanus van Perm en drukte er een kus op.

'Goed, u rende naar de Malaja Morskaja. Wat trof u aan?'

'Geen mens. Alle deuren stonden open, ik kon zo binnenlopen. Ik ging naar boven, maar verder durfde ik niet goed. Ik liep naar de keuken. Geen idee waar iedereen bleef. Links en rechts kon ik binnenkijken. Was ik een dief geweest, dan had ik mijn slag geslagen.'

'Alle kamers verlaten, leeg?'

'Leeg zou ik het niet noemen, het was een enorme troep. Ach, er was binnen die muren zo'n doodsstrijd gevoerd, dit was nog goed te zien, alles, werkelijk alles was in chaos. Op tafel zag ik de zesde symfonie liggen, de uitgeschreven partituur voor het orkest. Onvoorstelbaar, vorige week zaterdag nog hebben wij hem die zien dirigeren. En hoe! Rechtop, fier, geen vuiltje aan de lucht. Zoveel is een mensenleven waard, mijnheer Konradi, en niks meer. Op een stoel lag *djadja* Petja's bruine kamermuts. Toen wist ik dat het waar was. Die kameelharenmuts, je zag hem nooit zonder! Ik heb de bladmuziek opgepakt en er wat in gelezen. Hij was nog bezig geweest aantekeningen in de kantlijn te krabbelen voordat het werk naar de drukker ging. Ik heb zo goed mogelijk geluisterd naar de noten in mijn hoofd en geprobeerd die man weer voor me te zien, die mens, die geweldenaar, zoals hij daar stond, een week eerder nog maar, voor dat orkest, zo krachtig, zo zeker van zichzelf. Ja, Nikolaj Hermanovitsj, zo makkelijk kunnen zij ons breken.'

'Wie?' vroeg ik.

Hij keek mij aan, maar besloot eroverheen te praten.

'Na verloop van tijd hoorde ik stemmen. Rimski-Korsakov was de trap opgekomen samen met Nikolaj Figner, de tenor. We stonden daar een poos nogal ongemakkelijk elkaar ons medeleven te betuigen. Maar toen dat gedaan was... wat doe je verder? Wat doet een mens in een verlaten sterfhuis? Je kunt je er moeilijk de verantwoordelijkheid toe-eigenen en je handen uit de mouwen steken. Waar was iedereen, waar bleven ze? Het begon gewoon pijn te doen, het idee dat hij daar lag, in de aangrenzende kamer, alleen, dus besloten wij er binnen te gaan, met zijn drieën. Pjotr Iljitsj lag erbij... nou ja, dramatisch, zoals hij had gelegen in zijn laatste ogenblik. Op de ottomane lag hij. Mond open. Zijn haar dooreen. Een arm was op de grond gegleden. Er was...' Hij aarzelde. 'Hoe zeg je dat, het lichaam had zich laten gaan. Er moest iets gebeuren, een en ander was bevuild. De natuur trekt zich nu eenmaal nergens iets van aan. We hebben de tafel leeggeruimd, afgedekt met kranten, een laken eroverheen. Ik nam hem bij de enkels beet, de anderen staken ieder een arm onder een oksel, en met vereende krachten hebben wij hem opgetild.'

'Ik snap het niet,' zei ik. 'Was u dan helemaal niet bang voor een besmetting?'

'Die onzin?' sprak hij vurig. 'Geen woord heb ik daarvan geloofd. Van meet af aan al niet, geen woord.'

'Welke onzin?'

'Dat hele choleraverhaal, hoort u daar zelf dan helemaal niets geks aan?'

'Ik moet toegeven... er is aan de hele zaak steeds meer wat ik niet snap.'

'Dat zou ik denken! Waarom zou hij bijvoorbeeld uit een kan drinken? Hebt u Petja ooit zonder zijn mineraalwater gezien, zonder zijn eeuwige Vichy? Ieder restaurant dat hij frequenteerde heeft er kratten vol van staan. Leiner's zeker. Speciaal voor hem. Nu hij er niet meer is om ervan te drinken, hebben ze allemaal tot het voorjaar voor iedereen genoeg in huis. Zo'n jarenlange gewoonte, waarom in godsnaam zou hij daarvan afstappen, uitgerekend ten tijde van een epidemie, om in plaats daarvan eens wat water uit een kannetje te proberen? Ongekookt water nog wel, en dat in deze tijd, iets wat sowieso geen enkel restaurant op tafel zou durven zetten.'

'Toch zijn mensen er getuige van geweest.'

'Dat alleen al. Er zijn getuigen van zijn slokje water... Is dat niet eigenaardig? Als ik iets drink, of u, hoeveel mensen kunnen daarna zweren dat zij het ons hebben zien doen?'

'Voor zover ik heb begrepen, is nog geprobeerd om hem tegen te houden.'

'Dat heb ik ook gehoord, ja. Ze hebben hem gewaarschuwd het niet te doen. Het is een schokkend moment geweest. Daarom hebben ze het zo onthouden. Modest was erbij en heeft zijn broer nog op het gevaar gewezen.'

'En desondanks...'

'Desondanks. Hij hief het glas alsof hij er een dronk mee uitbracht. En weet u wat hij zei?'

'Dat zij zich geen zorgen hoefden te maken.'

'Sterker, hij lachte hun bezorgdheid weg. Een hypochonder als djadja Petja! De man die elke keer als hij een bedelaar wat geld gegeven had, zijn handschoenen liet wassen! Hij lachte het risico van een dodelijke ziekte weg, hief zijn glas en zei: "Wat kan het schelen?" – dit waren letterlijk zijn woorden – "Het doet er nu toch niet meer toe."'

'Het doet er niet meer toe?' herhaalde ik om zeker te zijn dat ik zijn lippen goed had gelezen. 'Wat betekent dat?'

'Dat mag u mij nou eens vertellen.'

'Dus u gelooft dat hij dat water met opzet heeft gedronken?'

'Ik weet niet wat ik moet geloven.' Diaghilev zuchtte.

Als een advocaat na zijn pleidooi kwam hij weer zitten. Naast me. 'In elk geval geloof ik niet wat mij verteld wordt: dat hij slachtoffer van een ongelukkig toeval is geweest. Als Petja inderdaad tegen alle waarschuwingen in en ten overstaan van iedereen dat water achterover heeft geslagen, dan zijn er maar twee mogelijkheden: hij dronk dat vuile bocht willens en wetens omdat hij het risico wílde lopen, omdat het zijn bedóéling was besmet te raken...'

'Of?'

'Of het is wáár wat hij zei, dat het op dat moment al niet meer uitmaakte.'

'Waarom niet?'

'Omdat hij wist...' Diaghilev tikte driemaal met zijn ring tegen het houten tafelblad en drukte zijn lippen op de zegelsteen. 'Omdat hij wist dat hij kort daarop moest sterven.'

'Ik begrijp het niet.'

'Ik ook niet, maar ik zie niet wat het anders kan betekenen.'

'Denkt u aan moord?'

'Moord, misschien. Of erger.'

Sergej Pavlovitsj zeeg achterover in de kussens, één been op de grond, het andere opgetrokken. Hij deed denken aan de *Barberini Faun*, zo met die ene arm onder zijn hoofd, starend naar het plafond. Die ongegeneerde houding... het gaf hem een aantrekkelijke dierlijkheid.

'Het is mij allemaal te publiek,' zei hij, 'te theatraal. Na die raadselachtige uitroep schijnt Modest zijn broer nog te hebben willen tegenhouden. Fysiek. Hij had hem het glas uit handen willen nemen, maar met een elleboog weerde Petja hem af en hij dronk. Het is gewoon té Cleopatra. Té Sarah Bernhardt. Alles ging met groot gebaar, zodat het hele restaurant het goed heeft kunnen zien. Staand aan tafel nam hij de fatale slok. Zeg nou zelf, dat klinkt toch alsof het allemaal in scène is gezet.'

Sergej Pavlovitsj liet een hand in zijn lies rusten, waardoor zijn lome houding onbetamelijk wellustig werd. De ernst van het onderwerp viel niet te rijmen met de indringende manier waarop hij naar mij keek, als wilde hij mij hypnotiseren.

'Wat kan er erger zijn dan moord?' vroeg ik zo veel mogelijk ter zake.

'Het zou de eerste keer niet zijn dat Petja de hand aan zichzelf heeft willen slaan. Ach, arme man, hij schaamde zich zozeer voor wat hij was – voor wie wij zijn – hij heeft nooit kunnen verkroppen dat de natuur ons anders gemaakt heeft dan de rest. Dat hele huwelijk van hem, zo'n misère die charade, en voor wie, vraag je je af. Zijn verzet was van meet af aan zinloos, over zijn aard bestaat nergens in Petersburg twijfel. Het is niet alsof hij door te huwen iemand om de tuin heeft kunnen leiden. Minst van al zijn eigen vrouw. Na een paar weken getrouwd te zijn, wordt er gezegd, heeft hij al een poging gedaan zich van het leven te beroven.'

'Dat huwelijk, het is alweer zo lang geleden.'

'Niet voor haar. Niet wanneer je zoals mevrouw Tsjaikovskaja je dagen verder in een inrichting moet slijten.'

'Maar je gelooft toch niet werkelijk...' Ik schoof dichter naar hem toe. '...dat het na al die jaren nog altijd daarom is, om Antonina Ivanovna, dat hij nu om haar ineens besluiten zou...'

'Die schande of een andere, wie ervoor kiest zijn natuur te verloochenen heeft geen tekort aan geheimen die hem fataal kunnen worden. Waarom het ook was, het verklaart geen van alle die hele opvoering bij Leiner's. Regelrecht *Pique Dame*, alles wat ontbreekt is de muziek.'

'Iedereen zegt juist dat Petja de hele avond vrolijk was. Uitgelaten. Dat ze nog zo hebben gelachen.'

'Onbewust van enig onheil. Dat kan deel zijn van de poppenkast: als je de zaal wilt doen geloven dat het per ongeluk is dat je van de gifbeker drinkt. Volkomen onverwacht.'

'Ga toch weg, Sergej!' Ik lachte mijn ongemak weg. Het leek me ineens zo ongeloofwaardig allemaal. 'Die fantasie van jou is veel te groot. Nee echt, je haalt je dingen in je hoofd.'

'Een grote fantasie, dat hoor ik vaker,' zei hij flirtend. 'Zelfs nu stel ik mij bepaalde dingen voor...' Zijn blik gleed langs mijn lichaam. 'Heel levendig zelfs.'

'Tenzij...' Ik probeerde het voor me te zien. 'Tenzij die scène bij Leiner's misschien bedoeld was als signaal.'

'Wat voor signaal?'

'Bedoeld voor iemand anders, iemand in de eetzaal.'

Diaghilev veerde overeind, geïntrigeerd, gespitst als een boswezen dat prooi ruikt.

'Zou kunnen,' zei hij. 'Blijft de vraag waarom.'

'En wie? Wie waren daar die avond? Dat valt waarschijnlijk niet te achterhalen.'

'En dan, fraaie Nikolaj, zit ik met nóg een vraag.' Speels porde Sergej met een vinger in mijn borst, als een slagersklant die vlees keurt. 'Mijn optreden, de elegie van Amfortas, waarvan jij beweert dat je erbij was, het *Parsifal*-recital: wat moest jij daar? Ik dacht altijd dat jij helemáál niets horen kon.'

'Dat is ook zo.' Ik greep zijn hand en deed of ik hem wilde wegduwen. 'Dat wil niet zeggen dat ik niets ervaar. Er zijn andere sensaties die ik heel goed waarneem.'

'Ik ben blij het te vernemen,' grijnsde hij. 'En als ik zing, wat ervaar jij dan zoal?'

'Een trilling.'

'Een trilling? Zó. Waar voel jij die trilling dan precies?'

'Mijn hele lichaam.'

'Toe maar!'

Hij trok mij mee naar de piano, zette mij naast hem op de kruk, en begon te spelen.

'Voel je dit?' vroeg hij.

Ik knikte.

Hij speelde hard, hij speelde zacht.

Ik knikte weer.

'*Ich*,' begon hij te zingen. '*Einz'ger Sünder unter Allen*.'

'Ik hoor je stem niet...' begon ik.

'Volgens mijn critici is dat een zegen.'

'Maar voelen kan ik hem wel degelijk.' Ik ging tegen hem aan staan. 'Hoe dichter ik de bron nader, hoe beter ik hem voel opwellen. Het ontbreken van één zintuig maakt de andere extra gevoelig.'

Hij zong een hele strofe voor me. En nog een. Maar halverwege de volgende viel hij stil.

Ik schrok terug toen hij zijn hand tegen mijn wang legde. Hij bestudeerde mijn lippen alsof hij degene was die hun bedoeling raden moest.

Ik wierp een blik op de deur.

'Het is goed,' sprak hij. 'De oude vrouw weet ervan. Zij komt niet zomaar binnen.'

Lippen die je kussen, hoef je niet te lezen. Misschien dat ik daarom nog íéts meer aan de liefde verslingerd ben dan iedereen: lijven hebben zonder woorden lief. Mij is passie zo onweerstaanbaar omdat het anderen mijn wereld binnenvoert. Zinnen zijn daar zuchten. Ieder maakt er zijn wezen kreunend kenbaar, klanken onbeheerst, onbeheersbaar, zoals ik die uitstoot van nature.

In bed vraagt niets om uitleg. Monden zijn elders nodig. Hijgend, zwijgend dringen minnaars elkaar binnen, dwars door alle grenzen heen die taal tussen hen had opgetrokken. Voor wie tegen je aan kruipt, zijn geen woorden. Even twisten tongen niet, maar tasten. Spraak is korte tijd nog enkel spattend speeksel. Ligt iemand bij mij, dan stemt hij met mij overeen.

Een kus die wordt beantwoord, zo stel ik mij een echo

voor. Het ritme voelen van een onderlijf en daarin meegaan. Strelen wie jou streelt. Twee torsen, moe gevreeën, die elkaars ademhaling overnemen, onwetend, ongemerkt, en zolang nog de verstrengeling duurt een tijdje samen op en neer gaan. Die fluwelen fluistering van huid langs huid.

Ik zoek de liefde op waar ik haar krijgen kan en ga haar aan als een gesprek. Ik deel ervan rond en deel me mede. Dit vlees, dit pompend bloed, waarmee ik werd geboren, uit alles wat ik zeggen wil zoveel directer dan welke techniek die mij is aangeleerd dan ook. Daarom geef ik mij er wanneer ik kan aan over. Mond op mond word ik het best verstaan.

In iemands armen is waar ik hóór.

# II

## NOTITIES VAN MODEST
## [UIT: CAHIER II – 1876]

*Lyon, Franse Republiek*
*24 juli 1876*

En opnieuw komt hij als paukenslag in een maat rust: mijn broer! Ha, dit is het soort schrik waaraan ik met gemak zou kunnen wennen!

Het baden, de baders, hun verveling, gek werd hij in Vichy. Geestdodende gesprekken, dure maar armetierige hotels, de ziekzoete zwaveldamp ging hem in zijn kleding zitten, slecht weer, abominabele bediening, protserig casino, zelfs het landschap vindt hij grimmig, de bevolking net zo uitgeblust als de vulkanen.

Het enige wat beviel was het mineraalwater. Voor een godsvermogen heeft hij besteld. Het grootste deel van de kratten wordt naar Moskou en Sint-Petersburg gezonden, maar omdat hij er baat bij meent te hebben, sleept hij zelf ook een hele voorraad mee.

Kolja leeft van het weerzien een beetje op. Over zijn verdriet zegt hij nog altijd niets.

Vanavond, nadat ik het kereltje had ingestopt, vond ik het vod waarmee hij slaapt, zijn oude dekentje, op de grond. Ik raapte het op om het hem terug te geven, maar hij wil het niet meer.

## *25 juli 1876*

'Verdomd, zo'n kind, en daar dan niet naar omkijken!' Petja vloekte toen ik hem de oorzaak van Kolja's somberte vertelde. 'Wat heb ik me in die Konradi's vergist!'

Hij vroeg de kok, die in Jalta heeft gewerkt, ons een Russisch maal te bereiden. Kolja mocht het zeggen. 'Iets van thuis,' opperde Petja, 'iets wat jij lekker vindt en lang niet hebt gehad.'

De jongen las zijn lippen, dacht na en zei toen '*Koelibjak*'.

Een woord dat wij nooit hebben geoefend!

'Ik zou dat lusten, *koelibjak* gevuld met... zalm.'

Zonder hapering komt het er zomaar uit, gutturaal, linguaal en labiaal volmaakt!

## *26 juli 1876*

Sommeerde Petja ons ineens onze koffers te pakken voor een tocht over de Rhône. Kolja meteen natuurlijk door het dolle!

Grote broer pakt je bij de hand en sleurt je mee. Zo gebeurt mij dit vanaf de wieg. En helemaal na mama's dood. Sindsdien heb ik aan hem een moeder, mentor, minnaar, broer, babysitter, beste vriend en wat er verder in de wereld aan verstrengeling van harten maar bestaat.

Zijn liefde is tomeloos, maar zijn woord blijft wet. Dus zit ik aan dek te schrijven op twee kratten Vichywater, de ene is mijn kruk, de andere mijn schrijfblad. Met zijn vieren – ook juffrouw Jersjova is op zijn kosten mee – varen wij eerst naar Vienne om de Romeinse tempel te bezoeken, dan lunch in Roussillon en overnachten in Valence. In Avignon op de trein voor een weekje Mediterranée.

'Het zal de jongen zijn vader en moeder niet doen vergeten,' verzuchtte Petja, 'maar op zijn minst biedt het wat afleiding.'

'Ik ben vaak streng geweest voor jou,' zei broerlief na twee, drie glazen wijn. 'Jij bleef in het studentikoze hangen. Maar nu, jou zo te zien met je gezinnetje...'

'Noem het niet steeds zo. Ik doe gewoon mijn werk. Ik stort me nu op dit lesgeven in de hoop een keer tot schrijven te komen.'

Kolja, uitgelaten, struikelde op het plaatstaal en kwam huilend aangerend: knie geschaafd.

'De valkuil wanneer je iets hoopt te creëren, is dat je alleen maar kijkt naar wat er nog komen moet.'

Mijn broer drenkte zijn servet in de Vichy en depte de wond. Een bloeding van niks die als enige zorg wat aandacht nodig had.

'Zo...' Ik drukte een kus op de zere plek. 'Over!'

'Vergeet niet oog te hebben voor wat je al geschapen hébt,' zei Petja toen de jongen alweer lachte. 'Dichter bij een gezinsleven zullen jij en ik niet komen.'

Zodra ik mijn lichaam had ontdekt en daarmee de eenzaamheid waartoe de natuur mij heeft veroordeeld, vond ik geruststelling bij hem, oudere broer, die hierin mijn gelijke is. Onverwacht bleken wij in ons isolement niet alleen, maar samen. Ik kon mij in de liefde spiegelen aan hem.

In het bestaan dat mij als geïnverteerde stond te wachten, had Petja toen al tien jaren ervaring. Elke geheime stap die ik moest leren zetten ging hij mij voor. Alle durf die nodig is voor onze vorm van geluk, had hij al opgebracht. Hij ontsloot voor mij een schaduwwereld waarbinnen wij tenminste enigszins onszelf kunnen zijn.

'Weet zij er nu van?' vroeg hij.

De jongen, zijn pijn vergeten, rende naar de voorplecht, waar Sofja Aleksandrovna stond, onder een kanten parasolletje, dat zij bevallig op haar schouder liet rusten. Hij greep haar middel als een moederskindje.

'Natuurlijk niet,' zei ik. 'Wat moet ik zeggen?'

De juffrouw keek om en zwaaide.

'Wij mogen iemand geen valse hoop laten houden.'

'Wat mogen wij wel?' verzuchtte ik. 'Weet jij het?'

Wij zwaaiden terug. De juffrouw beet op haar onderlip, glimlachte zelfbewust en draaide zich weer om, uitkijkend over de rivier met de jongen aan haar zijde.

Na een paar tellen begon haar parasolletje te draaien, zwierig, rond en rond.

## *27 juli 1876*

Wat dat dan eigenlijk was, vroeg Kolja, een echo.

De tempel in Vienne heeft een mooie. De jongen zag

hoe wij ons daarmee vermaakten.

Leg dat een dove maar eens uit.

'Dus het is alsof die stenen spreken?'

'Zoiets. Maar het is niet anders dan je eigen stem die bij je terugkomt, alleen iets later.'

'Hoeveel later?'

'Dat verschilt. Een tel, maar in de bergen, soms, kan het ook langer duren. Dan valt er echt even een stilte.'

'En ondertussen...' Hij probeerde zich een stilte voor te stellen. 'Die woorden, waar blijven ze zolang? Waar zijn ze als het stil is?'

'Die zijn onderweg. Naar die stenen muur of naar die bergwand. Ze vliegen heen en weer.'

'En dan komen ze bij je terug?' De jongen dacht na. 'Precies zoals ze waren?'

'Nee, wel wat vervormd.'

'Door wie? Wat heeft ze misvormd?'

'Ik weet het niet,' zei ik. 'De tijd, de afstand. Er gaat altijd iets verloren. Soms wordt het onverstaanbaar of het lijkt iets anders, alleen een staartje nog van de oorspronkelijke zin.'

'Ze hebben even tijd gehad om na te denken.' Hij knikte. 'De woorden hebben zich bedacht.'

### Avignon
### 28 juli 1876

Ansichtkaart gekocht, zodat de jongen zijn ouders iets kan laten horen, maar hij weigert hun te schrijven.

Vanavond, uurtje voor het diner, ik stond nog in mijn sokophouders, hoor ik Petja spelen. Een improvisatie op het kinderlied over de brug waar wij vanmiddag aanmeerden. Over het oerthema legde hij, gemoduleerd, zoals hij met de Oekraïense liedjes deed, een tweede beweging.

Ik schoot in avondkostuum en vond mijn broer in de verlaten balzaal aan het klavier van een oude Boisselot. En wie ligt daaronder? Kolja! Pontificaal, tussen de gedraaide notenhouten poten op zijn rug, armen en benen als molenwieken uitgestrekt.

'Het is de resonans.' Petja glunderde. 'Als ik even stop laat hij weten dat hij méér wil. Kijk maar.'

En inderdaad: zodra hij zijn handen van het klavier haalde, trommelde de jongen uit protest met twee vlakke handen tegen de klankkast.

'Hard en zacht ervaart hij, maar ook intensiteit, hij herkent verschillen in emotie. Ik zweer het je! Zodra ik daarin varieer...'

Hij deed het. Kolja wiegde mee wanneer het spel hem wilde meeslepen, verstarde waar het strakker werd.

*Palavas-les-Flots*
*30 juli 1876*

Veel te heet, eind juli, deze kusten. Geen wolkje, geen zuchtje wind. Behalve kijken hoe de vissers uitvaren is hier niets te doen. Vis, ook bij het ontbijt, iets anders is er niet.

Kolja had nooit de zee gezien. Rende er gisterochtend recht op af. Vlak voor het water schrok hij terug. Ik heb hem de golven in gedragen en liet hem drijven op mijn armen.

*f, f, f, f, ff, ff, ff, ff*
*ph, ph, ph, ph, ph, ph, ph, ph*
*f, ph, ff, ph, f, ph, ff, ph*
*ff, h, f, p, ff, t, f, h*

*(De adem stroomt vrijelijk door strottenhoofd en stemspleet tegen de onderlip, die hem de weg verspert door zich tegen de bovenlip te drukken op wisselende spanning:)*

*ph, p, ph, t, ph, h, ph, t*
*ft, ft, ft, ft, ft, ft, ft, ft*
*pf, pf, pf, pf, pf, pf, pf, pf*
*phth, phth, phth, phth, phth, phth*

Zo zitten wij aan de baai tot schrik van de flamingo's. De late zon beschijnt hun vleugels van onderaf, zodat hun vlucht de hemel vlammend roze kleurt.

'Ik ben jouw echo,' dolde hij, toen ik hem verbeterde. 'Ik zeg je goed na, ik klink alleen een beetje anders.'

Het fenomeen houdt hem nog bezig, niet zozeer de klank en weerklank, als wel de pauze daartussen. Stilte is per slot zijn wereld.

Herhaalde pogingen om Kolja aan zijn vader of moeder te laten schrijven. Hij wil ze nooit meer zien, zo is hij teleurgesteld. Ik heb gezegd dat dit in het leven niet kan, en maakte een opzetje, een paar regels om ze te laten weten waar wij zijn. Die zit hij nu gedwee over te pennen.

*1 augustus 1876*

Petja en ik lieten ons door een kreeftenvisser afzetten op een verlaten strand bij Sète. Wij zwommen om het hardst – gewonnen! – en stoeiden in de branding. Er is nou eenmaal tussen broers een aangeboren innigheid die ik bij niemand anders heb gevonden.

In een duinpan, soezend in de warmte, terughoudendheid in slaap gewiegd op het aanrollen der golven, kwam het op ons liefdesleven: recente veroveringen van groot tot klein, mooi en lelijk, van onvergetelijk genot tot onbetamelijke domper, elke schuiver opgedist met schaamteloze pret.

'Ik heb besloten, weet je,' zegt Petja, ernstig ineens, 'om te gaan trouwen.'

Eerder had ik uit de helblauwe hemel een pak sneeuw verwacht.

'Het is niet vol te houden zo, dit leven dat wij leiden.'

'Zeg,' lachte ik nog, 'spreek voor jezelf, jij!'

'Die neigingen van ons...' volhardde hij. 'Ons persoonlijk genot vormt het grootste, meest onoverkomelijke obstakel voor werkelijk geluk.'

'Idioot, je praat naar je verstand.'

'Het is me ernst, Modja. In deze wereld hebben wij geen toekomst. Niet ongestraft, nooit openlijk, niet zonder vervolging. Ik heb mij daarom voorgenomen om te trouwen net als iedereen en ik raad jou dringend aan hetzelfde te doen.'

'En wie,' spotte ik, 'is de gelukkige?'

'Dat weet ik niet. Ik vind wel iemand.'

'Niet als je te werk blijft gaan zoals je net beschreven hebt. Naar mijn ervaring struint er weinig huwbaars door het struikgewas. Of was jij van plan je strooptochten eraan te geven?'

'Als dat nodig is.'

'Voor het huwelijk? Geloof me, dat is nodig.'

'Vast.'

'Verstand van vrouwen heb ik evenmin als jij, maar ze hechten eraan dat hun man niet achter élke stalknecht aan holt, dat weet ik toevallig.'

'Dan moet het daarmee afgelopen zijn.'

'Klinkt niet alsof je dit plan tot het eind hebt doorgedacht.'

'Jazeker wel. Ik ben voornemens een gezin te stichten zoals ieder ander.'

'Dat zal lastig worden, Petja.' Ik nam hem op zoals een arts een hopeloos geval. 'Voor echtgenoot ontbreekt het jou aan een of twee nogal belangrijke vereisten.'

'Ik ben bereid me aan te passen. En wat mij niet van nature afgaat, kan ik bijleren.'

'Wel ja.' Ik lachte hem uit. 'Misschien moet je beginnen met een schriftelijke cursus!'

'Jij hebt makkelijk praten.' Hij werd boos. 'Jij hebt Sofja Jersjova.'

'Heb ik juffrouw Jersjova, in welke zin?'

'Om mee te trouwen. Zij zou niets liever willen, beloof ik je, niets liever, ik heb het daar met haar over gehad. Meer dan eens. Zij hoopt. Zij wacht erop, zij droomt ervan, alles wat je hoeft te doen, is haar te vragen.'

'Ben jij krankzinnig?'

'Waarom niet? Jullie leven al als een gezin, Kolja, Jersjova en jij, gedeelde zorg voor het kind, hele dagen samen, maak het legaal en op een kleinigheid na zou er amper iets veranderen.'

'Laat het nou die kleinigheid net zijn die mij ervan weerhoudt.'

'Vind je haar onknap? Dat is ze niet, integendeel, en evenmin is zij – wat mij weerhouden zou... als vrouw is zij, lijkt mij, bepaald niet overgretig. Anders had ze al wel toegetast. Niet iemand die op het onmogelijke aan zou dringen, als je begrijpt wat ik bedoel, iemand die jou – op dát gebied – zou overvragen. Zij zou, mij dunkt, tevreden kunnen zijn met jouw verdeelde aandacht.'

'Verdeeld waarover, de cadetten van de marine-academie? Petja, ouwe koppelaarster, alsjeblieft, ik wil hier geen seconde langer over denken!'

'Ik verlang ernaar met iemand samen te zijn.' Hij schoot van zelfmedelijden vol. 'Ik wil vinden wat jij al gevonden hebt: voor iemand iets betekenen. Een vrouw, een kind, zoals het hoort. Een wezen helpen opvoeden, het door de wereld helpen. Gezien worden als eenheid, voedend, onbaatzuchtig.'

'*Qu'en dira-t-on*,' zei ik geërgerd, 'da's alles wat jou interesseert. Hoe anderen jou zien, dat heeft met liefde niets te maken, Petja, maar juist met zelfhaat. Als jij zo nodig trouwen moet, dan vraag jíj juffrouw Jersjova toch.'

'Luister, ik hou zielsveel van je. En van Kolja hou ik niet minder. Voor het geluk van jullie allebei is het een vereiste dat jij niet meer "zo" bent.'

'Hoe durf je!'

'Het is een sine qua non, Modja! Niet omwille van qu'en dira-t-on, maar voor jezelf, jouw eigen zielenrust... En anders toch zeker omwille van de jongen. Met dat leven van jou, wat voor voorbeeld ben jij voor een opgroeiend kind?'

Een paar tellen bleef ik stil, alsof ik nadacht.

Toen haalde ik uit.

Voor hem kwam het even onverwacht als voor mijzelf. Met alle kracht die ik kon opbrengen, plantte ik mijn vuist tegen zijn kaak. Zijn hoofd knakte op de hals naar achteren en zijwaarts. Ik hoorde kraakbeen knerpen.

Mijn broer, die nooit gevochten had, vloog verbijsterd

door de duinpan en sloeg achterwaarts tegen het zand. Zo bleef hij liggen. Geschrokken keek hij mij met grote ogen aan, maar ik sprong er als een woest dier bovenop en als broeders uit de Bijbel rolden wij over de grond, naakt, noodlottig en door God verlaten.

'Niet iedereéén veroordeelt ons,' zei ik nadat wij van de schrik waren bekomen. 'Er zijn genoeg mensen die weten hoe wij zijn en die ons dat vergeven.'

Wij hielpen elkaar overeind, zwetend, zand tussen de tanden.

'En dat is nu precies wat ik niet wil, Modja, dat zij ons liefhebben ondánks.'

Wij liepen het water in en spoelden de sporen van onze twist af.

'Dat mijn geliefden médelijden met mij hebben,' zei Petja, 'dat verdraag ik niet. Dat zij mij vergéven terwijl ik nooit iets slechts of lelijks gedaan heb, niet één keer, nooit!' Hij schudde zijn hoofd. 'Er schuilt een gif in vergiffenis.'

*4 augustus 1876*

Al dagen nu op bed. Buikloop, braken, wij alle drie, Jersjova, Kolja en ik. Krampen, ongelooflijk. Een of ander onrein dat in een karaf tafelwater heeft gezeten, want Pjotr – met zijn eeuwige Vichy – ontsnapt als enige de dans.

Hij is als een pleegzuster voor ons. Ik heb hem beloofd, hoeveel kratten hij ook in zijn leven nog laat overkomen, hem nooit meer uit te lachen om zijn mineraalwater.

*7 augustus 1876*

Petja is op weg naar Bayreuth om Liszt te spreken en Wagner. Wij stappen over een uurtje op de trein terug naar Lyon en het straffe regime van de Hugentoblers.

Laatste maal met Kolja de boulevard op en neer. Tussen de visverkopers en de nettenboetsters, een Noord-Afrikaan. Ik bekeek zijn uitgestalde lederwaren. Toen ik doorliep, pakte Kolja de schrijfmap op, waarover ik geaarzeld had, een aardig ding van rood marokijn met een sierrand van bladgoud.

'Hoeveel?' vroeg hij.

De donkere man in zijn blauwe djellaba noemde een prijs, maar de jongen stelde, zoals hij ons wel had zien doen, een lagere voor. Luid en duidelijk deed hij dit en hij maakte de koop rond met een handdruk alsof hij in zijn korte leventje niet anders was gewend.

Trots kwam hij met de map naar mij toe. Voor mij. Als dank voor onze reis.

# 12

Van Diaghilevs appartement haastte ik mij naar het paleisplein.

De twinkel in mijn tred, teweeggebracht door mijn onverwachte oponthoud met de jonge componist, was beslist ongepast op een dag als deze. Voordat ik de kantoren van de generale staf binnenging, moest ik behalve mijn kleding ook mijn zinnen weer in het gareel dwingen.

Aan het burgerloket van de gezondheidsdienst in de oostelijke vleugel verschafte men mij desgevraagd een pamflet met de 'officiële richtlijnen betreffende maatregelen van persoonlijke bescherming tegen cholera, regeringsbulletin afgekondigd op 14 juli 1892'.

Ik ging er nog van uit dat de wettelijke regels anders waren dan ik dacht, zodat de hele gang van zaken rond Petja's dood minder vreemd zou blijken dan ik mij verbeeldde.

Maar nee. Meteen op het eerste vel, tussen de 'belangrijkste verordeningen en direct te nemen maatregelen', stond deze:

*Bij een overlijden in geval van cholera dient het lichaam zo snel als maar mogelijk is uit huis te worden gehaald in een hermetisch afgesloten en met lood verzegelde kist.*

*Daarenboven moet de begrafenis onmiddellijk en in gesloten kring plaatsvinden en dient iedere vorm van openbare rouwbijeenkomst te worden vermeden.*

Desondanks lag Pjotr Iljitsj anderhalve dag later nog in huis. Open en bloot. Zonder bijzondere sanitaire maatregelen.

Doof zijn is doorzetten.

Je wereld bestaat uit signalen waarvan je maar een deel opvangt. De rest moet je invullen. Van wieg tot graf ben je bezig te raden wat je aan de omgang van de anderen hebt gemist. Verbanden leggen, informatie vergaren, dit is hoe wij overleven. Van jongs af ben ik erop getraind elk gesprek, iedere situatie te ontrafelen. Nieuwsgierigheid vervangt mijn ontbrekende zintuig. Hoeveel informatie mij in de omgang ook ontgaat, ik spoor die op en trek die na. Het op dit punt laten afweten, al is het maar kort, is jezelf buitenspel zetten, jezelf een achterstand bezorgen die je niet meer inhaalt.

Minder weten dan de mensen om mij heen is mij ondraaglijk, gespitst blijven is mijn tweede natuur, nieuwsgierigheid puur lijfsbehoud. Begrip is iets wat wij doven moeten vergaren. Van de minste trek rond een mondhoek tot de onderbuikse broeiing van een massa, het blijft zaak alles te registreren, interpreteren, concluderen, deduceren.

Ons hele begrip hangt af van op te lossen raadsels. De vraag er daarvan één te laten rusten is gericht aan dovemansoren. Gissen is ons horen.

Toen ik bij Modest aankwam, stond er een staatsiekoets van het keizerlijk paleis voor de deur. Daar was een bloemenzee ontstaan, een heuvel van boeketten, kaarsen en honderden grafkransen. Een wacht van de keizerlijke garde hield belangstellenden op afstand en wilde mij pas doorlaten nadat Bob Davidov mijn identiteit bevestigd had.

Boven zat groothertog Konstantin naast de dode neergeknield. Zijn lange slanke verschijning zo ver voorovergebogen als zijn Pruisisch korset dat toeliet, het voorhoofd rustend op zijn gevouwen handen.

Hij zat zo zeker al een halfuur, vertelde Sofronov mij in de keuken, en had gebeden en gehuild. Dergelijk eerbetoon was ongehoord, de keizerlijke familie legt geen rouwbezoeken af. Het bevestigde de aard van de vriendschap tussen de twee mannen, die mij in Rome al was opgevallen en kennelijk de jaren had doorstaan. Over de inslag van Konstantin Konstantinovitsj bestond, al zijn kinderen ten spijt, in Sint-Petersburg geen twijfel, zodat zijn opvallende aanwezigheid in het sterfhuis iedereen extra nerveus maakte.

'Jij ook nog!' vroeg Modest, toen hij mij aan de keukentafel zag. 'Wat kom je doen?'

'Ik was benieuwd of er iets is waarmee ik helpen kan.'

'Fijn,' zei Bob meteen, die binnenkwam met mappen vol papieren. Hij schoof een paar kommen opzij en legde alles neer. 'Mijn hoofd loopt om, wij zijn de begrafenis aan het regelen. Dat alleen al!'

'Wat is het plan?' vroeg ik.

'Ha, was het maar zo simpel!' zei Sofronov, die een fles Vichy voor ons neerzette.

'Iedereen wil weer iets anders,' ging Bob verder. 'Je hebt geen idee, de felheid waarmee mensen hem opeisen, er is een hele strijd ontbrand en allemaal menen ze het grootste recht te hebben op het stoffelijk overschot.'

'Brandoekov vindt dat het naar Moskou moet, opgebaard in grote staat in het conservatorium en dan bijzetten in het Danilovklooster naast Nikolaj Rubinstein.'

'Tanejev is vanmorgen, als officieel afgevaardigde van het conservatorium, ook al voor Moskou als laatste rustplaats komen pleiten. Zij willen een deel van de kosten op zich nemen. Maar ik weet het niet,' zei Modest. 'Hij hield niet van Moskou, misschien moet hij naar Klin. Daar was hij de laatste tijd gelukkig.'

'Is dat Konstantin Konstantinovitsj?' vroeg Bob ineens, terwijl iedereen opkeek, gespitst als reeën in het woud.

'Hij vroeg of ik Petja's klavier wilde ontsluiten,' verontschuldigde Modest. 'Ik kon het hem moeilijk weigeren.'

De groothertog, werd mij gezegd, speelde in de kamer van de dode op dat moment een van diens nocturnes. Bob luisterde met neergeslagen ogen. Sofronov ging zitten op een stoel naast het fornuis en huilde.

'Wat zou jij willen?' vroeg ik Modest na een tijdje. 'Jijzelf. Wil jij Petja niet liever in de buurt houden?'

'Natuurlijk.' Hij wuifde die gedachte weg. 'Maar het gaat om hém.'

'Hij zou liefst niet ver van jou zijn, dat weet ik zeker.'

'Om zijn nágedachtenis gaat het,' zei hij geërgerd. 'Dat is het eerste belang: op welke plek zal mijn broer de eeuwen het best trotseren? Als wij hem naar Klin brengen... Ik zou een museum voor hem maken. Daarginds. Mettertijd... Alle manuscripten daarheen, boeken, brieven, het zou een soort bedevaartsoord kunnen worden.'

'Het gelukkigst is hij toch in Petersburg geweest,' gaf Bob ter overweging. 'Zijn beste jaren waren hier. Hier is hij naar het conservatorium geweest.'

'Maar ook naar de School voor Jurisprudentie,' zei Modest donker, alsof dit een tegenargument was.

'Zijn belangrijkste artistieke betrekkingen waren hier,' bracht ik in.

'En zijn grootste liefde...' Bob lachte besmuikt, omdat wij wel wisten dat hij op zichzelf doelde. 'Nou ja, liefdes.'

'Zijn eerste successen,' gaf Modest toe. 'De opera's, de symfonieën, allemaal hier.'

'Vorig jaar hebben jullie ook je zuster hier begraven, op Aleksandrovskoe.'

'Bij onze ouders, da's waar. Ja, hier zouden papa en mama bij hem zijn.' Modest knikte. 'Ik weet niet, misschien is dat een veilig idee.'

Konstantin Konstantinovitsj kwam binnen.

'Neem mij niet kwalijk...'

De vorst was uitgespeeld en stond onthand te midden van de voorbereidingen voor het middagmaal.

Sofronov schoot als een razende overeind. Hij schoof zijn stoel bij, zodat de groothertog van Rusland aan tafel kon zitten. Maar juist toen die wilde plaatsnemen, bedacht de bediende zich alsnog, poetste met een keukenlap de zitting op en blies er tweemaal overheen uit angst dat zijn lichaamswarmte erop was achtergebleven.

'Wellicht kan ik de beslissing makkelijker maken.' De kleinzoon van Nikolaas de Eerste trilde, want de kilte van de dood raakt alle stervelingen op dezelfde manier. 'Ik heb met Alexander gesproken. Hij staat erop u te zeggen dat hij geen enkele weet heeft gehad van wat hier voorgevallen is. Het is voor hem van het allergrootste belang dat u hiervan ten volle bent doordrongen. Hij is ook bereid u te ontvangen om dit onder vier ogen toe te lichten. Pas nadat uw broer... Pas toen hij al niet meer was te redden, heeft men Alexander op de hoogte gebracht en ik kan u zeggen, het heeft de keizer zeer ontstemd. Geschokt. Zeer. Hij heeft, ik weet niet of ik dit zeggen mag, maar ik doe het gewoon, want ik denk dat het goed is om te weten: de keizer heeft gehuild zoals u en ik. Zoals u en ik, en niet anders. Als u hem hierover bijtijds ook maar het minste had laten weten, was het nooit zover gekomen, dit laat hij verzekeren.'

'Iets dergelijks had ik van dokter Bertenson begrepen,' zei Modest, 'maar toen was het al te laat.'

'De tsaar staat erop het volk zijn liefde voor uw broer nadrukkelijk te tonen. Hij wil niet dat daarover ook maar enig misverstand bestaat. Het is hierom dat hij besloten heeft de organisatie van de teraardebestelling op zich te nemen, zowel organisatorisch als financieel.'

'Een staatsbegrafenis?'

'Een staatsbegrafenis zoals die verder uitsluitend aan de leden van het keizerlijk huis is voorbehouden. Alexander hoopt zo het volk en het land te tonen dat hij Pjotr Iljitsj Tsjaikovski beschouwt als zijn gelijke, en diens leven als voorbeeldig. Dit zal eventuele kwaadsprekers de mond snoeren. Om diezelfde reden stelt hij voor de uitvaart te houden in de kathedraal van Onze-Lieve-Vrouwe van Kazan.'

Modest wilde wel iets zeggen, maar kon geen woorden vinden. Bob mompelde iets wat ik niet lezen kon, en zelf zat ik verbijsterd.

'Een eredienst in de Kazan voor iemand die niet tot de keizerlijke familie behoort... Dat is in de geschiedenis niet eerder voorgekomen,' ging de groothertog verder. 'Gesteld dat u ermee akkoord gaat, natuurlijk.'

'Natuurlijk,' stamelde Modest. 'Het is... onvoorstelbaar, maar zo'n eer, uiteraard, die nemen wij in dank onmiddellijk aan.'

'Mooi,' zei de vorst. 'Het onrecht kunnen wij er niet mee ongedaan maken, maar het is een gebaar. Een signaal aan iedereen van kwade wil. Passend bij de genegenheid die voor uw broer gevoeld werd aan het hof. U moet weten dat de keizer zei...'

Op dit punt kwam Sofronov ertussen. Uit dankbaarheid knielde hij naast de groothertog neer, nam diens beide handen in de zijne, vingers rood van het bietenschillen, en drukte ze tegen zijn voorhoofd.

'Goed, dan stel ik voor...' Konstantin Konstantinovitsj stond op. '...dat wij alles onmiddellijk in gang zetten. Het voordeel is dat u in de Kazan zesduizend mensen kwijt kunt. De vraag is hoe die te verdelen. De directeur van de keizerlijke theaters, die de organisatie op zich zal nemen, stelt kaartverkoop voor, zodat wij de massa nog enigszins in toom kunnen houden.'

Nabijheid van het hof, lijkt het, vertraagt het brein. Wij waren allemaal gaan staan en bogen al ten afscheid, toen mij iets te binnen schoot wat mij niet lekker zat.

'Welk onrecht?' vroeg ik.

'Pardon?'

'U sprak van een onrecht, vorst. Een onrecht dat ondanks een staatsbegrafenis niet ongedaan gemaakt kon worden... En ik vraag me af: wélk onrecht?'

'Je kon het weer niet laten, hè?' Modest, die het bezoek uitgeleide had gedaan, stormde de kamer binnen alsof daar niet zijn broer lag, maar een ledenpop, liep naar het klavier en draaide de klep weer op slot. 'Overal moet jij iets achter zoeken. Elk woord moet jij uitpluizen.'

'Jij hebt mij het gewicht van woorden zelf bijgebracht, Modja. Jaar in, jaar uit. En nu neem jij mij kwalijk dat ik ze nauwkeurig weeg?'

'Voor alles is een tijd en een plaats.' Hij stak de sleutel in zijn vestzak en duwde mij opzij alsof ik in de weg stond. 'En geloof me, die achterdocht van jou komt uiterst ongelegen.'

Een zwartfluwelen kussen met de ordetekens van Sint-Vladimir was op de grond gegleden. Modest schudde het op met een paar driftige stompen en legde het terug aan de voeten van het levenloze lichaam.

'De buitendeuren gaan weer open. Heb jij die oploop beneden gezien? Nog meer mensen dan gisteren. De komst van de grootvorst heeft iedereen en alles opgehouden. Wat wou je, een hele scène, nú, terwijl heel Sint-Petersburg de trap opkomt om afscheid te nemen?'

'En wat ga je die mensen zeggen,' riep ik verwijtend, 'dat het toch zo'n verschrikkelijke ziekte is die jouw broer onder de leden had?'

'Wou jij dat soms in twijfel trekken?' Modest keek rond. Het eerste rouwbezoek kwam inderdaad boven en stond al in de hal. 'Ik heb zijn lijden gezien. Ik was erbij. Jij niet.'

'Maar cholera? Ik kán het niet geloven,' hield ik vol. 'Hoezo had de tsaar, als hij eerder was ingelicht, Petja's dood kunnen voorkomen? Wat betekent dat? De man is machtig, maar de zieken genezen kan hij bij mijn weten niet.'

Met al zijn kracht greep hij mij bij de arm en sleurde mij zijn kamer binnen, weg voor de voeten van een echtpaar dat met ineengeslagen handen binnenkwam.

'Wat stond er in zijn brief aan jou?' Modest liet zich in zijn bureaustoel vallen. 'Nu wil ik het weten.'

'Petja's laatste brief?'

Liever had ik hem daarover verteld wanneer de zenuwen minder bloot lagen, wij twee wat dichter bijeen.

'De brief van afgelopen donderdag natuurlijk,' zei hij wrokkig. Zijn oog viel op een dagboekje, een van zijn notitieschriften, waarin hij had zitten schrijven. Hij sloeg het snel dicht en borg het in een la. 'De brief waar jij het over had. Letterlijk, wat heeft hij jou geschreven?'

'Dat was minder een brief dan een pleidooi. Een hartenkreet. Geen plichtplegingen, nauwelijks een aanhef, maar regelrecht ter zake.'

'En die zaak was dat hij jou vroeg met spoed hierheen te komen?'

'Dat niet. Niet in zoveel woorden. Het was de toon die het zo dringend maakte dat ik dacht: ik moet nú gaan.'

'Hoe klonk hij, triest?'

'Gek genoeg niet,' zei ik. 'Jij zegt dat hij toen al ziek op bed lag, maar dat bleek niet uit zijn woorden.'

'Wat was dat dan voor toon, terneergeslagen?'

'Nee, uitgelaten eerder, opgewonden. Ik moet zeggen,

als er iets uit sprak, dan was het hoop.'

'Waarop?'

'Op jou en mij. Een opwinding dat alles goed zou kunnen komen, tussen ons, wel goed móést komen nu.'

'Je liegt.' Modest sloeg met zijn vuist op tafel. 'Jij hebt geen idee hoe Petja over jou dacht, de laatste tijd. Sinds onze ruzie geen goed woord! Je moest eens weten. Sinds jij mij de deur gewezen hebt... Nooit zou hij jou vragen hier te komen en het goed te maken. Na alles wat jij ons geflikt hebt? Als jij eens wist hoe ik jou nog verdedigd heb, tegenover hem, ik wel, de laatste maanden! Maar hij wilde er niet aan. Een zwijn, dat vond hij jou! Dat woord heeft hij gebruikt: een zwijn! Hardvochtig, middelmatig.'

'Alsjeblieft, Modest, hij ligt hiernaast.'

'Nou en, kan hij ons soms horen? En dan nóg hoort hij niks nieuws, het zijn zijn eigen woorden! Hij minachtte mensen zoals jij, die niet in staat zijn door te dringen tot de essentie, de echte waarden van het leven, mensen voor wie liefde, trouw en vriendschap holle frasen zijn. De hoop die wij voor jou hebben gehad, God, jongen! Hij net zo goed als ik. Hoe mijn broer en ik ons omwille van jouw opvoeding hebben weggecijferd. Ingehouden! Opgeofferd! En hoe jij ons daarvoor hebt beloond! Dit is wat hij mij gezegd heeft, letterlijk, dat jij waarschijnlijk het beste af bent van ons allemaal omdat jij kennelijk geen hart bezit. "Alle voorwaarden voor een zorgeloos vegetatief bestaan bezit die Kolja: hij heeft geen hart!" Dat zei hij. "Dat zijn de gelukkigste, de lui die nergens om geven en in staat zijn om degenen af te danken die het allermeest voor ze hebben betekend."'

'Ik ben niet naar Petersburg gekomen om onze ruzie voort te zetten, maar om jou de hand te reiken. Dat was wat hij wilde.'

'Geloof ik niet. Waar is die brief?'

Ik trok de enveloppe uit mijn zak.

'Het herstel van onze vriendschap, Modja, daar vraagt hij om. Gepassioneerd. Expliciet. Een genezing in ons hart, schrijft hij. Herstel op alle onderdelen.'

'Tha!'

'Hij vraagt het voor ons zielenheil, zo noemt hij het, én voor het zijne. Toen ik dat las, had ik geen idee dat zijn ziel om aan dat heil te werken nog maar hooguit twee, drie dagen had. Maar nu, hoe langer ik erover denk... Als ik deze brief teruglees, denk ik: dit is de toon van een man die wéét dat hij gaat sterven. Dat is wat mij er onbewust zo aan verontrust heeft: het is een testament. Een nagelaten wens. Een document om orde op zaken te stellen. Dat is wat hij schreef, dat onze hereniging geen uitstel verdroeg. Jij hebt mij geleerd woorden op hun waarde te schatten, wel, dit is mijn schatting: hier is een man aan het woord die precies weet wat hem te wachten staat, die wéét dat hij niet genezen zal en hoopt in allerijl tussen zijn geliefden nog een aantal dingen recht te kunnen zetten.'

Modest stak zijn arm uit om de brief te pakken, maar ik hield hem buiten zijn bereik.

'Heb ik geen recht te weten wat hij schrijft over jou en mij?'

'In ruil voor de waarheid,' zei ik.

Hij keek mij aan, dacht na en knikte.

Ik legde de enveloppe op zijn bureau. Hij nam hem op, bestudeerde het stempel van de postmeester.

'Donderdag,' constateerde hij aangedaan. 'Dan is het dus waar. Zijn laatste woorden. Donderdag. Zijn laatste brief. Aan jou.'

'Maar óver ons. Zijn laatste wil.'

Modest wilde hem openmaken, maar ik hield hem tegen. Eerst de waarheid die mij was beloofd.

'Er dreigde schandaal...' Hij keek rond alsof hij de moed voor het hele verhaal ergens uit de lucht moest plukken. 'Dit keer was Petja te ver gegaan. Echt te ver. Slordig geweest. Zwart-op-wit. Ongebreideld. Je weet hoe hij zijn kon als hij verliefd was. Roekeloos. Hitsig. Zoals altijd: verloor hij zijn hart, dan verloor hij zijn kop. Schaamteloos. Gretig. Allemaal op papier. Het hele verhaal is in verkeerde handen gekomen. Hij werd bedreigd.'

'Chantage?'

'Zoiets.'

'Wie was het?'

Modest schudde zijn hoofd.

'Maar dan nog?' zei ik. 'Hij had het toch kunnen afkopen? Dat zou verdomd de eerste keer niet zijn geweest.'

'Ze wilden geen geld.'

'Wat wilden ze dan?'

Hij keek weg en zuchtte diep.

'Alsjeblieft, Kolja, ik weet dat het je al te vaak is gezegd, maar laat het rusten.'

'Is dat waarom zijn biechtvader hem niet in de Izaäkkathedraal wilde hebben? Vanwege het schandaal? Was het zo erg?'

'Erger nog, maar ik smeek je, niet verder vragen nu. Denk aan Petja. Gun hem de rust die hij zocht door dit te doen.'

'Dus het drinken van dat water, is dat zelfmoord geweest?'

'Vraag niet dóór. Alsjeblieft, laat de hele affaire verdwijnen, samen met hem, wég, de wereld uit, zoals hij heeft gewild.'

Ik zweeg.

Modest haalde de brief uit de enveloppe en las. Hij las hem tweemaal helemaal door. Uiteindelijk liet hij hem zakken. Hij probeerde het postpapier terug te doen in de enveloppe, maar dat lukte hem niet.

Ineens sloeg hij zijn handen in zijn schoot en kromp ineen. Zo, voorovergebogen, bleef hij zitten.

# 13

## NOTITIES VAN MODEST [UIT: CAHIER IV – 1878]

*Milaan, Koninkrijk Italië*
*8 januari 1878*

'Was ik maar doof zoals jij!' verzuchtte mijn broer. 'Niet te hoeven horen wat de mensen zeggen, Kolja, je zou eens moeten weten hoe ik jou daarom benijd.'

Heeft dat kind zich zo op hun weerzien verkneukeld, begint Petja te raaskallen.

'Maar ik méén het,' protesteerde hij toen ik hem terechtwees. 'In míjn hoofd is het nooit stil, geen tel! Zijn het de woorden niet, waarmee mensen mij achtervolgen, dan wel mijn eigen noten. Stel je toch voor, je van al dat kabaal dat de wereld voortbrengt niets te hoeven aantrekken!'

Mijn broer is op de vlucht voor zijn leven.

'Heel Rusland gonst van de geruchten,' klaagt hij. 'Waar je ook komt, het gaat nergens anders over. Zelfs groothertog Konstantin Nikolajevitsj heeft het in zijn salon liever over mijn vlucht naar het buitenland dan over de toestand in de Balkan of onze oorlog met Turkije. Het gerucht dat ik krankzinnig ben geworden mag dan in de kranten unaniem zijn tegengesproken... als zo'n verdenking eenmaal is gezaaid, je weet hoe mensen zijn.'

'Zeg niet dat ik jou niet gewaarschuwd heb!'

'Mijn huwelijk is in ieders ogen een grote komedie, maar geloof me, ik ben maar ternauwernood aan dat mens ontsnapt, Modja, ternauwernood! Voor iemand die gek genoeg was om mijn vrouw te trouwen, is heel hard bij haar weg rennen juist een teken van gezond verstand.'

Die onzalige trouwerij, beraamd en begaan als een misdaad. Niemand wist ervan, en ik als allerlaatste.

Ja, de avond voor de plechtigheid schreef hij mij, de lafaard. 'Wanneer deze brief jou bereikt', begon hij, 'ben ik al getrouwd.' Was de post een dag vroeger gekomen, dan had ik de idioot eigenhandig van het altaar getrokken, al was het maar om de arme Antonina Ivanovna, dat schaap, te redden van de slachtbank.

Dwaas, wankelmoedig – een van die meisjes die componisten adoreren en zwijmelend achtervolgen van optreden naar optreden – had zij de grote Pjotr Iljitsj Tsjaikovski kort na ons vertrek uit Palavas-les-Flots een liefdesbrief geschreven. Op dat moment was mijn broer zo rijpgretig iemand, wie dan ook, te huwen dat zij had kunnen volstaan met het neerkrabbelen van haar naam achter op een boodschappenlijstje.

Amor heeft Petja getekend als een van die stakkers die na aanleg van de Karrenweg hebben weten terug te keren uit Amoer. Ik vrees werkelijk voor zijn verstand. En voor het hare, daarginds in Sint-Petersburg, verlaten en wel. In het smeden van hun eigen ongeluk lijkt dit paar evenzeer aan elkaar gewaagd als in hun huwelijksdrift.

Op een noodlottige avond is Petja voor Antonina's hardnekkigheid geknield. Hij heeft haar verzekerd dat hij níét van haar hield en dat hij ook nooit van haar zou kúnnen houden, maar dat zij, mocht zij hem desondanks trouwen, tot in de eeuwigheid een vriend aan hem zou hebben.

Alsof dit niet genoeg was om haar af te schrikken, heeft hij de aspirant-mevrouw Tsjaikovskaja zijn onhebbelijkheden opgebiecht, een voor een, zijn onstandvastige temperament, zijn verlangen naar eenzaamheid, zijn afkeer van mensen en zijn onvermogen zich behoorlijk tot hen te verhouden, zijn financiële toestand en ten slotte – als we hem moeten geloven – heeft hij haar op de hoogte gebracht van zijn voorkeuren in de liefde.

Een gewaarschuwd mens telt voor niets, want desondanks heeft de onnozele gehapt.

'Och, mijnheer...' verzuchtte Aljosja Sofronov, de stakker, die het paar al die tijd heeft bijgestaan. Hun huwelijksweken hebben aan hem gevreten als ratten aan een kaas. 'Een háár heeft het maar gescheeld, of u had uw broer niet levend teruggezien.'

Meer kon hij niet zeggen, want Petja kwam binnen met een feloranje snoepblik vol gesuikerde *torrone*, een cadeautje voor Kolja van de *pasticceria* in de via Borromei.

'Soms denk ik dat hij niet beseft wat hij heeft aangericht,' fluisterde Aljosja. 'Alle honden die hij slapende had willen houden, heeft hij door te trouwen juist gewekt.'

## *9 januari 1878*

'Vertel eens,' begint Kolja, die zich vandaag beter voelt, daarnet tegen mijn broer, 'die nieuwe opera, is die nou eens bijna klaar?'

Petja's verrassing als hij de jongen hoort, doet me pas beseffen wat een stappen wij het afgelopen jaar hebben gezet.

Zijn stembanden sterken sneller door zijn zelfvertrouwen en andersom. Resultaat is dat hij niet bang meer is om zich te laten horen, ook niet in groter gezelschap. Het is allemaal nog erg nasaal, maar de spieren van tong en lippen zijn op spanning, zodat de articulatie beter wordt. Zijn stem wint met de dag aan kracht. Soms is hij nu zelfs té luid en moet ik hem intomen. We hebben een signaal afgesproken, een handgebaar dat ik maak wanneer hij uit de band schiet.

Tegelijk is zijn liplezen enorm verbeterd. Naar nog hooguit dertig procent moet Kolja raden, zodat ook een impulsief gesproken zin in onbekende context nu meestal begrijpelijk voor hem is.

Mijn lippen zijn hem zo vertrouwd dat hij elk woord opvangt, maar ook vreemden hoeft hij zelden meer om herhaling te vragen, waardoor gesprekken beter vlotten en hij ze makkelijker aangaat.

## *Na het middagmaal*

Door de stad gewandeld met Aljosja Sofronov. Eindelijk onder vier ogen.

Al vóór de voltrekking van het heilige mysterie in de

Sint-Joriskerk, vertelt hij, waren de voortekenen voor het huwelijk slecht: niemand had een rol roze zijde, symbool van een rooskleurige toekomst, meegebracht, zodat de arme bruid niets had om op te staan, wat, als je erbij nadenkt, haar toekomst juist haarfijn symboliseert.

'Het is dat ik mijnheer die dag geen seconde uit het oog verloren ben,' zei hij, 'anders zou ik gezworen hebben dat hij onder de valeriaan zat of zelfs erger. Hij keek maar voor zich uit en gaf geen sjoege. Geen gebed sprak hij vanzelf. De eerwaarde Razoemovski, docent kerkmuziek aan het conservatorium die de dienst leidde, moest hem tot elke handeling aanzetten. Het was alsof de bruidegom niet wist waar een huwelijk toe dient, en geen idee had wat erbij komt kijken. Na de zegening overviel de priester hem met het voorstel dat hij nu zijn bruid zou kussen. Meneer kéék naar haar, naar Antonina Ivanovna, hij keek naar haar alsof hij haar nooit eerder had gezien. Hij aarzelde, hij trok bleek weg, het was verschrikkelijk. Zij sloeg haar blik neer en bloosde, duizelig van schaamte, en hij, o God, hij trilde helemaal, zijn ogen schoten vol. Hij kon zich net op tijd nog zo vermannen dat hij niet in huilen uitbarstte, en deed wat er van hem werd gevraagd, maar hij keek erbij, het is onbeschrijfelijk, hij keek, ik weet niet hoe hij keek, het was alsof hem was gevraagd om haar iets aan te doen.'

Direct na de laatste zegening beende hij met zo veel haast naar buiten dat hij de huwelijkskroon vergat af te zetten. Achternagezeten door de priester, die het kleinood wilde redden, liet hij zijn jonge vrouw in haar eentje en verbijsterd achter voor het altaar. De rest van de ochtend heeft Petja zich opgesloten in zijn vrijgezellenwoning totdat hij naar het Hermitage-hotel moest, waar het banket gehouden werd.

'Overdadig veel boeketten overal,' volgens Sofronov, 'het ene gerecht na het andere, maar de ziel ontbrak, anders kan ik het niet zeggen. Mevrouw Tsjaikovskaja at nergens van. De echtelieden durfden nauwelijks naar elkaar te kijken. Zij wisselden geen woord. Ik heb begrafenissen meegemaakt waar iedereen zich meer vermaakte.'

Diezelfde avond vertrok het stel per trein naar Sint-Petersburg. Van een huwelijksnacht was geen sprake.

'Sterker. Wij waren nog niet op stoom of uw broer nam mij apart en smeekte mij ervoor te zorgen dat de slaapcoupé met het dubbele bed zou worden ingeruild voor twee aparte coupés, liefst in verschillende wagons, want mijnheer was niet van zins de huwelijksdaad die dag te voltrekken. Hij zei het met een vies gezicht, als iets schandaligs, iets waaraan hij niet kon denken. Ik heb geprobeerd hem nog over te halen. Dat dit niet meer dan uitstel van executie zou zijn, heb ik gezegd, en dat hij, als hij er zo tegen opzag, het maar beter achter de rug kon hebben en toen...' Sofronov keek de Galleria San Babila rond of er geen landgenoot liep die ons kon afluisteren. 'Mag ik vrijuit spreken, Modest?'

'Natuurlijk,' zei ik. 'Zoveel jaren trouwe dienst, Aljosja, jij bent vertrouwder dan familie!'

Wij kozen een tafeltje bij Canetta en bestelden koffie. Pas nadat de ober uit de buurt was, sprak Petja's bediende verder.

'"Zij zal niet moeilijk doen." Dat waren mijnheers woorden.'

'Moeilijk doen? Waarover?'

'Dat vroeg ik ook. Precies zo. Wij stonden daar op een tussenbalkon, terwijl de vertrekkende trein over de wissels denderde. Terwijl, godbetert, zijn jonge bruid zich met rozenwater besprenkelde en in haar nieuwe zijden nachtpon hees. Ik dacht dat ik het verkeerd verstaan had. Maar hij meende het. "Mijn echtgenote is van alles op de hoogte," hield hij vol, "en zij stemt overal mee in." Hij zei het met zo'n nadruk, het werd me koud om het hart. Ineens snapte ik hoe de ongelukkige zijn toekomst voor zich zag.'

'Ik niet,' zei ik. 'Hoe dan? Waar doelde hij dan op?'

'Op mij.'

'Op jou?'

'Op ons...' Aljosja sloeg zijn ogen neer. 'Hij dacht dat tussen hem en mij alles – u weet wel – bij het oude blijven kon. Zoals het bij tijd en wijle wel geweest is. Maar toch, dat was zijn beeld, een waanidee: dat hij met haar getrouwd kon zijn en met mij, terwijl ik daar in huis woon, dan af en toe zoals voorheen... Begrijpt u? Hij wilde dat wij met zijn drieën in dat huwelijk zouden zijn.'

'Genadige God!'

'Ik heb hem meteen gezegd dat daar geen sprake van kon zijn, geen denken aan. Maar dit is wat hij had bedacht zonder het met iemand te bespreken. Met mij in elk geval niet. En met haar? Ik kan me niet voorstellen dat hij dat gedurfd heeft, haar iets voor te stellen wat, hoe verstandelijk je zoiets ook overeenkomt, een vrouw toch pijn moet doen, verschrikkelijk. Ik heb hem gezegd dat ik het wreed van hem vond. Onvoorstelbaar. Dat ik hem zo niet ken. Integendeel, hij, die altijd zo voorzichtig is geen mens met wat dan ook te kwetsen! Dat hij wel krankzinnig moest zijn om zoiets te bedenken, wanhopig in zijn gekte, de rotzooi die hij van zijn leven heeft gemaakt, en dat er niets anders op zat dan dat ik ontslag zou nemen, per direct, omdat ik werkelijk niet wist hoe ik hierna Antonina Ivanovna nog onder ogen zou moeten komen. Daarop raakte hij verschrikkelijk overstuur. Hij greep me beet, smeekte me te blijven, krabbelde terug, zei dat ik hem niet aan zijn toekomst mocht overlaten. Nou ja, kortom: "Hier ben ik" zei de gek. Ik ben gebleven, wat moest ik anders? Maar toch... pas terwijl die trein uit Moskou wegreed, kreeg ik door dat er iets werkelijk zo helemaal mis was dat het ook niet meer goed zou komen. En ik had gelijk, want hier zitten we nou.'

*10 januari 1878*

En toch lijkt mijn broer ver van alles, ver van háár, wat bij te komen. Vanochtend heeft hij zijn vierde symfonie aan Rubinstein verzonden. Die vraagt hem als Russisch gezant naar de Wereldtentoonstelling in Parijs te komen, maar Petja's misantropische verlegenheid is door de affaire zo verhevigd dat hij voorlopig niet met vreemden kan verkeren.

Kolja is van zijn griep nagenoeg hersteld. Juffrouw Jersjova is met hem uit wandelen en oefent onderweg met hem. Hoog tijd, want een paar dagen zwijgen hebben de spieren in hals en mond al doen verslappen.

Aangemodderd met een dentafoon. Patent T. W. Graydon. Een plat, rond kistje van ivoor, waaiervormig. Aan de voorkant een dun diafragma met daaraan een ijzeren draad, omwonden met zijde. Tegen de tanden gehouden zou deze de trillingen naar de schedel moeten leiden.

Het enige effect op Kolja: jeukende lippen. Nauwelijks meer opvang dan de audifoon van Rhodes. Zonde van het geld.

*11 januari 1878*

Komt Sofronov gisteravond laat mijn kamer binnen, helemaal beteuterd. Schijnt hij al een tijdje met een of andere jeuk rond te lopen. Zijn gebeden hebben er niet tegen geholpen, zodat sinds een dag of wat de klieren in zijn liezen zijn gezwollen. Plassen doet hem zeer. Nu denkt hij daar ergens ook een zweertje te hebben ontdekt. Of ik er eens naar wilde kijken.

Ik heb bedankt en vriendelijk geopperd dat hij een dokter daarmee meer plezier zou doen.

De vraag waarom hij hiermee bij mij komt en niet naar Petja is gegaan, brandde op mijn lippen, maar het antwoord ligt voor de hand.

'Uw broer loopt geen gevaar,' zei hij zacht.

'Dan hoeven we hem er ook niet mee lastig te vallen.'

'Nee.' Hij knikte, blik naar de grond. 'Het zou hem maar verdriet doen.'

# 14

Het kantoor van de ándere dokter Bertenson – niet Vasilji de huisarts, maar diens broer Lev – bevond zich in Potjemkins oude magazijnen aan de Fontanka direct achter het Antsjikov-paleis, waar de keizerlijke familie resideerde sinds Maria Feodorovna zich in de Hermitage niet meer veilig voelde.

'Wat denkt u dat dit is,' zei de portier toen ik me aandiende, 'een ziekenboeg? Dokter Bertenson is hofarts. Hij houdt geen praktijk.'

'Ik kom ook niet voor een consult, maar zou graag kort de dokter spreken.'

'Waarover?'

'Het overlijden van Tsjaikovski.'

'U ook al?' verzuchtte hij en hij wees me een stoel in de hal. 'Vooruit dan, neemt u plaats. Garanties geef ik niet, maar uw voorganger kwam voor hetzelfde en die is al even binnen.'

Na een paar minuten ging aan het einde van de gang een deur open. De kerel die naar buiten stapte herkende ik meteen.

'Mijnheer Jakobi!'

'Of de duvel ermee speelt!' riep de gezette jurist, die gisteren tijdens het rouwbezoek zo komiek uit zijn vriendenclub tevoorschijn was gesprongen. 'Wel, wel, mijnheer Konradi, en wat brengt ú nou hier?'

'Hetzelfde als u, begrijp ik.'

'Zou het werkelijk?' Jakobi bestudeerde door zijn knijpbril mijn gezicht van links naar rechts alsof hij een boek las.

'Onze arme, arme vriend,' verduidelijkte ik. 'Ik probeer te begrijpen hoe alles heeft kunnen gebeuren.'

'Ach.' Hij schudde zijn hoofd. 'Als we dát wisten.'

'Ik hoop dat de dokter mij een duidelijk beeld kan verschaffen van Pjotr Iljitsj' laatste dagen. Dat is nog niemand die ik daarnaar vroeg gelukt.'

'Gods wegen zíjn ondoorgrondelijk. Wij hebben ze maar te accepteren, mijnheer Konradi, zo simpel en zo zwaar als dat is. En ik weet waar ik het over heb...' Hij legde een hand op mijn arm. 'Wij, weet u, mijn vrouw Jelizaveta en ik, wij zijn onze jongste kwijtgeraakt.'

'Ach, dat spijt me.'

Hij knikte en had even nodig om zich te hernemen.

'Het heeft mijn echtgenote ziek gemaakt,' ging hij verder. 'Geen dag is er sindsdien voorbijgegaan, geen uur, zonder dat zij zichzelf heeft gepijnigd met de vraag waarom het is gebeurd en hoe! Och, als wij toch op een dag leven en dood zouden begrijpen, maar tot het zover is... elk vraagteken dat wij mensen daarbij plaatsen maakt ons kwetsbaarder. Nietiger. En uiteindelijk, als we het niet overgeven, teren we ervan weg. Ik heb het met mijn Lizonka zien gebeuren, en nóg, elke dag, zij zit op een stoel en doet haar haakwerk, maar het leven is eruit. Zij heeft zich er zo mee gekweld, die engel! Bega niet diezelfde fout, Nikolaj Hermanovitsj. Wij zijn stervelingen, níéts zijn wij, machteloos tegenover het ingrijpen van God. Dood is dood, weg is weg, wij hebben ons er maar bij neer te leggen.'

'Móćht blijken dat het inderdaad Gods hand is geweest,' liet ik me ontvallen, 'dan zal ik dat ook zeker doen.'

Achter de dikke brillenglazen kneep Jakobi zijn ogen samen. Zijn vertrouwen maakte plaats voor iets onpeilbaars.

'U kende Petja al zo lang en zo goed,' ging ik verder. 'U en uw jaargenoten, zo'n hechte club. Zag u elkaar de laatste tijd nog regelmatig?'

'Een enkele keer,' zei Jakobi zuinig. 'Ieder gaat zijn eigen weg, maar toch. Zo af en toe, jawel.'

'Vorige week toch nog?'

'Dagen, data, bij mij loopt het van verdriet allemaal dooreen. De gezichten, de gesprekken, alles in een dikke mist van tranen.'

'Dit begreep ik gister toen wij elkaar zagen bij Modest. Ik ving zoiets op van Vladimir Gerard, dat het laatste bijeenzijn van de jaargenoten nog maar kortgeleden was.'

'Onze arme Gerard!' De kleine man schudde zijn hoofd. 'Een vriend, een jaargenoot op een dag ten grave te moeten dragen... Bloedbroeders. Toen wij studeerden, stel je voor, Nikolaj Hermanovitsj, wij waren niet ouder dan u! Wanneer je zo jong bent en voortdurend door het dolle, zeg nou zelf, dan sta je bij zoiets als ons nu is overkomen toch niet stil?'

Aan het einde van de gang wenkte de portier mij naar Bertensons kantoor.

Dat ik vooral moed moest houden, zei Jakobi, omdat dit op mijn leeftijd het allerbelangrijkste was, en hij sloeg mij ten afscheid vaderlijk op de schouder.

'De lamme steunt de blinde, nietwaar?' Hij lachte joviaal alsof dit al sinds jaar en dag een grap was tussen ons. 'Bij wijze van spreken natuurlijk. Het klinkt altijd zo nobel, zo troostrijk. En toch... de lamme en de blinde, wat zullen die elkaar ook af en toe godsongenadig voor de voeten hebben gelopen!'

Lev Bertenson zag grauw.

Als in een ziekenkamer hield de dokter de gordijnen in zijn bureau op een kier na gesloten. Toen ik erop wees dat ik meer licht nodig had om te kunnen volgen wat hij zei, hees hij zich achter zijn bureau vandaan en trok de draperieën open. Zijn ogen zagen dof en rood.

'De lange uren, de doorwaakte nachten,' verontschuldigde hij zich. 'Wat een beroep, mijnheer, wat een beroep, die eeuwigdurende verschrikking! Ik heb veel meegemaakt, meer dan mijn beroepsgeheim mij toestaat u te zeggen, maar dit mag u weten: die afgelopen week was met gemak de allerzwaarste uit mijn loopbaan en dat terwijl ik toch als hospik onze jongens in Kars en in Batoemi heb gediend, en met deze zelfde handen bij Vidin nog heb gestreden tegen Osman Nuri Pasja. Helaas, niets wat ons in het leven overkomt, maakt het volgende beter draagbaar.'

'En dan kom ik u ook nog eens vermoeien.'

'Welnee, ga zitten, kom, mijnheer Konradi. Tenzij...' Hij trok een wenkbrauw op. 'U bent toch niet een van die lui die mij verwijten komen maken?'

'Zijn die er?'

'Die mij kwalijk nemen dat ik Tsjaikovski niet gered heb? Je zal ze de kost moeten geven! Dat ik er met de pet naar heb gegooid, wordt er geroepen, dat ik hem heb vermoord. Ik had het kunnen weten, natuurlijk, het was van meet af aan een hopeloze zaak. Het is maar al te menselijk, voor onbegrijpelijk verdriet een zondebok te zoeken, en toch, hoe diep en heilig hun gemis ook is, mensen zouden minder makkelijk met de vinger moeten wijzen. Hij wás niet te redden, weet u, niet te redden! En mij er dan vervolgens van beschuldigen dat ik slecht mijn vak versta.'

'Mijnheer Jakobi toch zeker niet, maakte hij u dat verwijt?'

'Jakobi? Nee, die weet te goed hoe de vork in de steel zit.' De hofarts lachte bitter. 'Hij is jurist. Ik vroeg hem alvast advies voor het geval iemand het verzint daadwerkelijk een aanklacht in te dienen. Ik heb gedaan wat ik kon, weet u. Alles wat nog mogelijk was. Maar de theorieën die er rondgaan! De mens gelooft zijn fantasie eerder dan de feiten.'

'Daarom zou ik die graag helder op een rij krijgen.' Ik schoof mijn stoel bij. 'Wat ik bijvoorbeeld niet helemaal begrijp: uw bróér is altijd Pjotr Iljitsj' arts geweest, zijn vertrouwensarts sinds jaar en dag, huisarts van ons allemaal. Hij is er ook als eerste bij geroepen, donderdagavond. Maar vervolgens droeg hij alle zorg over aan u.'

'Vasilji durfde het niet aan. Zodra werd besloten dat het cholera moest zijn...'

'Besloten?'

'Vastgesteld, zodra gediagnostiseerd werd dat het om cholera zou gaan...' Hij dacht na. 'Mijn broer is onvoldoende met het fenomeen bekend.'

'U toch vast nog minder? Zo'n volksziekte, daarmee hebt u in het paleis allicht minder ervaring dan hij als huisarts en toch riep hij u erbij. Was dat meteen de eerste avond?'

'Donderdagavond, ja, tegen halfnegen.'

'Maar toen was Pjotr Iljitsj pas enkele uren ziek...' zei ik verbaasd. 'Veel te vroeg, toch zeker, om iets over het verloop te zeggen?'

'Hoe een ziekte verlopen zal, je weet het nooit.'

'Toch zei u zojuist: "Het was van meet af aan een hopeloze zaak."'

'Zei ik dat?' Zijn ogen gingen op de waakstand. 'Ik bedoelde mijn positie. Als geneesheer van Ruslands favoriete zoon doe je het in de ogen van het volk zelden goed. Dat weet je als je aan zoiets begint.'

Hij keek mij aan alsof het gesprek hiermee beëindigd was. Ik speelde stommetje, wat in mijn geval betekent dat ik doe alsof ik door mijn handicap ineens ook lichaamstaal niet meer versta.

'Is het misschien niet ook zo,' vroeg ik onverstoord verder, 'dat Petja niet gered wílde worden?'

'U begeeft zich op een terrein waar mijn eed mij belet u te volgen.' Lev Bertenson stond op. Hij sloot een van de gordijnen weer. 'Pjotr Iljitsj wilde niet dood, als dat is wat u vraagt. Dat verzeker ik u. Hij hád willen blijven leven en heeft daarvoor gevochten, mijn God, en hoe! Als u erop staat ben ik bereid u dit te zweren, zodat dit eens en voor altijd uit de wereld is.'

'En kunt u mij ook zweren dat hij is gestorven aan de cholera?'

'U overvraagt opnieuw en ik begrijp niet goed waarom. U heeft de bulletins toch kunnen lezen? Daarin staat alles wat u hoeft te weten.'

'De officiële lezing, ja.'

'Een andere is er niet.'

'En die valt toevallig samen met het nauwgezette verslag van het ziekteverloop zoals u dat Modest vandaag heeft toegestuurd?'

'Hij schrijft een verslag voor de kranten en durfde in zijn verdriet niet op zijn geheugen te vertrouwen. Morgen staat het hele verhaal in *Novoje vrema* en in de *Novosti*. Dat zal al uw vragen beantwoorden.'

Hij was het verhoor zat en wilde nu ook het andere gordijn sluiten, en daarmee ons onderhoud. Maar ik sprong op en hield hem tegen.

'Onthoud goed wie u voor zich heeft,' dreigde de keizerlijke lijfarts, opgesteld naast zijn bureaustoel als was het de Sint-Joristroon. 'Twijfel aan mijn diagnose en u twijfelt aan mijn kunnen. Daarmee trekt u het beslissingsvermogen van de tsaar zelf in twijfel, die zijn leven en zijn welzijn immers in mijn handen heeft gesteld. U zou niet willen dat hem dit ter ore kwam, geloof me.'

'Ik weet niet wie of wat ik nog geloven kan.'

'Geloof in elk geval dat ik volledig en uitsluitend in Tsjaikovski's belang gehandeld heb. Alles is gedaan, dit moet u van mij aannemen, daar sta ik op!' En plotseling, ondanks alle autoriteit die Bertenson probeerde uit te stralen, brak zijn stem. 'Alles... En dit geldt voor mijn broer en voor Modest, voor iedereen die hierbij betrokken was: álles hebben wij gedaan, het uiterste, met enkel en alleen zijn welzijn in gedachte. Dat hij niet meer te redden was, zó'n man, en dat ik hem heb moeten zien creperen... "Laat me!" bleef hij maar roepen. Hoe wij ook voor zijn leven vochten, mijn broer en ik. "Wat jullie me ook geven," hield hij vol, "het maakt niet uit. Ik word niet meer beter!" Muskus hebben we hem ingespoten, kamfer, niets hebben wij onbeproefd gelaten, neem dat nou toch aan! En hij maar roepen: "Beter word ik niet. Laat mij maar, zo is het goed!" Het enige waarover hij zich zorgen maakte waren wij, de mensen aan zijn bed, beschaamd dat hij ons met zijn heengaan last bezorgde. Zo'n kerel was het. Dat hij anderen in zo'n parket bracht, deed hem de meeste pijn. Dat roepen van hem, zelfs op zijn laatste adem nog, helemaal hees: "Laat me nou, het heeft geen zin, bespaar je de moeite, laat me gaan." Als u ook maar een grein kan meevoelen van de verschrikkingen die wij de afgelopen week hebben doorstaan, schaar u dan aan onze kant, mijnheer Konradi, en staak uw zoektocht! Het is in zijn belang, ik zweer het u, en ook in dat van Modest, ja, zelfs in dat van u!'

Ik trok de deur achter me dicht zonder twijfel aan Bertensons oprechtheid, maar met evenveel vragen als toen ik er binnenging.

Er was een geheim, zoveel was zeker, maar degenen die het zo angstvallig voor mij verborgen, leken dit met de beste bedoelingen te doen. Als zij een pact van zwijgzaamheid hadden gesloten, welk belang diende ik er dan mee door het open te breken? Wat ik ook zou proberen, Petja kregen we er niet mee terug.

Overwegend wat mijn volgende stap moest zijn, ging ik

niet meteen naar buiten, maar nam ik in de gang nog even plaats. Op de bank tegenover de portiersloge overdacht ik wat mij nu aan Petja's laatste hartenkreet zo had verontrust.

> '*Reik Modest de hand*', had hij mij geschreven. '*Jullie vriendschap, zoals ik die op onze vele verre reizen zag, behoort tot de weinige zaken die mijn leven de moeite waard hebben gemaakt. Hoe hij jou op deed bloeien en jij hem! Jullie voedend samenzijn heeft mij het bewijs geleverd dat liefde, zoals ik altijd heb vermoed maar verder nergens heb ervaren, ook zonder baatzucht kan bestaan. Dat tussen mensen een verbond, wat er ook van wordt gezegd, zuiver zijn kan en hoogstaand. Ik smeek je, jullie beiden, Modest en jou, de banden te herstellen. Doe het, opdat niet alles tevergeefs zal zijn geweest. Stap over de geschillen heen. Zie elkaar zoals ik jullie zag. Doe het om mij.*'

Aan die woorden zat ik te denken in die magazijngang onder het Antsjikov-paleis, hooguit een minuut of vijf, toen de deur van Bertensons kantoor opnieuw openging.

En opníéuw stapte Jakobi naar buiten!

Een zinsbegoocheling, leek het, een déjà vu!

Hij moet via het aangrenzende kantoor binnen zijn gekomen, maar waarom? Er was een tussendeur. Stond hij daarachter tijdens mijn onderhoud met Bertenson? Hoelang al, hoeveel had hij opgevangen?

Het was werkelijk de jurist Jakobi die daar die deur uit kwam, precies als een kwartier daarvoor. Hij had duidelijk niet verwacht mij nog te zien, hield even in, maar omkeren en vluchten leek hem toch beschamender dan mij passeren.

'Zo blijven we elkaar maar tegen het lijf lopen!' Hij

lachte en lichtte zijn hoed, maar iets bleef priemen in zijn blik.

De onnavolgbare weerzin waarmee Modest ineens over de School voor Jurisprudentie sprak, kreeg op slag een gezicht.

'Ik was... iets vergeten,' verzon hij. 'Daarbinnen. Mijn pen.' Hij trok hem tevoorschijn alsof ik hem had gevraagd bewijs te overleggen. 'Een geschenk van mijn Jelizaveta voor ons tweede huwelijkslustrum. Die kwijt te raken, zo'n herinnering aan onze goede jaren, ik moet er niet aan denken.'

Hij drukte er een kus op en stak hem terug in zijn binnenzak. Stralend van onschuld nam hij opnieuw zijn hoed voor mij af en voor de tweede keer maakte hij zich uit de voeten.

# 15

## NOTITIES VAN MODEST
## [UIT: CAHIER IV – 1878]

*San Remo, Koninkrijk Italië*
*13 januari 1878*

Wij zijn erachter waar de zomer overwintert: in de Golf van Genua! Die omarmt de zonnewarmte en houdt haar hier gegijzeld tot het voorjaar. Hartje winter speelt Kolja in badpak op het strand, juffrouw Jersjova, bloot voetje in het zand, zit ernaast met korte mouwen en langs de piazza San Costanzo staan citroenbomen in bloei. Pension Joli doet zijn naam eer aan; vier kamers, keukentje en een salon. Heilzaam samenzijn, Petja begint weer wat te lijken op zichzelf.

Hij wil dat ik nog een aantal zinnen uit *Onegin* schrap. Op andere plekken juist behoeft hij extra woorden.

Zo verfrissend zakelijk, libretti. Maar zoveel lettergrepen kun je kwijt, hun betekenis gedicteerd door de muziek. Kans je te verliezen in beschouwingen: nihil. Tijd om uit te weiden over iemands psyche is er niet: het personage komt op, verklaart wie hij is en wat hem drijft, wat hem dwarszit en hoe hij zich daaronder voelt.

Dan is zijn aria alweer voorbij en wordt hij afgevoerd. Dit dwingt tot bondigheid en snelle keuzes. De puzzel is hem of haar binnen die weinige maten diepte te verschaffen, invoelbaar te maken. Deze arbeid druist in tegen mijn bloemrijke natuur en daagt mij uit. Het is droger dan proza, maar ook dienstbaarder, het stuwt de muziek maar blijft er toch ondergeschikt aan.

Hele ochtenden brengen wij zo door, verdiept in elkaars fantasie, kraamkamer van het leven, ieder op zijn eigen taak geconcentreerd.

### *14 januari 1878*

Per telegram bericht mevrouw Von Meck, op wier kosten wij hier zo onbezorgd met zijn allen leven, dat de vierde slag op de Sjipkapas beslissend lijkt te zijn geweest. Radetzki heeft met zijn garnizoen de Ottomanen omsingeld en verslagen, zodat we eindelijk die verdoemde Balkan over zijn. Suleiman Pasja biedt Goerko nu bij Philippopolis nog weerstand, maar elders trekt het Russische leger verder en maakt zich op voor de belegering van Constantinopel.

Bij God, laat die oorlog nu dan binnenkort voorbij zijn, want wij worden er hier overal op aangesproken. Vanochtend nog, op de boulevard, roept een keurig dametje ineens, zwaaiend met haar parasol, dat het dodental tegen de dertigduizend loopt en of wij Russen daar eens ogenblikkelijk mee willen ophouden.

Niet dat ze hier nu zo voor de Turken zijn, maar in Europa heerst star onbegrip, een wrokkige weerzin de wereld eens door ónze bril te zien.

'Rustig aan, mevrouw,' diende Kolja de dame van repliek. Woorden, hem zo lang wezensvreemd, ontdekt hij langzaamaan als wapen. 'Denk om uw hart,' sprak hij beleefd. 'Straks bent u slachtoffer dertigduizend en één.'

*15 januari 1878*

'Maar natúúrlijk is Tatjana's liefde onnavolgbaar!' riep Petja vandaag verhit. 'Voor wie er zelf niet aan ten prooi is, lijkt zo'n passie een gekte.'

Wij doen de laatste redactie, ik van de tekst, hij van de noten. Nu is het zaak elke voeg tussen begrip en gevoel te vullen, maar ik vind dat onze heldin zich in haar brief, de enige regels van Petja's hand, te zeer laat meeslepen.

'Als jij denkt dat zij niet bij de eerste blik op Onegin al helemaal verliefd is, heb je niets van haar begrepen!' Mijn broer keerde mij de rug toe en tuurde uit het raam, gekwetst, armen over elkaar, als had ik hem in zijn gezicht geslingerd dat hij niet kan componeren. 'Het ís niet een van die mensen die iemand eerst helemaal moeten kennen voordat zij om hem kunnen geven. Zij is een en al hart, die vrouw, een liefde als de hare komt onverwacht. Overrompelend: zij ziet hem en zij valt voor hem. Nee, sterker, nog voordat Onegin de scène binnenstapt is zij al helemaal verliefd. Ze dicht hem kwaliteiten toe die hij misschien wel helemaal niet heeft, waar hij zelfs onmogelijk aan kan voldoen. Hij is, ongezien, haar grote held, het middelpunt van een romance die haar al jaren voor de geest zweeft. Vaag nog eerst, maar áls je hem dan ziet, de man van je dromen, tja, wat doe je dan? Je projecteert al je idealen op de ander!'

'Zoals jouw echtgenote op jou. Dáár hebben we het over, nietwaar?' zei ik. 'Daarom ben jij zo door haar geobsedeerd: Tatjana en mevrouw Tsjaikovskaja zijn één.'

'Erger,' antwoordde hij verslagen. 'Ik ben Onegin: koud en harteloos. Ik heb haar eerst verleid en toen verwoest. Ik ben het die haar geluk te gronde richt.'

## *17 januari 1878*

Maar het is allemaal nog gekker: Aljosja heeft mij nu alles toevertrouwd over de drie weken, twintig dagen om precies te zijn, tussen de huwelijksvoltrekking en Petja's vlucht.

'Vanaf de eerste dag was het een kwelling,' volgens hem. Bruid en bruidegom staarden naar elkaar, verlamd van angst. 'Alsof ze nooit eerder een levend wezen hadden gezien en geen idee hadden hoe je ermee omgaat. Wanneer ik ook maar binnenkwam, zwijgend zaten ze bij elkaar, ieder in hun eigen hoekje van de kamer. Met mij als enige afleiding. Als ze mij zagen, veerden ze op. Tegen mij spraken ze tenminste, wissewasjes, maar het gaf even de illusie van alledaagse omgang, van een gezin met hun bediende. Als de dóód voor elkaar, dat was het. Boos ook, meer op zichzelf nog dan op de ander. Allebei zich ervan bewust dat ze een verwoestende vergissing hadden begaan, maar zonder benul hoe ze nu zichzelf en elkaar nog konden redden.'

'Dus over de kern van de zaak werd niet gesproken?'

'Als blinden die met elkaar spreken in gebarentaal. Dezelfde spanning, elke avond tegen bedtijd. Op zoek naar de zoveelste reden waarom de sponde ook die dag weer niet kon worden ingewijd. De angst, de afwijzing, het onvermogen, geen mens die het benoemde. Alles bleef bedekt, beleefd, verlammend veilig. Zo bang de ander te kwetsen dat het iedereen verwondde. Alles ten onder in bedeesdheid. En elke dag kroop dat moment van wie-slaapt-vannacht-waar eerder, zwaarder, dreigender nabij.'

'Om gek te worden, lijkt me dat.'

'Op een avond, terwijl ik zijn bad stond bij te vullen met heet water, kon ik mijn mond niet langer houden. Hoeveel manieren hij nog kon verzinnen, heb ik hem gevraagd, om de waarheid te omzeilen? Zeg toch gewoon: "Ik kan dit niet, ik wil dit niet, ik ben met een vrouw hiertoe nou eenmaal niet in staat!"'

'En wat zei hij?'

'Niks. Hij dook kopje-onder in het warme water.'

'Dus de waarheid heeft Antonina Ivanovna nooit onomwonden te horen gekregen?'

'Niet van hem,' zei Sofronov. 'Die eer is mij te beurt gevallen.'

'Het is niet waar!'

'Op een ochtend kwam zij de bijkeuken binnen alsof zij zich verveelde, en vroeg of zij ergens mee kon helpen. Met zulke vingertjes? Ik was koper aan het poetsen, dus ik geef haar een dot poetskatoen. En ja hoor, halverwege de ramenspuit, daar kwam het: dat mij wel een en ander moest zijn opgevallen, begon zij, en of ik het niet bijzónder vond dat zij en mijnheer Tsjaikovski niet zoals andere stellen leefden. Maar ja, vulde zij snel aan, mijnheer Tsjaikovski ís natuurlijk ook niet als iedereen. Nou, dát kon ik beamen en we poetsten door tot alles glom. Het was haar opgevallen, zei ze, hoe haar man bij mij zo heel anders was, zo echt op zijn gemak. Of er nu geen dingen waren die zij kon ondernemen, waarmee zij hem óók op zijn gemak kon stellen, of ik, die hem zoveel langer kende dan zij, nu niet iets wist waardoor er wat meer... toenadering zou komen. Ik durfde haar niet aan te kijken. Ik dacht: nu kan ik hetzelfde doen als hij en alles in het midden laten, of ik kan zeggen waar het op staat, zodat zij niet elke dag opnieuw hoeft te hopen. Toen ik niet meteen antwoordde, drong zij aan, vrij grof, ik schrok er nogal van. Verwijtend. Dat ik goed moest bedenken dat zij de wet aan haar kant had, terwijl ik maar in dienst ben. Zij trilde van woede. Of er anderen waren, wilde ze weten. Vrouwen, bedoelde zij. Als ik iets wist, moest ik het haar zeggen, dreigde zij, anders zou zij mij op staande voet ontslaan. Ik heb haar met de hand op mijn hart gezegd dat mijnheer nooit eerder met een vrouw geslapen had.'

'Da's niks te veel gezegd.'

'Dat hij nooit naar een vrouw heeft gekeken, voegde ik eraan toe, maar dat hij in de liefde desalniettemin zéér ervaren en bedreven was. Dat hij op dat vlak nooit iets tekort is gekomen.'

'Hoe duidelijk kan je zijn?'

'Precies, dat dacht ik dus ook. Maar toen viel de avond.'

'Toch niet weer datzelfde tafereel?'

'Welnee. Ik kreeg die avond vrij en werd heengezonden zodat zij het rijk alleen hadden. Mevrouw stopte mij een *pourboire* toe op voorwaarde dat ik niet voor middernacht zou terugkeren. Nou, ik had de deur nog niet achter me dicht of zij heeft hem besprongen.'

'Hoe weet je dat?'

'Van hem. Mijnheer had zich op zijn kamer opgesloten en wilde zelfs voor mij, toen ik eenmaal thuiskwam, amper opendoen. Als de dood dat Antonina Ivanovna zich nog ergens en déshabillé schuilhield. Zij had zich op hem gestort, vertelde hij, en wilde hem berijden. Zij had haar rokken opgeschort en beloofd dat zij hem, als hij haar maar haar gang liet gaan, wel genezen zou. Hij was volledig overstuur en wou haar nooit meer zien.'

'En zij?'

'Meer dreigementen. Schreef hem een brief dat zij alles wereldkundig zou maken als hij niet toegaf. Twee dagen later deed mijnheer of hij in Sint-Petersburg nodig was. Pas op het station begreep ik dat de trein waar wij in stapten ons naar Berlijn zou voeren, in ballingschap.'

## *18 januari 1878*

'Je mag dat niet meer doen, Modest, niet in mijn bijzijn!' Petja helemaal overstuur omdat ik de jongen straf geef. 'Ik verdraag het niet, ik kan er niet naar kijken!'

Kolja misdroeg zich aan de ontbijttafel. Niks ernstigs. Hij lust nou eenmaal geen polenta. Ondanks zijn serieuze instelling en harde werk blijft het ook gewoon een kind dat zijn grenzen uitprobeert, dus toen ik erop stond dat hij zijn bord zou leegmaken, liep hij naar de schillenbak en kieperde het daarin.

Op zo'n moment, als hij weet dat ik hem streng ga toespreken, kijkt Kolja, kin op de borst, onuitstaanbaar strak naar de vloer. Daar is hij erg goed in, zich afsluiten voor woorden die hem niet uitkomen.

Ik greep hem dus met één hand bij zijn kin en dwong hem om mij aan te kijken. Zou hem dat pijn hebben gedaan? Dat is dan zijn eigen schuld. Hij begon te huilen, ja. Hij probeerde te spreken, maar vond in zijn wanhoop geen woorden en begon te schreeuwen als een dier. Zo uit zich zijn frustratie soms, heftig als een oerdrift.

Deze aanvallen zijn beangstigend, maar duren kort. Hij heeft zo keihard gewerkt en begrijpt dat het toch nooit genoeg zal zijn, dat hij nooit met horenden zal kunnen spreken als gelijke. Hij trapt dan om zich heen, probeert zichzelf te krabben of in zijn gezicht te slaan en hij zou zich, als je hem niet stevig vastgrijpt, nog verwonden ook. Na twee minuten is dit voorbij. Hij legt zich erbij neer dat wij hem niet kunnen begrijpen en keert mokkend in zichzelf.

Sofja Jersjova nam hem snel en zonder eten mee naar zijn kamer. Zij weet dat zij mijn gezag niet mag ondermijnen, en geeft strafwerk.

'Maar die ogen van hem,' jammerde mijn broer, 'zo hulpeloos, zo schuldbewust. Ik weet niet hoe jij dan boos op hem kunt blijven.'

'Dat heet opvoeden, Petja. Ik ben op zo'n moment niet boos, ik probeer consequent te zijn.'

'Hij is volledig van jou afhankelijk, Modest, je mag hem niet afvallen, dat mág niet! Jij bent alles wat hij heeft. Jullie twee gaan samen door het leven, volledig aangewezen op elkaar, en als jij je dan zo tegen hem keert...'

'Dus wat stel je voor,' beet ik van me af, 'dat ik hem de vrije hand geef en hém laat bepalen wat er wordt gegeten?'

Maar mijn broer zat ineengedoken, bevend en bleek. Niet minder van slag dan Kolja. Volledig overstuur.

## Die middag

En ja hoor, onze Sofronov heeft de sief!

Ik mee naar de dokter. Woordenboek op zak, want het is geen aandoening die je graag met handen en voeten uitbeeldt. Lieve God, de hele handel kwam ter tafel. Met wie hij het gedaan had, hoe, hoe vaak... *Il signor dottore* vroeg het mij en ik mocht het dan in het Russisch aan de schurk vragen.

Er kroop een uitgelaten jongenstrots in Aljosja's antwoorden die mij allerminst beviel. Hij heeft de leeftijd, bijna negentien, voor zulke bravoure, en toch verwacht je zoiets niet van iemand die bij je in dienst is. Als in een regimentskroeg somde hij zijn veroveringen op, de ene bakkersmeid na de andere, in elke plaats die wij hebben aangedaan een volgend oventje. Elke misstap werd door de Italiaan beloond met de waarderende blik van casanova's onder elkaar.

Onze huisknecht stond daarbij te stralen alsof met zijn broek, die rond zijn enkels hing, ook alle gêne van hem was afgegleden. Ik beet op mijn tong om niet te zeggen dat die stoere bink in het vuur van zijn opsomming een aantal soldaatjes van de Zwitserse garde vergat.

Die grijns verdween van zijn gezicht bij de voorgestelde behandeling, niet alleen vanwege het gevaarlijke arseen en de bijtende mercuur, maar vooral omdat een kuur van enkele weken in een nabijgelegen kliniek onontbeerlijk blijkt.

Dit brengt ons reisschema volledig in de war, om over onze financiën nog maar te zwijgen. Aljosja begreep dat alles nu mijn broer ter ore zou komen. Met trillende vingers hees hij zich in zijn bretels. Of er toch niet een manier was om dit voor mijnheer te verzwijgen, smeekte hij.

'Stel je niet aan!' beet ik hem toe, terwijl de dokter zijn handen ontsmette. 'Zo dom is Petja toch niet, om te geloven dat hij de enige is!'

'Hij is al zo van slag. Ik wil hem niet méér verdriet doen.'

'Daar had je aan moeten denken voordat je een dwarsgebakken brood ging halen.'

'Maar ik ben bang, Modest...' Snotterend knoopte hij zijn gulp dicht. 'Ik wil niet dat hij zichzelf wéér iets aandoet.'

Dit krijg ik dus nu te horen: Petja heeft geprobeerd zich van het leven te beroven! Afgelopen najaar. Ze hadden mij dit niet willen zeggen, maar na een hartversterkertje biechtte Sofronov alles op.

Op een avond vond hij zijn meester, tot aan zijn kin in de Moskva, wadend door het ijzige water op zoek naar een stroom, sterk genoeg om hem onderuit te trekken.

Ik wou dat ik kon zeggen dat het me verbaast, dat ik nooit heb geweten dat dit speelde, nooit vermoedde dat Petja zoiets in zich had, maar ik heb immers zijn muziek gehoord. Geen mens die daarvoor gevoelig is, hoeft zulke wanhoop te verbazen.

De goeie, trouwe kerel is hem nagesprongen. Daarvoor vergeef ik hem zijn avontuurtjes! Hij heeft hem naar de kant kunnen brengen en heeft hem teruggevoerd naar huis, zodat het bij een longontsteking is gebleven.

### *23 januari 1878*

Herman Konradi stuurt een brief. Onaangenaam van toon. Of het klopt dat mijn broer ons hier gezelschap houdt, wil hij weten. De geruchten zijn dus tot Grankino doorgedrongen. Hij vindt een man die echtbreuk pleegt geen gezelschap voor zijn zoon. Hoe dan ook, ze tonen eens betrokkenheid. Konradi laat bovendien weten dat zijn vrouw zich over mij beklaagt, maar niet met welke reden.

Volgens Sofja Jersjova is er heibel in dat huwelijk en is dat mijn geluk: mevrouw is jaloers en mag mij niet. Zij wil mij de laan uit sturen, wat reden voor mijnheer is mij juist aan te houden.

Zodra ik een kans heb, toon ik het ouderpaar de vorderingen van hun jongen. Horen zij hem spreken, dan is de lucht geklaard.

### *25 januari 1878*

Twee uur heeft mijn broer met de jongen op het terras gezeten en hem uitgelegd dat wij emotie kunnen hóren. Dat er klanken bestaan die vrolijk maken, en andere die ons tot tranen kunnen bewegen. Dat een combinatie van tonen ons gevoel kan sturen, zoals een combinatie van kleuren dat kan doen wanneer je een schilderij bekijkt.

Sprookjcstaal voor icmand die dit zelf nooit heeft ervaren of ervaren zal. Maar Kolja nam alles aan, zoals hij aanneemt dat 'Het sneeuwmeisje' uit liefde voor een herder wegsmelt tot een plasje water.

### *27 januari 1878*

Zondagse tocht bergopwaarts richting Col di Rodi, Petja voorop, de jongen op een huurezel. Sofja Jersjova en ik erachteraan als waren wij zijn ouders.

Het pad is niet al te steil; tussen de olijfbomen, eeuwenoude stronken knoestig in de rots, betoverend.

'Uw broer komt langzaam tot zichzelf,' constateerde Sofja Jersjova.

Petja loopt graag in eenzaamheid en had een voorsprong. Tientallen meters hoger zwaaide hij naar ons met een tuil veldbloemen.

In de *Revue Russe*, die de juffrouw alle maanden leest, staat het hele drama van Petja's huwelijk uitgemeten, maar tot vandaag had zij er nog geen woord aan vuilgemaakt. Nu zij het deed, bleef het bedekt, bescheiden als zijzelf.

'Sommige mensen,' zei ze begripvol, 'gedijen het best in vrijheid.'

'Ja, zo iemand is mijn broer.'

Het stoffige ezelsvel, het halfverteerde hooi dat het dier uitwierp. Wij liepen een tijdje zwijgend verder in de warmte, zwaar-zoet gekruid als de ontbijtkoeken op Radonitsa. De hoefslagen dof, ons diep ademhalen, alles had een kern.

'Ik begrijp zo'n vróúw niet.'

'Ik begrijp ze geen van beiden, Sofja Aleksandrovna, maar het is geloof ik niet háár schuld.'

'Natuurlijk wel!' liet de juffrouw zich boos ontvallen, ontoegevend. 'Op zo'n man zou geen enkele vrouw ooit mogen hopen. Niet op een man als hij.'

Er lag een boom over het pad, gevallen in de storm. Kolja's ezeltje weigerde die hindernis te nemen. Ik tilde de jongen van zijn rug. Wij klauterden over de stam en probeerden het dier eroverheen te sjorren.

'Doe je dat wel, zoals mevrouw Tsjaikovskaja heeft gedaan, doe je dat tóch, hoop hebben tegen beter weten in, dan verbind je willens en wetens je volledige geluk aan een onmogelijkheid.' Juffrouw Jersjova oordeelde streng. 'Het is onvergeeflijk jezelf zo voor de gek te houden.'

Plots gaf de ezel toe. Soepeltjes sprong hij op en over de stam en rende een tiental meters voor ons uit, achtervolgd door Kolja, die een niesbui kreeg in het bloemenveldje waar Petja een kwartier tevoren naar ons had staan zwaaien.

'Zelf hou ik meer van viooltjes,' zei ik, maar plukte toch voor haar een veldboeket. 'Die kunnen zo dieppaars zijn, daar hou ik van, viooltjes, dat donkere fluweel.'

Hier moest zij om lachen.

'Daar hou ik meer van dan van deze kelkjes,' hield ik vol. 'Wit is zo kleurloos saai.'

Dit vond ze nog grappiger.

'U bent zoveel toegankelijker dan uw broer,' zei ze hoofdschuddend. 'Makkelijker, mannelijker, socialer. En toch, laten we eerlijk zijn, u deelt zijn aard.'

Ik gaf haar de bloemen.

Zij rook eraan, een rijke geur, zoet ook als jasmijn.

'Geen vrouw zal u ooit strikken, nietwaar? Geen enkele. Of heb ik ongelijk?'

Half schuil achter de bloementuil keek zij mij aan, maar ik gaf geen antwoord.

'Helaas,' zei ze even later toen wij een uitkijkpunt hadden bereikt en wat op adem kwamen, turend over zee, 'een vrouw kan haar gevoelens soms niet sturen.'

'Wie wel?' Ik lachte droef. 'Wie wel?'

Zij haalde haar schouders op, zuchtend, en bekende dat zij nogal vermoeid was en liever terug wilde naar het pension. Zij maakte haar excuus en begon de afdaling.

Kolja, de ezel en ik troffen Petja boven in Col di Rodi prinsheerlijk op een bankje voor een herberg, waar wij met zijn drieën lunchten, genietend van het uitzicht over zee.

Toen wij een uur of wat later dezelfde weg terug naar beneden volgden, vond ik, niet ver van de plek waar juffrouw Jersjova rechtsomkeert had gemaakt, haar boeketje op de grond.

Zij had de bloemen niet gewoon terzijde geworpen, maar midden op het pad gelaten.

Daar lagen ze. Volledig tot moes. Als waren zij vertrapt door een op hol geslagen kudde.

De groene blaadjes waren uiteengescheurd, de bloempjes uitgerukt, de stengels tegen de stenen stukgeslagen en gebroken.

De trosjes lagen geplet.

Het sap liep uit de kelkjes.

# 16

'Het is alsof ik een gesprek voer met iemand die zijn hand voor zijn mond houdt!'

'Waarom blijf je over alles toch zo doorzagen?' vroeg Sanja Litke, bij wie ik mijn beklag deed.

'Omdat die jongen óók vol vragen zit,' kwam zijn broer Koka tussenbeide.

'Vragen zat,' gaf Sanja toe. 'Maar voor de antwoorden, Kolja, moet je toch echt bij Modest zijn. Wij weten nauwelijks meer dan jij.'

'Die ontmoeting waarover je vertelde, die herinner je je toch zeker?' drong ik aan. 'Je begon er gisteravond zelf over. Petja was lijkbleek, zei je, toen je hem tegenkwam. Donderdagochtend. Weet je nog? Je zei: "Hij was volledig overstuur."'

'Pjotr Iljitsj was op weg naar het Mariinski.' Sanja aarzelde en blikte naar zijn broer. 'Hij had die ochtend een afspraak met Eduard Napravnik.'

'De dirigent,' verduidelijkte Koka.

'De dirigent van het Mariinski-theater, ja. Het ging over de zesde symfonie... zijn láátste symfonie, moet ik nu zeggen. Over de uitgeschreven partijen voor het orkest.'

'Die hij kort tevoren had voltooid.'

'God ja,' zei ik. 'Dat is zo. Ik zag ze liggen in zijn kamer.'

'*Pathétique* heeft hij hem gedoopt,' zei Koka. 'Modests idee. Al klinkt het nu, in het licht van de ontwikkelingen...'

'Ze zouden er die ochtend samen nog een keer helemaal doorheen lopen, door de partituur, Napravnik en hij, voordat alles naar de drukker ging. Maar zover is het niet gekomen...'

'Weet je dat,' vroeg ik, 'of denk je dat?'

'Eigenlijk kwam ik Petja twee keer tegen. De eerste keer was hij op weg daarheen, naar het theater. Ik zag hem lopen, langs de Mojka, niet ver van de Joesoepovs. Partituur onder zijn arm. Wij hadden de dag daarvoor zo'n leuke avond gehad bij Leiner's, ik riep hem. Hij stak zijn hand op. Joviaal. Niks aan de hand. Hij riep iets terug vanuit de verte, maar de wind stond de andere kant op, zodat ik hem niet verstond. Ik wist niet beter of ook hij was goed te spreken. Hij gebaarde dat hij haast had en liep door.'

'Dit was donderdagochtend, hè, dat klopt toch?'

'Donderdagochtend, ja, een uur of elf.'

'Volgens Modest was hij toen al niet lekker.'

'Wij waren allemaal een beetje wankel. Eten, drinken, wij hadden het laat gemaakt en hebben ons niet ingehouden. Het is die macaroni van Leiner's, de hele nacht is die *sugo* me opgekomen. Ik heb een kaolienpoeder geslikt tegen het branden. Volgens Sofronov dronk Petja om diezelfde reden bij het ontbijt twee glazen Hunjadi János-water.'

'Elf uur donderdagochtend,' kwam ik ter zake, 'wat gebeurde er?'

'Ik was op weg naar een vriend van me aan het Izaäkplein. Hij was er niet, dus besloot ik door te wandelen om te zien of Modest thuis was. Ineens zie ik daar Petja weer lopen, voor de tweede keer. Midden op het plein liep hij, onder het standbeeld. Heel anders nu. Hij had rechtsomkeert gemaakt. Gehaast, gebukt was hij alweer op weg naar huis. Hij was in de war. Hij keek niet waar hij liep, een hondenkar kon hem maar ternauwernood ontwijken.

Ik ben op hem toegerend en heb hem bij de arm genomen. Er was nog geen kwartier verstreken sinds hij vrolijk en wel zijn hand naar mij had opgestoken, maar nu leek hij een ander mens. Ik dacht zelfs even dat hij had gevochten. Zijn jas hing open, zijn haar was in de war, zijn blik stond wild.'

'Wat was er gebeurd?'

'Dat wilde hij niet zeggen. Napravnik had hij niet gezien, zoveel was duidelijk. Het was of dat hem ineens ook allemaal niet meer interesseerde. Hij liet zijn muziek zelfs vallen, nou, dat is toch niks voor hem. De partituur viel op de grond en hij liep verder zonder haar op te rapen. Dat heb ik voor hem gedaan, maar hij zei niks. Het was alsof hij het niet merkte.'

'Dus wat denk je, was dat omdat hij zich ineens niet goed voelde?'

'Dat is later gezegd...' Sanja aarzelde. 'Dat is gezegd, maar ik geloof het niet. Hij had geen koorts, hij was niet duizelig, niet misselijk. Integendeel. Hij zat vol kracht, ik kon hem nauwelijks bijhouden, alleen... hij was overstuur. Verschrikkelijk. Alsof iets hem onderweg een enorme angst had aangejaagd.'

'En toen, jullie kwamen thuis?'

'Met drie treden tegelijk rende hij voor me uit de trap op, dat hele eind, alsof hij op de hielen werd gezeten. Modest was er niet. Die had repetitie in het Aleksandrinski. Sofronov was naar de markt.'

'En dit was om...?'

'Halftwaalf, hooguit. Tegen de tijd dat ik boven was, zat hij al in zijn kamer. De deur had hij op slot gedraaid.'

'En voor zover jij zien kon, had hij pijn?'

'Welnee, hij zweette niet, hij had geen stuiptrekking, geen van de symptomen die hij later op de dag vertoonde.'

'Hoeveel later zijn die begonnen?' vroeg ik.

'De eerste symptomen? Na de lunch, vrijwel meteen.'

'En dat was...?'

'Een klein uur later. Sofronov kwam thuis en moest nog alles voorbereiden, even later arriveerde ook Modest, ongedurig, druk, gehaast tussen de repetities door. Die was in gedachten bij zijn toneelstuk, merkte eerst niet eens dat Petja niet aan tafel kwam.'

'Toch al niet lekker, dus.'

'In elk geval geen eetlust. Maar dat verklaart niet wat er vervolgens gebeurde: wij zaten hooguit een minuut of tien, Modest kankerend op zijn acteurs, die het verdommen om zijn teksten goed te spreken, toen de deur openvloog. Petja stormt binnen, komt aan tafel staan. Hij had gehuild. Hij huilde nóg. Het leek alsof hij iets ging zeggen, maar hij slikte zijn gedachten in. In plaats daarvan vroeg hij op hoge toon om een glas. Sofronov, geschrokken, pakt het voor hem uit de kast, de arme. Die kan dat zichzelf nu niet vergeven, maar wat moest hij anders? Petja griste hem het glas uit handen en liep ermee de keuken in, vulde het in de gootsteen onder de kraan en keerde ermee terug naar zijn kamer. Modest vloog op en riep dat dat leidingwater was. Dat hij het eerst moest koken.'

'Dus een soortgelijke scène als de nacht daarvoor bij Leiner's?'

'Ja, dat schoot ook even door mijn hoofd, het leek een déjà vu: wij met zijn allen tevergeefs waarschuwend tegen het drinken van ongekookt water, die herhaling was vervreemdend.'

'En opnieuw trok Petja zich daar niets van aan?'

'Niets. Net als een dag eerder. Hij haalde zijn schouders op. "Wat maakt dat nou nog uit, Modest?" lachte hij bitter. "Wat maakt het nou nog uit?"'

'En Modest?'

'Hij zonk weer in zijn zetel, plotseling verslagen, at geloof ik ook niet meer, hij heeft nog amper iets gezegd voordat hij weer vertrok naar het theater. En toen hij ging, was hij een ander mens, ook hij. Hij ging naar zijn repetities, maar hij ging gebroken. Er hing een doem, alles was zo zwart, wij waren nogal overrompeld.'

'En Petja?'

'Terug op zijn kamer, maar nu stonden de deuren wijd open. Hij zat ineengedoken voor de commode, midden tussen zijn linnengoed. Het was een puinhoop. Alle deurtjes open, kleppen, laden, alles. Alsof iemand een bom had gegooid. De onderste lade stond op de grond naast hem, de andere hing er half uit. Als een gek probeerde hij de sokken en de onderbroeken, die hij in een of andere razernij had rondgestrooid, weer terug te proppen. Het lukte niet, maar ik mocht hem ook niet helpen. Ik kon het niet aanzien, maar toen ik me uit de voeten wilde maken, sprong Petja overeind en hield me tegen. Dat ik een brief voor hem moest posten, zei hij. Daarop viel hij achter zijn tafel neer en nam pen en postpapier. Hij sloot kort zijn ogen om zich te concentreren en doopte in. Ik heb een tijdje tegenover hem gezeten terwijl hij schreef. Dat had iets geruststellends. Voor ons allebei, denk ik. Wij hebben hooguit een paar woorden gewisseld. Hij was er met zijn gedachten niet helemaal bij, maar concentreerde zich op het papier. Toen hij twee kantjes had gevuld en ondertekend, schreef hij de enveloppe. Er was haast bij, zei hij, maar toen ik opstond om zijn brief weg te brengen, greep hij mijn pols. Hij bedankte me voor mijn vriendschap. Ik schrok ervan. Hij bedankte me voor al die jaren vriendschap, zo dringend, zo nadrukkelijk... als ik eerlijk ben, denk ik dat ik op dat moment begreep dat dit een afscheid was. Je begrijpt alleen niet hoe of waarom, dus schuif je dat gevoel opzij en ga je er niet op in. Ik heb alleen maar wat gemompeld, iets aardigs ten antwoord, iets onnozels, geen idee, ik was alleen maar bezig te begrijpen wat ons die ochtend nu eigenlijk overkwam. In een waas liep ik de trap af en pas buiten... Ik keek waar die enveloppe die hij mij gegeven had zo dringend heen moest.'

Sanja keek me aan, alsof hij het niet durfde zeggen.

'Wel?' spoorde ik hem aan. 'Wat stond erop?'

'Die brief, Kolja, die was aan jou gericht.'

# 17

## NOTITIES VAN MODEST
## [UIT: CAHIER V – 1879]

*Rome, Koninkrijk Italië*
*23 december 1879*

De roep van een schoffie dat gepofte kastanjes vent, het ritme van de schoenlappershamers, zelfs een melodieuze vloekpartij tussen twee wasvrouwen die hun goeie goed staan te spoelen in de fontein met de Triton; je kan gewoon niet van ons hotel naar de piazza Barberini komen, zo vaak blijft Petja stilstaan om te luisteren.

Het Romeinse straatgewoel verwerken in een capriccio, dat wil hij, zoals Glinka deed met Spaanse volkswijsjes.

Wat zeg ik, we hoeven er niet eens ons bed voor uit. Het trompetgeschal dat elke ochtend door de open ramen schalt als naast Albergo Costanzi de cavalerie aantreedt, heeft hij al omgewerkt tot een fanfare waarmee zijn stuk opent.

God, wat is die kerel opgeknapt! In de drie dagen sinds hij aankwam heeft mijn broer nog geen minuut gesomberd. Nu zijn schandaalscheiding is afgewend – Antonina Ivanovna heeft zich door de gekkendokters laten opnemen – heeft hij Rusland met opgeheven hoofd kunnen verlaten.

Lila handschoenen, lichtgrijze overjas, glimmende hogehoed, in een manie van koketterie heeft hij zich in Parijs volledig in het nieuw gestoken. Een pak heeft hij zich laten aanmeten en twaalf overhemden, die hij draagt onder een zwierig plastron dat op zijn hals bijeengehouden wordt door een gouden pin met een tak bloedkoraal.

Een ander, levenslustig mens.

Hij voetbalt met Kolja op de binnenplaats, hemdsmouwen opgestroopt, alsof ze even oud zijn. Roekeloos zitten die twee elkaar – pauper-prins vangt koning-bedelaar – geblinddoekt achterna tussen de pijnbomen in de Villa Borghese. Het is alles zonnig en vol leven en uitgelaten als de tempi waar hij naar op zoek is: presto, più presto, liefst prestissimo!

## Na de middag

Met geweld heb ik Petja de Galleria Colonna binnengesleept. Die blinde vlek van mijn broer voor schilderkunst! Nu al heeft Kolja er meer oog voor dan hij. Zelfs Sofja Jersjova vraagt mij, in ieder kerkje dat wij binnengaan, even voor te lezen uit de Baedeker. Petja niet, die moet je dwingen.

Terwijl ik uitleg gaf bij Ghirlandaio's Aurora en de Narcissus van Tintoretto, liep Sofja met de jongen wat vooruit. Wat wordt hij groot! Ik zag het ineens. In de verte. Zo naast Sofja. In dat warme licht. Hij is al even lang als zij.

Door de hoge galerijen liepen ze, de zon vanaf de straat door glasgordijn gefilterd, stralensprankelend weerkaatst door het verguldsel overal en de Venetiaanse luchters. Tot hier hebben wij het met zijn allen toch maar mooi geschopt, dacht ik.

En ook bedacht ik dat het hierna verder gaan zal, en voorbij.

Aan het einde van de Sala Grande doolden enkele figuren, twee volwassenen met een scholier in uniform. De oudsten, geonduleerd en gepommadeerd, zag ik toen zij met opgestoken armen en handgefladder op ons kwamen toegerend heel even voor cocottes aan.

'Heregod!' Panisch keek Petja om zich heen. 'En we kunnen geen kant op!'

Prins Goljitsin viel ons om de hals, gevolgd door zijn onafscheidelijke vriend Masalitinov, die de gewoonte heeft je voluit op de mond te zoenen.

De jongen stelden zij ons voor als Vanja Saltikov, de zoon van prinses Dolgoroeki, die hier de wintermaanden doorbrengt.

De terrazzovloer van de piano nobile deinde ervan, zo wipte Goljitsin aan Petja's arm op en neer. Hij slaakte er kreetjes bij alsof iemand hem met een rijzweep op zijn billen sloeg.

'Waar bleef je nou toch, popje, al die tijd?' De prins nam Petja bij de arm als een moedertje haar dood gewaande kind. 'Al weken loopt Modest ons met jouw komst lekker te maken. Bij het idee alleen al geef ik de eenogige Priapus 's ochtends een hand. Masalitinov hier kan het getuigen: van verlangen jou te zien glijd ik elke dag tussen de lakens uit. Denken aan ons weerzien is zowat het enige wat mij nog overeind krijgt. Waar of niet, Nikolaj?' Hij gebaarde zijn vriend gezellig in te haken. 'En nou ik jou dan eindelijk beetheb, mooiste man van Rusland, onze eigen Pjotr Iljitsj, laat ik jou geen secónde uit mijn blikveld, hoor je? Sta niet zo stijf te wezen, jij, of hebben stervelingen soms geen recht meer op jouw lach?

Toe, grote meester, maestro, lieveling van Onze Heer, laat ons je toch eens goed knuffelen, want het is wreed van jou geweest, hoor, wrééd jezelf zo bij ons weg te houden. God, ja, kijk nou toch die baard, die oogopslag, zo'n man, alsof Apollo zelf even neerdaalt om ons glans te geven!'

Kolja was achter hun rug in lachen uitgebarsten als juffrouw Jersjova niet snel haar hand over zijn mond gelegd had. Zij maande hem tot beleefdheid terwijl Petja, klem tussen de kirrende tantes, werd afgevoerd naar de Venus en Cupido met sater van Bronzino.

'Die heeft een blik, dat saterkreng, zo geil, je móét hem zien!'

'Zoals alles hier in deze stad: door en door ondeugend,' beaamde Masalitinov volmondig. De jonge prins Saltikov glimlachte hierbij te wijs voor iemand van zijn leeftijd.

'Hoe zit het eigenlijk met de stoute berg, Modest?' vroeg Goljitsin. 'Heb jij jouw broer al eens gewezen waar die is of dacht jij dat terrein te kunnen reserveren voor jouw eigen drijfjacht?'

'Daar loopt voldoende wild voor iedereen, het meeste gratis en voor niks: dat parkje rechts van de Campidoglio. Wat zeg ik, in het juiste licht, een man als jij, Pjotr Iljitsj, waarschijnlijk krijg je geld tóé. *Paradiso e inferno*, van hieruit amper vijf minuten lopen. Och kind, de saters die daar alle nachten paraderen... maar kijk me eerst nou deze eens!' De prins gebaarde naar het fabeldier aan de wand. 'Klaar om erbovenop te springen, zou je zeggen. Hij kwijlt er zowat van. Zoals jou het water in de mond zal lopen als jij hoort wat wij tweede kerstdag allemaal voor jou in petto hebben!'

'Voor mij?'

'Zeg maar gerust een bacchanaal! Als jij niet naar de stoute berg komt, brengen wij de stoutigheid naar jou!'

'Tweede kerstdag?' stamelde mijn broer verschrikt.

Prins Goljitsin keek geschrokken naar mij om.

'Of had het een verrassing moeten blijven?'

'Je zegt ze maar dat ik te druk ben; dat ik op mezelf moet kunnen zijn om me te concentreren!' Amper had hij zijn oude vrienden geloosd of Petja begon te briezen. 'Ik verdraag ze geen seconde!'

'Ze zijn absurd, natuurlijk, maar ook aandoenlijk.'

'Ze zijn grotesk.'

'En hoe, maar ze doen niemand kwaad. Ik wist niet beter of jij vond ze aardig.'

Juffrouw Jersjova, die Kolja discreet had weggeleid, kwam nu weer met de jongen bij ons staan.

'Wat een idee,' fulmineerde Petja, 'kerst te moeten vieren omgeven door die hoerentroep!'

'Ze willen een feest voor jou geven zoals vroeger, meer is het niet, en de rest... je weet toch hoe ze praten. Grootspraak allemaal.'

'Ik vind ze altijd grappig,' onderbrak Kolja, die sinds een week of wat de baard in zijn keel heeft. Af en toe vliegt zijn stem uit het ene register naar het andere. 'Zo vrolijk als ze zijn, zo gek, ik wil wel, hoor, ik ga graag naar hun kerstfeest.'

Petja staarde de jongen verbijsterd aan.

'Wou jij zeggen,' keerde hij zich tot mij, 'dat dat kind al met ze kennis had gemaakt?'

Wij stonden in de Joodse wijk, twee vrouwen wilden erlangs met een kar pompoenen.

'Kind?' sprak Kolja, die hier de laatste tijd nogal mee bezig is. 'Je moet wel weten, Pjotr Iljitsj, dat ik al twaalf word, ik heb dus liever dat je mij geen kind meer noemt.'

'Kan het zijn...' Petja richtte zich tot Jersjova: 'Heeft mijn broer het werkelijk bestaan een jonge jongen in die kringen mee te nemen? En u, zijn gouvernante, u keurt zoiets goed?'

'Die kringen,' onderbrak ik, 'zijn ook altijd de jouwe geweest. Dit zijn mannen met wie jij hebt gelachen, Petja, die jou opgevangen hebben toen jij niet wist wat je met jezelf en je verlangens aan moest. Nu zijn ze oud. Nu zijn ze ráár ja, erg vreemd, belachelijk en ze zijn als de dood vooral omdat zij nergens passen. Maar vergeet niet dat jij meer dan eens bij ze hebt uitgehuild. Jij hebt, godbetert, een hele zomer bij die arme Goljitsin in huis gewoond. Gedrochten, ja, die twee, maar wat hebben zij jou ooit misdaan?'

Geëxalteerd als ze zijn, vertegenwoordigen Goljitsin en de zijnen die overdreven bandeloze wereld van onze jeugd, zorgeloos wellustig. Overlevenden van het eiland van uitgestotenen waarop wij als jongemannen zelf ooit aangespoeld zijn, en gered. De wereld die ons heeft voortgebracht lijkt in hen versuikerd, gekonfijt of misschien ingelegd in zuur.

Sinds zijn huwelijksdebacle keert mijn broer zich steeds driftiger af van alles wat hem herinnert aan zijn aard. Daarmee ook, onbedoeld, van mij.

### *24 december 1879*

Post uit Grankino. Op de valreep arriveren Kolja's kerstcadeaus. Twee pakketjes, van iedere ouder één. Waarom die per separate post komen, vraagt hij. Wat kan ik zeggen? Goddank is hij er te vol van om er lang bij stil te staan.

'Vroeg of laat...' zei Petja toen wij de Lateranenkerk bezochten. 'Je zal de jongen toch een keer over zijn ouders moeten vertellen.'

Een Napolitaan stond op het voorplein houtsnijwerk te verkopen, figuren voor de kerstkribbe. Zij hieven hun handen ten hemel, ledematen verwrongen alsof Pontormo of Il Rosso ze bedacht. Mijn broer onderzocht een van de koningen om te zien of de verf overal had gedekt.

'Maar hoe vertel ik hem zoiets?' antwoordde ik. 'Hij adoreert zijn moeder.'

'Je vraagt je af waarom. Heb jij Alina Konradi weleens op een teder gebaar betrapt?'

Kolja ravotte verderop met een groep koorknapen die wachtten op hun repetitie; witte superplies en rode toga's met twee knuisten tot boven de knie gehesen.

'Van moederliefde heeft zij nooit veel blijk gegeven, nee.'

'Wat dat betreft verliest hij weinig.'

'En toch, hij adoreert haar.'

'Moeder en zoon, wat kennen zij elkaar nou helemaal?' Petja woog het kindeke Jezus op zijn handpalm. 'Wanneer geeft die vrouw ooit aan haar zoon te willen zien?'

De kerk is met linten en klimopranken opgetuigd voor de hoogmis morgen. De roodgranieten obelisk op het voorplein is van top tot voet bedekt met lange purperen doeken, wapperend als zeilen aan een mast.

'Mevrouw Konradi heeft een minnaar genomen,' zei hij.

'De directeur van het Nationaal Museum, ja, ik weet het.'

'Vladimir Brjoellov, een jaar of vijftien jonger dan haar man. Komt daar gewoon over de vloer, die kerel. Zij hangt aan zijn arm en, of je het nou horen wil of niet, zij pocht over zijn kunnen in het slaapvertrek en hoe zij daarvan opleeft. Zulke dingen zegt zij ook waar Kolja's vader bij is. Je weet gewoon niet waar je kijken moet.'

'Ik heb nog altijd hoop dat zijn ouders binnenkort bij zinnen komen en van hun scheiding afzien,' zei ik, 'al was het maar om hem.'

'Zag je dat, oom Petja?' De jongen kwam aanrennen toen de acoliet de misdienaren naar binnen riep. 'Niet eentje heeft er van mij opgekeken. Heb je gezien, Modest, heb je gezien?' Hij sloeg zijn armen om mijn hals, zijn hele lichaam warm en zweterig van opwinding. 'Niemand heeft iets geks aan mij gemerkt, denk je wel? Modest, oom Petja, wat denk jij?'

### *25 december 1879*

Ligt er bij het kerstontbijt een aquatint van de Acquedotti Neroniani op mijn stoel. Die moet Kolja zijn hele toelage hebben gekost. Geen vroege staat, maar toch, een Piranesi. Als dank, zei hij volwassen, dat ik hem deze stad leer zien.

Het dressoir is overgenomen door Napolitaanse herders. Mijn broer heeft alles opgekocht: de Heilige Familie wordt aanbeden door een schapenkudde en drie koningen zo barok alsof ze in de krul zijn gedraaid met papillotten. Maretakken, sparrengroen, behalve de sneeuw is alles in de via di San Nicola da Tolentino zoals thuis. Quatre-mains gespeeld met Petja; enkele volumes Bach, die ik voor hem besteld had bij Riccordi.

Op winter zijn Italiaanse huizen niet berekend. Kolja zit hele dagen met gevouwen benen voor de haard en houdt hem voor ons laaiend. Zijn mijn voeten koud, dan neemt hij ze op schoot en wrijft ze warm.

Per ezelwagen is uit Ierland de nieuwe akoestische stoel van Doctor McKeown gearriveerd. Grote contraptie van koorden met twee enorme hoorns die geluiden moeten opvangen en doorgeven.

Ik heb mijn broer gezegd dat hij zulke dingen niet meer zonder overleg bestellen mag. Voor Kolja's gebrek hebben ze geen nut. Dat hebben we gezien met de kunstschelp van F.C. Rein en Hawksleys rouwtrompet.

Mensen blijven dingen uitvinden om doven te doen horen. Het is allemaal met de beste bedoelingen, maar elke keer wekt het alleen maar hoop en elke keer volgt er teleurstelling.

In de middag bij Goljitsin langsgegaan om ons voor morgen te excuseren. Zij doorzagen mij en toch, zij hadden op onze afwijzing niet hoffelijker kunnen reageren. Zulke mannen zijn gewend dat men ze kwetst.

De eenzaamheid heeft de prins en zijn vriend misvormd. Hoe vreemder zij ons voorkomen, hoe drukker ze proberen in de smaak te vallen. En met alle zelfbespotting en cynisme, ieder theatraal gebaar, elk overdreven kirren raken ze alleen maar verder bij het normale leven vandaan, drenkelingen die te wild spartelen om een uitgestoken hand te grijpen, zo in paniek dat ze de kant niet zien.

Arme Goljitsin, arme Masalitinov, hun kreetjes, hun gebaren, hun hele veile coterie, ik voel er evengoed een afkeer van. Achter hun rug lach ik met Kolja en de hele wereld mee. Zolang ik ze bespotten kan, sust mijn ziel, ben ik tenminste niet als zij. Hoon houdt ons op veilige afstand van ons wezen.

### *26 december 1879*

Barstende koppijn. Gisteravond liep volledig uit de hand. Zelfs de jongen heeft zijn eerste kater, want Petja moest zo nodig de joviale oom uithangen en vond het kerstmaal nu eens hét moment om Kolja zijn eerste wijn te laten proeven. En zijn tweede ook. Zelfs bij de gouvernante drong hij erop aan voor één keer eens gezellig mee te drinken. Heel feestelijk, maar ík zit met de gebakken peren. De jongen hield zich stoer. Maar juffrouw Sofja, die tot mijn verbijstering de ene na de andere soldaat maakte, kan daar beslist niet tegen.

Vanochtend komt zij beneden met haar koffertje, helemaal reisvaardig. Onder haar arm een parasol, een hoedendoos, in de hand een brief die per se op de post moet.

'Juffrouwlief,' zeg ik, 'het is tweede kerstdag, het postagentschap is dicht. Het station misschien ook wel, ik weet niet eens of er vandaag wel treinen rijden.'

'Ik vind mijn weg naar Rusland wel terug, Modest,' sprak zij eerder te luid dan schroomvol.

'Als ík u niet kan overhalen om te blijven,' probeerde ik, 'overweeg het dan omwille van de jongen.'

'Kolja heeft mij niet meer nodig. Hij drinkt dus nu, hij heeft zich al een keer zowat geschoren. Nog even en hij is volwassen.' Haar roodbetraande ogen schoten vuur.

'Ik hoop dat u zijn voorbeeld volgt.'

'Als het om gisteravond is...'

'Het is niét om gisteravond.'

Ik had de juffrouw vannacht niet moeten kussen. Maar zij stond daar zo vol verwachting onder de maretakken. Het flakkeren van de kaarsen. Zij was zo teut, wij allemaal, ik dacht dat het een spel was. Het is nou eenmaal de traditie. Zo stond zij daar ook, komiek: ogen dicht, lippen getuit. Zij stond daar maar te staan. Ik dacht dat het om te lachen was. Ik dacht dat zij wel wíst...

'Als het om mij is, juffrouw Jersjova...'

'Het ís niet om gisteravond, zeg ik u.' Zij trok haar handschoentjes aan. Vinger voor vinger duwde zij met driftige gebaren in het stroeve leer. Toen dit gedaan was, zei zij: 'Het is om alle avonden daarvoor!'

'Ik verzeker u in elk geval, ik beloof u plechtig dat ik me nooit meer zo vergalopperen zal.'

Zij greep naar haar hoofd en had een tel nodig om zich te vermannen. Ik dacht ineens: het kan ook zijn dat zij in de nacht heeft doorgedronken.

'Nee,' zei zij boos. Met volle kracht stortte zij zich op haar kater. 'Nee, dit is de eerste en enige keer geweest. Ik begrijp het hoor, Modest. Eén kus, meer niet. Nooit eerder en nooit weer. Ik begrijp het al te goed. Ik heb het altijd al geweten, die ene keer, daar moet ik het mee doen.'

Met woeste zwier trok zij haar mantel aan, maar zij bleef steken in een mouw. Ik hielp haar.

'Wat gaat u doen?'

'Ik heb een zus in Sint-Petersburg. Ik heb haar al geschreven. Bij haar kan ik een tijdje bivakkeren en daarna... dan zie ik wel.'

'U kunt toch zo niet terug naar Rusland?'

'Waar moet ik anders heen?' Ineens snikte zij, greep mijn revers en keek mij recht aan. 'Zeg me dat eens, na dit alles, waar ben ik nu nog thuis?'

Ik moest haar het antwoord schuldig blijven, maar dit hield haar niet tegen.

Wij moeten het vanaf nu dus zonder gouvernante stellen.

In zoverre had zij gelijk: Kolja is fysiek zover dat vrouwelijk toezicht hem in bepaalde situaties zou gaan generen.

Hij is groot genoeg.

Hij toont verantwoordelijkheid.

Vrijwel alles kan hij zelfstandig.

Ik denk dat ik haar taken voorlopig zelf overneem.

'Eén ding vraag ik, Modest,' zei ze toen ik haar uitgeleide had gedaan. Zij leek zo breekbaar ineens, met dat ene koffertje, die kleine juffrouw onder aan de hoge stoep in die verlaten straat. 'Wanneer je nog eens aan mij denkt, als jullie het over mij hebben, jouw broer en jij en Kolja... heb het dan niet over "de juffrouw". Alsjeblieft. "Juffrouw" Jersjova, daar heb ik altijd zo'n godsgloeiende hekel aan gehad!'

# 18

Doden ogen elk uur wat doder.

Petja's gelaat was alweer verder ingevallen, de huid doorschijnender, het vlees daaronder ingeklonken. Al haast twee dagen zat er geen leven meer in, en toch, in de afgelopen uren schenen schaduwen vergleden, donkerder de glooiingen en dieper. Alleen de haren vingen nog wat glans wanneer een kaarsvlam even flakkerde op iemands jammerklacht.

Steeds moeilijker je voor te stellen dat hier een geest in had gewoond en had gestraald. Deze afgeschreven mens. Zijn hele wezen dof, ten prooi aan voortschrijdende blauwing.

Zo doen de doden dit. Ik herinner mij dit van het waken bij mijn eigen vader: alsof zij ons wat tijd gunnen te wennen aan hun rotting, lossen zij met veel geduld voor onze ogen op.

'Waarom zou jij jezelf iets verwijten?' vroeg ik Aljosja.

Wij hadden ons teruggetrokken in de keuken, de deur gesloten voor het rouwbezoek dat nog altijd door de hal stommelde.

'Wie zegt dat ik mijzelf iets verwijt?'

'Sanja Litke heeft me verteld dat Petja jou om een waterglas vroeg, donderdagmiddag, en dat jij het hem gegeven hebt. Hier bij het aanrecht. Hij zei dat jij dat jezelf nu kwalijk neemt.'

'Misschien.' De bediende schudde zijn hoofd. 'Ik weet

wel dat het onzin is. Had ík hem dat glas niet gegeven, dan had hij er zelf een uit de keukenkast gepakt, of hij zou rechtstreeks uit de kraan hebben gedronken, en toch...'

'Jij hebt jezelf niets te verwijten, jij bent op geen enkele wijze verantwoordelijk.'

'Verantwoordelijk?' reageerde hij gestoken. 'Alsof een mens van een slok water zo creperen zou! Nou zullen we het krijgen dat ik, godallemachtig, ook maar ergens verantwoordelijk voor word gehouden.'

'Nee, precies,' viel ik hem bij. 'Dat water, daar is hij immers helemaal niet aan gestorven.'

Aljosja zweeg argwanend.

'Dat weten wij toch allebei, Aljosja. Dat het geen cholera was.'

'Misschien.' Hij keek rond of niemand binnenkwam. 'Maar dat wordt wel de officiële lezing. Zo komt het morgen in de krant. Dat het hier in huis heeft plaatsgevonden, de besmetting. Niet in het restaurant, maar hier. In een onbewaakt ogenblik. Onnadenkend. Zo staat het in de verklaring die Modest naar de redacties heeft gezonden. Morgen kan heel Petersburg het lezen.'

'Maar waarom? Tot nu toe kreeg Leiner's van dat besmette water toch de schuld?'

'Die dreigen daarom nu met een rechtszaak. Zij serveren nooit ongekookt water, zeggen ze, nooit, en dat kunnen ze bewijzen ook. Ze raken hun klandizie kwijt. Iedereen gaat naar Donon. Modest heeft dit nu dus bedacht: dat het hier in huis gebeurd is, een dag later, bij de lunch.'

'Een halve dag later. Dan zou de incubatietijd nog maar een paar uur zijn geweest!'

'Zo staat het morgen te lezen,' verzuchtte Sofronov. 'Niks meer aan te doen, het is al naar de zetter. Een glas ongekookt water, per ongeluk geschonken. En wie denk je dat daar door iedereen op zal worden aangekeken? Ik, zei de gek.'

'Waarom al die leugens, Aljosja? Naar buiten toe vooruit, maar tegen mij...'

De bediende schudde zijn hoofd.

'Ik zeg wat Modest zegt,' sprak hij stellig. 'Daar blijf ik bij. Dit hebben wij zo afgesproken.'

'Met wie?' drong ik aan. 'Wie heeft jou dat gevraagd?'

'Hém heb ik dat beloofd.' Sofronov begon te schokschouderen. 'Hij wilde dat wij hierover na zijn dood als één man zouden spreken, mijnheer Bob, mijnheer Modest en ik, wij alle drie. Wij spreken met één mond en vertellen verder niemand iets. Pjotr Iljitsj heeft ons dat gesmeekt.'

'Maar omwille van wie dan?'

'Ik heb gezworen,' zei Sofronov. Hij stond op en stak het fornuis aan alsof hij door moest met zijn werk. 'Trouw en stilzwijgen heb ik hem beloofd. Dáár ligt mijn verantwoordelijkheid, Kolja. Pjotr Iljitsj heeft mijn hand genomen. Hij heeft die tegen zijn hart gedrukt en mij daarop laten zweren. Meer kon ik voor hem niet doen.'

Toen ik uit de keuken kwam, moest ik me door de bezoekers wurmen, zo vol stond de hal.

'Nou, dat gaat maar makkelijk zo,' morde een grof gebaard heerschap dat meende dat ik voordrong.

Ik zocht een excuus, maar als het leven me overvalt, worstel ik met woorden. Zenuwen zitten dan mijn zinnen in de weg.

'Denkt dat hij beter is dan wij,' viel een ander bij toen ik geen weerwoord gaf, 'alleen omdat zijn kraag gesteven is.'

Mensen zien mijn zwijgen snel voor hoogmoed aan, mijn stilte voor agressie. Niets steekt ze gevaarlijker dan het idee dat je ze negeert.

Ik dook de dichtstbijzijnde deur binnen. Die van Petja's kamer.

De commode was mij nooit opgevallen als Sanja Litke mij er niet over had verteld. Ik knielde neer en trok de onderste lade open. Die zat inderdaad vol linnengoed, precies zoals hij verteld had, niet keurig op stapeltjes, maar in een kluwen. Hemden, sokken, alles dooreen, alsof het er in paniek uit was gerukt en daarna even haastig weer in teruggepropt.

Ik aarzelde.

Als Modest onverhoopt zou terugkeren of Sofronov nu binnenliep terwijl ik Petja's bezittingen doorzocht, dan had ik alles verspeeld. Zij zouden mij uit huis zetten en ik kon ze niet eens ongelijk geven. Door mijn impertinentie zou Petja's laatste wens dan onvervuld blijven.

Om niets zette ik alles op het spel. Om een ingeving, een voorgevoel.

Ik doorwoelde de kleding, rondtastend op goed geluk, maar voelde nergens meer dan fijne wol en linnen. Ik plukte twee, drie hemden uit de hoop en trok een sokophouder los die rond een knoop was blijven haken. Een handje sokken nam ik op en ik wierp ze op de grond, greep nog wat onderbroeken, schoof de rest terzijde en voelde opnieuw of ergens iets verborgen werd gehouden. Voorzichtig eerst, maar alles wat ik voelde was de houten bodem. Ten slotte boog ik voorover, zodat ik helemaal tot achterin kon reiken.

Daar, in het donker van de verste uithoek, stuitte ik op iets hards. Klein en koel was het. Een flesje. Apothekersporselein. Het had de grootte van mijn handpalm.

Op deze zelfde plek dus was Petja neergeknield, een week tevoren nadat hij in de keuken een glas water was gaan halen. Kennelijk om dit medicijn mee in te nemen. Hier had hij gezeten, precies zoals ik nu. Hij had het flesje geleegd en daarna in zijn zenuwen nog geprobeerd het voor de anderen te verbergen.

Zodra ik het stopje lostrok, steeg een walm op, misselijkmakend. De houder bevatte nog amper een paar druppels, wee als zwavel, scherp als knoflook. Mijn keel kneep ervan samen.

# 19

## NOTITIES VAN MODEST
## [UIT: CAHIER VIII – 1882]

### *Napels, Koninkrijk Italië*
### *15 maart 1882*

Twaalf regels! Daar moet hij het mee doen. Vervloekt dat mens, Kolja's moeder, 'Mevrouw Brjoellova', zoals zij ondertekent, want nu zij is hertrouwd wil zij hem laten wennen aan haar nieuwe naam.

Vandaag kwam dan eindelijk dit levensteken, een kaart met de afbeelding van een beeldhouwwerk uit het Russisch Nationaal Museum, verstuurd in een enveloppe. Achterop twaalf regels in haar handschrift. Geen woord over een weerzien. Geen woord over gemis.

Als de jongen teleurgesteld is, laat hij het niet merken. Al de hele dag draagt hij de kaart op zak.

### *17 maart 1882*

Tegen enen brengen de orgeldraaiers hun aapjes naar bed. Daarna klinkt dronken gebral tot zonsopgang. Dan beginnen de *bersaglieri* te trompetteren en verschijnen straatzangers, op elke hoek een, en allemaal hebben ze een draailier. Petja herziet zijn pianotrio en probeert de vespers te voltooien, maar blijft Napels zo lawaaiig, dan reizen we verder naar Algiers.

Kolja's leergier blijft grenzeloos, zijn parate kennis fabelachtig. Wat hij leest, onthoudt hij. Hij weet alles van de stad, leidt ons rond en geeft uitleg zonder Baedeker. Zoals de jongen zich overal voor interesseert en iedere prikkel opzuigt. Reizen blijft de beste school.

*19 maart 1882*

Vanavond, toen ik op de grond voor de haard zat, stak hij mij de kaart toe die hij van zijn moeder had gekregen en vroeg mij haar woorden voor te lezen.

'Je hebt hem toch gelezen?' zei ik. 'Je weet toch wat er staat?'

Hij zweeg en kwam achter me zitten. Tegen mij aan. Mijn lippen kon hij dus niet zien. Maar hij sloeg zijn armen om mij heen en rustte zijn hoofd tegen mijn rug.

Hij kent de woorden, het had geen zin ze te verzachten. Dus las ik ze voor zoals ze daar stonden. Alina Ivanovna vraagt haar zoon niet hoe hij het maakt, niet één keer heeft ze het over thuis of over vroeger.

Kolja hield mij vast en ving de trilling van mijn lichaam op. Dat is alles. Toen ik klaar was, bleef hij zitten, tegen mij aangeleund, alsof er nog meer zou komen... Na een tijdje vroeg hij of ik hetzelfde nog eens wilde voorlezen.

## Grankino, Oekraïne
## 20 mei 1882

Wij hebben het gehaald, Konradi stáát nog boven de grond! God, zo'n reis, de eerste helft bang dat we het afscheid zouden missen, de tweede helft verzenuwd omdat we er op tijd voor zouden zijn.

Pas onderweg van Kamenka zakte de eerste schrik en drong tot Kolja door wat hem thuis te wachten stond. Zijn vader ligt opgebaard in de salon. Bij die gedachte werd de jongen panisch. Nog nooit een lijk gezien. Ik heb hem beloofd dat hij niet naar binnen hoeft als hij niet durft.

En daar komt bij, die vele lange uren onderweg, ik kan niet zo lang zitten op die fistel.

Een warme dag, de lucht is zwaar, het hele huis zoemt van de vliegen. Het personeel stond met een groot deel van de boeren opgesteld om Kolja, die vanaf nu hun landheer is, te condoleren.

De rentmeester Androesisjin sprak namens hen en zijn dochtertje overhandigde een krans, gevlochten van alle planten die het omringende land voortbrengt.

Goddank hield de man het kort, want de jongen drukte zich tegen mij aan en ik voelde hoe hij onder alle aandacht trilde.

## Later die dag

Ik had Kolja zolang in de keuken gelaten omdat de notaris mij wilde spreken over de voogdij. De jongen, groot schort voor, hielp kersen ontpitten voor de jam.

Toen ik terugkwam had het hele drama zich al voltrokken: Alina Ivanovna was beneden gekomen en had, tegen mijn instructies in, geëist dat haar zoon naar de overledene zou gaan. Maar de jongen is inmiddels sterker dan zij, dus hij had zich losgerukt en was naar zolder gevlucht. Als een feeks heeft zij het huis doorzocht en toen zij hem, verscholen in de kast tussen de strijkkamer en de meidenvertrekken, aantrof, heeft zij haar jongen achter zich aan de trap af gesleurd en hem niet alleen gedwongen zijn dode vader aan te zien, maar ook, op straffe van de karwats, verplicht hem de ijzige lippen te kussen.

Hierna heeft zij Kolja met zijn verwekker in de sterfkamer opgesloten, omdat het goed voor hem zou zijn eens niet in alles altijd maar zijn zin te krijgen.

Ik trof hem, toen ik hem bevrijdde, kalm naast het lichaam aan. Van de dode ouder ging minder dreiging uit dan van de levende.

Ik deed hem het keukenschort af, pakte een stoel en nam zijn hand. Wij openden een raam zodat de ziel naar buiten kon.

### *21 mei 1882*

Aan het graf, ineens, nam hij het woord! De kist stond, al gezegend, klaar om te worden neergelaten, toen Kolja mij losliet en naar voren stapte.

Hij stond met rechte rug, nu alleszins de man van de familie. En zo sprak hij ook, dankte zijn vader voor het leven en gaf hem zachte woorden mee voor op zijn lange reis. Hierna vatte hij samen wat de man voor hem en anderen had betekend.

Zo groot ineens. Dat zal zijn moeder leren. Zo troostend sterk sprak hij ten overstaan van iedereen, van wie de meesten hem van kleins af kenden, toen hij nog stom was, woordeloos, en voor dit leven reddeloos verloren leek.

Niet iedereen hield zich goed.

### *22 mei 1882*

Er bestaat geen zitbad koel genoeg. Lopen, zitten, liggen – niks geeft verlichting. Nachtenlang al slaap ik er niet van. Het branden van die fistel leidt mij van mijn zaken af. Juist nu het erop aankomt.

Er is een strijd ontbrand om de nalatenschap. Ik heb mijn hersens erbij nodig, want dat mens gaat niet alleen het gevecht aan om het geld, maar nu plots ook om de jongen.

Vanochtend, toen het testament geopend werd, reageerde Alina Ivanovna amper op de bepaling dat alle zeggenschap over haar kind voortaan bij mij ligt.

Ik had de zorg en die houd ik, hierin verandert niets. Tot zijn achttiende jaar ben ik Kolja's voogd en ik neem alle taken van zijn vader over. De beslissingsbevoegdheid over zijn leven en zijn zakenbelangen ligt voortaan ook bij mij.

Zijn moeder ontvangt niets. Dit kan haar, nu zij is hertrouwd, toch niet verbazen. Maar toen zij hoorde dat ik voor mijn voogdijschap tienduizend roebel krijg, sprong zij overeind, brullend als een Wolgavaarder bij zwaar weer.

'Jou in de handen van zo'n smeerlap laten!' voer zij uit tegen haar kind. 'Jij denkt nou dat hij heel wat voorstelt, maar op een dag zal je doorkrijgen wat voor een dégénéré hij is, en dan zal jij nog eens aan mij denken!'

Onverstoorbaar opende rentmeester Androesisjin de boeken.

Alles gaat naar Kolja, alle land en landerijen met boerderijen en fabrieken, de stedelijke bezittingen, alle roerende en onroerende zaken, de volledige tegoeden – zeer aanzienlijk – in geld en goud. Kortom, mijn jongen wordt vermogend.

'Hoogstpersoonlijk zal ik daarvoor zorgen,' tierde de moeder nog tegen haar kind, 'dat jij op een dag Modest, die parasiet, nog eens te zien krijgt voor wat hij is!'

Maar haar zoon had zijn blik al van haar afgewend, zodat haar tirade verloren ging.

## *20 juni 1882*

Aan mijn lijf geen plattelandsarts meer! De fistel mag dan zijn uitgesneden, die onbehouwen kerel heeft de wond niet goed ontsmet. Eromheen woekeren nu andere abcessen, die mij meer pijn doen dan dat ene deed. Al dagen ben ik machteloos. Ik kan mijn bed niet uit, niks. Goddank is Petja nu gekomen.

Alina Ivanovna heeft haar boeltje gepakt, maar haar zaak lijkt zij te gaan winnen. Niet alleen kan ik, als zij haar zin krijgt, fluiten naar mijn tienduizend, zij houdt ook alle betalingen tegen die ik nog tegemoetzag. Feitelijk ben ik hierdoor bankroet. Ik kan mijn schulden niet betalen, zelfs de operatie niet, de wondzalf, het schaafijs voor mijn zitkruik. Ook Kolja's tegoeden kunnen ons niet helpen, want wettelijk is zijn erfenis nog niet van kracht. Hiervoor moeten wij naar Moskou, maar wij hebben niet eens geld voor de reis.

Kolja zit aan mijn bed en leest mij voor. Dickens. *Bleak House*. Dit op aanraden van mijn broer, die zich volledig vereenzelvigt met Lady Dedlock.

Daarnet, midden in een zin, legt de jongen zijn boek neer en grijpt mijn voet. Door de dekens heen knijpt hij er even in, schudt hem eens voorzichtig heen en weer als om de levenslust in mij te wekken.

'Het is goed hoor, Modja, maak je geen zorgen,' zei hij. 'Moeder gaat het enkel om het geld. Het is de zakelijke beschikking die zij aanvecht, niet de voogdij. Die interesseert haar niet. Wat er ook gebeurt, Modja, jij en ik, wij blijven bij elkaar.'

# 20

Tegen de tijd dat ik bij de Kunstkamer aankwam, deden mijn vingerknoken zeer, zo had ik het porseleinen flesje onderweg omkneld gehouden. Het liet een indruk achter in mijn handpalm.

Ljoeba Antonovskaja bestudeerde het voorzichtig. Zij rook er even aan, week direct terug en knikte, wenkte mij en ging mij door de duistere, verlaten preparatiezalen voor.

Toen Misja mij gisteren, tijdens hun rouwbezoek, vertelde dat zijn zus hier elke avond in de laboratoria te vinden is, kon ik niet vermoeden dat mij dit zo van pas zou komen.

'Pas om elf uur komt de nachtwaker,' sprak zij terwijl zij, zoals zij bij haar broer gewend was, de lamp dicht bij haar gezicht hield, opdat ik ieder woord kon lezen. 'Als we voor die tijd de deur uit zijn, hebben we van niemand iets te vrezen.'

Zij nam mijn hand en leidde mij de schaduwzalen binnen: dode foetussen op sterk water, geen enkele volmaakt, maar misgeboorten stuk voor stuk; Siamese tweelingen, vitrines vol, sommige aan de heup, andere aan de rug of aan hun schedels vergroeid; een kast met tot klauw verkrampte handen, bochelruggen, van elefantiasis opgezwollen benen in de lies afgezaagd, alles door de jaren wit gebleekt en drijvend in formaldehyde.

Modest en ik kwamen hier vroeger wel ter lering, zoals Peter de Grote zijn Kunstkamer bedoeld had, maar voor een kind schuilt er vooral een gierende opwinding in het begluren van zulke spelingen van de natuur. Alleen aan Modja's hand bracht ik de rillende moed op om de afgesneden kop te bestuderen van Willem Mons met zijn dichtgenaaide ogen. Daarbij vergeleken vond ik de mineralen die tsaar Peter uit Amsterdam had meegebracht maar slaapwekkend.

Ook herinner ik mij een doorgesneden menselijke schedel, goed geconserveerd maar gelig. Op een keer kregen wij uitleg bij oorschelp en hamer, aambeeld, slakkenhuis, stijgbeugel, trommelvlies.

Die dag drong het tot mij door dat ik zelf evengoed zo'n misgelopen broedsel ben. Ook met mij heeft de natuur een spel gespeeld en het verloren. Ik wist mij voortaan verbonden met alles wat ooit in het kraambed een teleurstelling moet zijn geweest.

'Als je me een stukje huid gebracht had of wat lichaamssap,' zei Ljoeba terwijl ze een kolf in stelling bracht, 'dan zou ik een marshtest kunnen uitvoeren. Daarmee had ik precies de hoeveelheid kunnen vaststellen die in de bloedbaan is gekomen, tot op twee honderdste van een milligram.'

'Is dat belangrijk?'

'Als je iemand die hiervan gedronken heeft, hoopt te behandelen...'

'Behandeling is niet meer nodig.'

Zij keek me aan en knikte.

'En je wilt me niet zeggen waar dit over gaat?'

'Liever niet,' zei ik.

'Is het iets waardoor ik in moeilijkheden kan komen?'

'Nee. Niets illegaals. Het gaat...' Ik aarzelde. 'Als het is wat ik denk, gaat het om zelfmoord.'

'Een zelfmoord die al begaan is?'

'Helaas.'

Zij schrok. Zij begreep om wie het ging.

'Wat maakt het dan nog uit waarmee en hoe precies?'

Ik dacht na, maar bleef het antwoord schuldig.

'Informatie vergaren. Mijn broer en jij, twee druppels water!' Zij trok twee koolstofmaskers uit de la en gaf er een aan mij. 'Meer willen weten dan een ander om maar te voorkomen dat je iets mist. Nou vooruit.'

Zij mikte de laatste druppels uit het flesje in een glazen retort, deed haar masker voor en controleerde of ik de banden van het mijne strak genoeg had aangehaald voordat zij het waterstofsulfide toevoegde. Langzaam werd een gele neerslag zichtbaar op de bodem van het glas.

Ljoeba opende de ramen zodat de zwavellucht naar buiten kon.

'Zoals ik dacht.' Zij bestudeerde het bewijs nog eens tegen het licht van een brander. 'Arsenicum.'

'Arsenicum...' herhaalde ik. 'Als je dat inneemt, wat is dan het effect?'

'Hangt af van de dosering. Chronische toediening is het meest effectief, elke dag enkele druppels gedurende langere tijd leidt vrij zeker tot de dood.'

'En als je zoiets in één keer achteroverslaat?'

'Dat hele flesje?'

'In een glas water. Ik vermoed dat het zo is gegaan.'

'Poe!' Haar gezicht vertrok van medelijden. 'Creperen zou een mens, verschrikkelijk.'

'En hoe zou dat eruitzien?'

'Je maakt me bang, Kolja, waarom wil je dat weten?'

Ik gaf geen antwoord.

'Er zouden zich scherpe pijnen voordoen,' ging zij verder. 'In maag en darmen. Gemene steken.'

'Na verloop van hoeveel uur?'

'Snel. Afhankelijk van de hoeveelheid en hoezeer het

werd verdund, een paar uur hooguit.'

'En dan?'

'Braken,' antwoordde zij. 'Heftig en met grote kracht, het lichaam wil het giftige metaal naar buiten werken. Een patiënt zou erge maagpijn hebben en een onophoudelijke buikloop, de ontlasting komt waterig en in grote hoeveelheden, wel dertig, veertig keer per dag. Het lichaam slaat alarm, het weet niet wat het doen moet om de dodelijke aanval af te slaan.'

'Zo'n doodstrijd, hoeveel dagen kan die duren?'

'In een geval als dit? Dat kan snel gaan. Een dag minstens, zou ik zeggen, de uitdroging doet het hem meestal, na een tijdje houden de nieren ermee op. Maar wie weet, als iemand sterk is, houdt hij het langer vol. Een dag of vijf misschien, geen volle week in elk geval. Langdurig gebruik zou opvallen door haaruitval, verkleuring van de nagels, maar zulke tekenen treden in zo'n korte tijd niet op. Dan komt alles woest en vernietigend, je moet er niet aan denken.'

'En het zou de schijn kunnen hebben van een aanval van cholera?'

'Zonder nader onderzoek,' sprak Ljoeba, 'jawel. Behalve dat daarvan nog genezing mogelijk is.'

Het Vasiljevski-eiland lag er verlaten bij toen ik de Kunstkamer verliet. De gure wind was aangetrokken en sloeg me op de rivierkade ijzig in het gezicht. Ik zette mijn kraag op en versnelde mijn pas.

Er was geen leven op het water. Ook over de Izaäkbrug met zijn pontons, die spoedig voor de eerste ijsgang zouden worden opgebroken, ging niemand meer. Ieder zinnig mens zat al lang en breed thuis. Ik was de enige die de oversteek nog waagde. Ik keerde het naargeestige eiland de rug toe en richtte me naar de lichtjes van de stad aan de overkant.

Het was dus niet zomaar rattengif geweest. Dit venijn was fijner van samenstelling. Onder een microscoop had Ljoeba sporen gevonden van iets wat zij 'azobenzeen' noemde. Hierover had zij gelezen in een studie van het Pruisisch Instituut voor Besmettelijke Ziekten in Berlijn, waar het in combinatie met arseen wordt ingezet in de hoop een geneesmiddel te vinden tegen syfilis.

'Niet iets wat je bij de kruidenier kopen kunt voor huiselijk gebruik,' had zij geconcludeerd, 'maar uitsluitend verkrijgbaar voor een medicus, iets wat een dokter zorgvuldig in zijn gifkast bewaart, weggeborgen achter slot en grendel. De vorm en het materiaal van het flesje wijst daar trouwens ook op. Zoiets heeft geen mens toevallig in huis, neem dat van mij aan.'

Halverwege de pontonbrug bekroop mij een gevoel van onheil, zo sterk dat ik mij omdraaide om te zien waar het vandaan kwam.

Een lichaam dat niet alle zintuigen bezit, schat zijn kansen in op grond van andere signalen. Al blijkt dit negen van de tien keer loos alarm, het is een waakzaamheid die je nooit mag laten sloffen.

Op dit uur was ik de enige wandelaar. Ik riep mezelf tot de orde. Behalve het paard dat met zijn berijder nu de brug op kwam, viel tot in de verste verte niemand te bekennen. Ik vervolgde dus mijn weg, hongerig ineens, want in alle opwinding was ik vergeten iets te eten. Terwijl ik overwoog in welk restaurant ik dadelijk zou neerstrijken, voelde ik achter mij die ruiter naderen.

Mijn borstkas ving de hoefslag op, het ritme over houten planken versterkt door de klankkast van pontons. Zo wist ik zonder hem te zien dat hij overging in draf.

Juist wilde ik eens omkijken en groeten zoals eenzame passanten in het halfduister doen, toen de tweetakt overging in de drietakt van galop.

De man had zijn paard de sporen gegeven, wat mij op een pontonbrug onverstandig leek. Het bracht de bootjes, waarop alles rustte, in beweging. Het vloerdek begon te deinen. Als aanzwellende paukenslagen doordreunden mij de zware asymmetrische stappen van het dier.

Ik greep de balustrade, draaide me om en maande de onverlaat voorzichtig te zijn. Hij zag mij wel gebaren, maar daarvan trok hij zich niets aan. Integendeel, hij zweepte nóg eens over de flank, waarop het dier versnelde alsof het in een race zat.

Nu riep ik, boos, dat hij stoppen moest, die kerel, maar ook dat had averechts effect. Tot dan toe had de onverlaat het midden van het planken wegdek gehouden, maar met een ruk aan de teugels, stuurde hij het dier nu in mijn richting. Met gevaar voor eigen leven mende hij het in volle vaart het looppad op, de laatste vijftig meter rakelings de balustrade langs, recht op mij af!

Ik schreeuwde nu uit lijfsbehoud, van angst, en zette het op een lopen, maar had geen schijn van kans. Pas op het laatste moment trok hij uit alle macht aan de teugels. Op één, twee meter voor mij liet hij zijn paard steigeren met schuddend bit.

Een van de voorbenen raakte mij voluit.

Ik viel. Ik probeerde mijn aanvaller te zien, maar de man droeg zijn hoed tot aan zijn ogen, en de rest van zijn gezicht had hij verborgen achter een sjaal.

Nog tweemaal liet de kerel zijn paard steigeren alsof hij mij hoopte te vertrappen. Hij haalde uit met zijn zweep, die ik met een arm wist af te weren.

Hierna bedacht hij zich en maakte zich uit de voeten, galopperend in de richting van de stad.

# III

*Dan zal ik de zwaan spelen.*
*En sterven in muziek.*

– OTHELLO, William Shakespeare

# 21

'Zo kan je niet baden.'

Sergej Diaghilev bekeek de striem op mijn bovenarm. Hij vroeg een van de badmeesters tinctuur en gaasverband, en bette mijn vurige huid met een vochtige doek.

De vanzelfsprekendheid van lijven die elkaar al kennen.

Mijn overjas had erger voorkomen, maar nu ik mij ontkleedde, bleek dat mijn aanvaller mij met zijn zweepslag had getekend. De wond deed pijn, maar was oppervlakkig. Hij had gebloed, maar niet te erg.

'Had ik je eerder te pakken gekregen,' zei Sergej bezorgd, 'dan had ik kunnen waarschuwen.'

Toen ik thuiskwam, kort na middernacht, lag daar een bericht van hem. Of ik 'met dringende spoed' naar het badhuis bij de Pevtsjeskibrug wilde komen, schreef hij, 'omwille van de zaak die wij eerder bespraken'.

'Je hebt een aantal hoge heren gevaarlijk tegen de haren in gestreken.'

'Hoe dan?'

'Met je nieuwsgierigheid.'

Met het puntje van zijn tong tussen zijn tanden geklemd verbond Sergej Pavlovitsj Diaghilev mijn arm.

'Wat voor heren?' Ik plaatste een vinger op het verband zodat hij een strik kon leggen. 'Wie bedoel je?'

Hij keek argwanend om zich heen.

'Er is de afgelopen uren hier het een en ander aan het licht gekomen.'

'Bedoel je dat je iets hebt opgevangen over Petja?'

'Meer dan iets.' Sergej keek zorgelijk. 'Zeg maar álles.'

'Hier?'

'Dit zijn de beslagen muren van een kluis, Kolja. Ieder leeft hier zijn geheim. In de ogen van de wereld zijn wij allemaal schuldig, daarom vertrouwen wij ons toe aan elkaar. Wat wij het ene moment laten zien, is het volgende alweer door mist omhuld. Zo komen lijven los, maar tongen ook. Wat in deze nevel voorvalt, blijft in nevelen. Niet omdat wij een verbond van vrienden zijn, maar een samenzwering van veroordeelden.'

Brutaal keek hij toe hoe ik de rest van mijn kleren uittrok en ophing.

'Wat heb je gehoord?' vroeg ik. 'Waar gaat het om?'

Hij gooide mij een handdoek toe.

'Het is, zoals wij al vermoedden, geen ziekte geweest. Hier gelooft geen mens die officiële lezing meer.'

'Daar heb ik inmiddels ook bewijzen van,' vulde ik aan. 'Petja stierf door eigen hand.'

'Mijn God, dus toch!'

'Arsenicum.'

'O God, mijn God, wees toch een keer genadig!' Hij bekruiste zich driemaal. 'De meest verschrikkelijke dood... Ben je er ook achter waarom?'

'Chantage, vermoed ik.'

'Ongetwijfeld. Hij is onder druk gezet. Daarom is de familie zo zwijgzaam.'

Twee mannen kwamen de kleedzaal binnen. Stoom wolkte van hun roodgevlekte lijven. Met een berkenhouten nap schepten zij koud water en overgoten zich daarmee.

'Wie?' fluisterde ik ongedurig. 'Waarmee?'

'Het is nogal wat,' zei Sergej. 'Ik heb liever dat je het uit zijn eigen mond hoort.'

'Wiens mond?' vroeg ik, maar hij leidde mij al door een stalen deur de warmte van het stoombad binnen, waar woorden oplossen in nevel.

Er is een troost die opdampt zodra mannen onderling gelijk en zonder masker mogen zijn. Aards kruidt de lucht, een verlangen naar onstuimigheid zweeft erop mee.

Zelf ga ik meestal naar het badhuis in de Bassejnajastraat omdat het de vaste stek is van Modest, zoals Petja de Znamenski-baden koos als tweede thuis. Sint-Petersburg kent zeker tien van dit soort vrijplaatsen waar 'Hellenen' elkaar treffen. Wie binnentreedt, laat met zijn kleding elk voorbehoud vallen.

Al in Parijs en Rome wist ik dat Petja en Modest zulke plekken frequenteerden. Wisselden zij met gelijkgestemden als Moessorgski of Saint-Saëns adresjes uit, dan las ik de ondeugd van hun lippen. Toen ik oud genoeg was en leek geneigd te zijn als zij, voerden zij mij dit parallelle Europa van de thermen binnen, de parken en de rododendronvijvers, hun wereld van de zwanen en de jagers, de sylfiden en ondines, wezens van het water en de lucht, die alleen tot leven kunnen komen in de nacht.

Als jongeman, trillend als een espenblad op het punt geplukt te worden door een najaarsstorm, leken de Petersburger baden mij indertijd het Eden van vóór de zondeval, een dampend paradijs voor ons, 'Bacchanten van de nieuwe dag', waarin iedereen nog vrij van waarden en van schaamte was. En nog altijd begint mijn bloed te pompen bij de eerste vlaag van zaadverzadigd stoom, de zweem van koolsoep die wel altijd ergens staat te pruttelen, gepeperd cederhout, fris door mint en berkenblad.

'Hij is erg overstuur,' waarschuwde Sergej, die een lantaarn van de wand genomen had, waarmee hij zijn gezicht bescheen. 'Hij kwam voor vergetelheid, net als wij allemaal, maar zit nu onderhand al anderhalf uur te snotteren. Ziet ernaar uit dat het niet zomaar was, maar dat hij echt om Pjotr Iljitsj heeft gegeven.'

'Wie?'

'De jongeman aan wie ik jou ga voorstellen.' Tussen alle rondhangende lijven zocht Sergej Pavlovitsj een bekende. 'Schijnt dat het allemaal om hém begonnen is,' zei hij.

'Om hem, hoezo?'

'Een indiscretie, begaan met deze kerel, en als je hem ziet, vraag je je af waarom, maar goed, het is niet altijd prijs, dat overkomt ons allemaal weleens. Waar het om gaat: ze zijn betrapt. Tsjaikovski en hij.'

'Maar zeg me dan, wie is het?'

'Als hij er tenminste niet vandoor is...'

Hij trok de deur van het zweethok open, juist toen er water op de gloeiende stenen werd gegoten, zodat de lucht in onze longen brandde.

'Prins Saltikov heet hij.' Sergej wierp onze handdoeken over de haak en trok mij mee naar binnen. 'Hangt al sinds jaar en dag hier hoopvol rond.'

'Die naam, het zegt me iets.'

'Vanja Saltikov. Hij is de zoon van prinses Dolgoroeki, maar dat is het probleem niet.'

Twee verdiepingen verbonden door een houten trap. In een hoek de oven die alles in een rode gloed zette. Beneden was het al amper uit te houden, hoger scheen de lucht welhaast te koken. Sergej wenkte een van de durfallen die zich daarboven ophielden.

'Wat is het probleem dan wel?' vroeg ik, terwijl een lichaam uit de stoomwolk neerdaalde.

'Dat hij de neef is van graaf Stenbok-Fermor.'

'Als keizerlijk stalmeester heeft mijn oom directe toegang tot de tsaar.' Prins Saltikov hapte adem voordat hij in het ijsvat kopje-onder ging.

Als kind had hij mijn pad gekruist in Rome, toen hij een jongeman was op grand tour, een logé van Goljitsin en Masalitinov, en vorig jaar op het station in Sint-Petersburg nog eens, vluchtig.

Er zat weinig vlees aan, maar schijnbaar scholen sterke longen in de smalle borst, want de prins bleef onder water als een parelvisser. Toen hij opdook vlamde zijn huid. Hij schudde zijn haren. Zijn rood doorschoten ogen spiedden rond of niemand ons zou afluisteren.

'Laten we een hokje nemen.'

Een van de *bantsjiks*, de badjongens die voor dertig kopeke een ruimte verhuren en zichzelf voor vijftig, bracht ons naar een kleine kamer met een ottomane en een bed.

Vanja Saltikov installeerde zich, benen gekruist, in de kussens. Uit de samowaar, die altijd bij de prijs zit inbegrepen, schonk hij drie glazen.

'Dus, begrijp ik het goed,' begon ik, 'dat uw oom de tsaar op de hoogte heeft gebracht van uw vriendschap met Tsjaikovski?'

'Het was meer dan een vriendschap.' De prins schepte suiker in de thee. 'Ik weet wel wat er wordt gefluisterd, maar onze betrekking ging een aantal stappen verder.'

'Dat is juist het punt, nietwaar?' kwam Sergej tussenbeide. 'Dat het om hartstocht ging. Een liaison tussen vrienden had graaf Stenbok wel over zijn kant laten gaan.'

'Waarschijnlijk, maar Pjotr Iljitsj en ik waren in korte tijd volledig aan elkaar verknocht geraakt. En zeg mij eens, hoe vaak gebeurt dat tussen twee mensen?'

'Het gebeurt.'

'Het gebeurt,' beaamde Sergej, 'alleen niet vaak genoeg.'

'In elk geval is het te zeldzaam om het te negeren, dus wij gaven eraan toe. En geluk...' Vanja roerde aandachtig de dampende thee. 'Geluk maakt een man onvoorzichtig.'

'Mag ik vragen wat er precies is voorgevallen?'

'Een van de huisknechten...' De prins blies de ergste hitte van het glas voordat hij het aan mij gaf. 'Een jongen die ik te zeer vertrouwd heb.'

'Ons ontbreekt de luxe,' zei Sergej, 'om buiten onze eigen kring ook maar íémand te vertrouwen.'

'Deze huisknecht bezondigt zich niet anders dan u en ik. Er was hierdoor een stilzwijgend begrip, een medeplichtigheid. Ik meende hem aan onze kant te weten. Hij bracht ons in de ochtend ons ontbijt. Soms waren wij pas juist ontwaakt, nog in een roes, nou ja... ik hoef het u toch niet te schetsen.'

'En met dat verhaal heeft die schurk het gedurfd uw oom te benaderen?'

'Dan had ik glashard ontkend. Was het maar waar, dan was het zijn woord tegen het mijne geweest en zou oom Aleksis de afperser alle hoeken van de kamer hebben laten zien. Maar nee, die kerel is grondig te werk gegaan. Hij heeft zijn tijd genomen en bewijzen tegen ons verzameld.'

'Wat had hij in handen?'

'Brieven.' De prins begon te trillen en bleef even stil. Het was alsof hij ze herlas. 'Hij moet door al mijn laden zijn gegaan. Onder mijn secretaire bevindt zich een geheim compartiment. Daarin bewaar ik een groenlederen map met alles wat mij het dierbaarst is. Bewaarde, moet ik zeggen. Die map is verdwenen. Met de inhoud.'

'En die was belastend?'

'Liefdesbrieven...' zei de prins. 'Bestaat er iets mooiers? Woorden die je je hele leven bij je wilt houden. De meeste mensen koesteren ze. Voor ons kunnen ze dodelijk zijn. Wij doen er het beste aan ze direct na lezing te vernietigen, maar ik was verliefd, ik kon het niet.'

'Dus waar zijn ze gebleven? Heeft uw oom ze van de afperser gekocht?'

'Ik werd gesommeerd bij hem te komen en kreeg ervanlangs. Graaf Stenbok-Fermor weet van mijn leven, al jaren, zoals hij ook op de hoogte is van dat van bepaalde vrienden en collega's, en toch... Dit keer werd het hem te gortig.'

'Omdat het om Tsjaikovski ging?'

'Misschien. Maar meer nog omdat ik zo onvoorzichtig was geweest dat er bewijs op tafel lag.'

'Binnen onze kooi laten ze ons met rust.' Vluchtig tikte Sergej, om het ongeluk te bezweren, driemaal met zijn ring tegen de houten beddenpoot en kuste hij de zegelsteen. 'Maar God sta ons bij zodra een van ons zijn vleugels uit wil slaan.'

'Mijn oom heeft een brief geschreven aan de tsaar,' ging Vanja verder, 'waarin hij de hele situatie heeft uiteengezet.'

'Met naam en toenaam?'

'Hij wijst Pjotr Iljitsj aan als grote boosdoener. Zag hem als een Seneca, de rijpe man die zijn roem misbruikt om jonge mannen te lokken en te corrumperen. Dat daar niets van waar is, heb ik uitgelegd, niet in ons geval, integendeel. Ik heb de graaf bekend, in alle eerlijkheid, dat ik degene was die hém verleidde. Dat ik de grote man heb nagejaagd, aanvankelijk, om wie hij was, dat zeker, en ja, vanwege zijn gevoeligheid, vanwege zijn muziek, die zozeer over mij gaat, over ons.'

Midden in die gedachte stokte hij, kneep zijn ogen toe en keek mij onderzoekend aan.

'Zij zullen ons nooit in onze waarde laten, is het wel?' sprak hij verbaasd, alsof hij zich dit voor het eerst realiseerde.

Altijd is de liefde in Rusland vrij geweest, totdat Peter de Grote terugkwam uit Holland. Met zijn plan voor deze stad bracht hij uit dat land ook hun genadeloze vervolging van sodomieten mee. De doodstraf, die daarginds, zoals de Bijbel eist, veelvuldig is voltrokken – bij tientallen tegelijk werden ze in de Lage Landen soms gewurgd – is hier bij ons zelden uitgevoerd, geseling en verbanning des te meer.

Tsaar Peter diende het in de eerste plaats als militaire maatregel. Om zijn Keizerlijke Marine weer enigszins in het gareel te krijgen, stuurde hij iedere matroos die nog in de armen van een andere werd aangetroffen voor vier, vijf jaren lijfstraf naar Siberië.

De kampbewakers daar zien zulke veroordeelden graag komen. Zij hebben er geen omkijken naar; alle geseling wordt hun wel door de overige gevangenen opgelegd. Gretig. Vernedering en marteling van sodomieten is die criminelen een verzetje. Het komt dan ook zelden voor dat een 'tantetje' zijn straf overleeft en nog wordt teruggezien.

Nicolaas de Eerste voerde de wet in 1832 voor álle Russische mannen in, maar in de praktijk trof die vooral het volk. Hogere kringen werden stilzwijgend ontzien. Tot vier jaar geleden. Toen werd een netwerk opgerold van tweehonderd homoseksuelen, verbonden aan het Aleksandrinski-theater. Onder hen waren talloze mannen van adel, maar ook portiers en zaalwachten, evenals het gros van de acteurs, die zonder uitzondering hun keizerlijke aanstelling verloren. Deze arrestatiegolf ging als een schok door alle lagen van de maatschappij, want iedereen kende in zijn omgeving homoseksuele netwerken of maakte er zelf deel van uit.

De huidige tsaar beschermde familieleden zoals Sergej Aleksandrovitsj, Konstantin Konstantinovitsj en nog minstens vijf andere homoseksuele groothertogen. Apoechtin, Moessorgski en andere geperverteerde kunstenaars mochten eveneens op keizerlijk pardon rekenen, zoals de tsaar een paar jaar geleden ook Pjotr Iljitsj in bescherming nam toen een zeematroos in het marinehospitaal belandde met een scheuring nadat de componist voor zijn verlangens te groot geschapen was gebleken.

'Nou en?' schijnt Alexander de Derde de zaak te hebben afgedaan. 'Matrozen heb ik zat, maar ik heb maar één Tsjaikovski.'

'Dus ik begrijp het niet,' zei ik tegen Saltikov. 'Waarom zou hij vrezen dat de tsaar dit keer minder coulant zou reageren?'

'Vanwege mijn oom.' De prins dronk zijn thee. 'Graaf Stenbok-Fermor is een machtig en onverzettelijk man.'

'Maar de machtigste blijft toch de tsaar en die heeft zich in alles juist altijd Tsjaikovski's vriend getoond. Petja had alle reden om te denken dat de klacht ook dit keer van hogerhand zou worden weggewuifd. Dat de correspondentie verdwijnen zou en alles gewoon opnieuw met een sisser zou aflopen. En toch, iets heeft hem zo beangstigd, zo doen wanhopen dat hij geen andere uitweg zag...'

Vanja vertrok ineens van pijn en sloeg zijn handen voor zijn ogen.

Ik zweeg.

Daar zaten wij in onze naaktheid.

'Het is niet gezegd,' troostte Sergej, 'dat het om u was, prins.'

De jongen kon alleen maar moedig knikken.

'Voor hetzelfde geld speelden andere zaken,' viel ik bij. 'Het keizerlijk paleis wemelt van intriges waar wij als sterveling geen weet van hebben. God mag weten wat de tsaar bij het lezen van uw ooms brief heeft bezield.'

'O.' Vanja Saltikov keek op. 'Maar zover is het nooit gekomen. De tsaar heeft de brief van mijn oom niet gelezen.'

'Niet?'

'Nee. De aanklacht was onderweg, een tussenpersoon moest hem bezorgen, maar hij had de tsaar nog niet bereikt.'

'Bezorgen? Hoezo moest die brief worden bezorgd? Uw oom staat dagelijks aan de troon.'

Prins Vanja huilde zonder tranen. Op en neer ging zijn middenrif, schokkend alsof het klappen kreeg.

'Als graaf Stenbok-Fermor wilde voorkomen dat de tsaar Tsjaikovski opnieuw in bescherming zou nemen,' opperde ik. 'Als hij bang was dat de vorst ook deze klacht weer naast zich neer zou leggen, dan had hij er meer baat bij dat iemand anders zijn aanklacht zou lezen.'

'Wie dan?'

'Iemand die het minder luchtig op zou nemen. Iemand van wie hij zeker wist dat die wél actie zou ondernemen.'

'Maar wie?'

'Iemand die hem zou wreken, eens en voor altijd, een man die nog een appeltje met Petja te schillen had en graaf Stenbok-Fermor precies de genoegdoening kon verschaffen die hij zocht.'

'In godsnaam!' riep Sergej geërgerd. 'Wie?'

'Dat is de vraag,' zei ik. 'Degene die de brief bezorgen moest misschien.'

Wij werden onderbroken door een bantsjik die kwam melden dat onze tijd om was.

'Zoveel vragen,' zei de prins, terwijl hij overeind kwam. 'Maar de onbegrijpelijkste... Dat een mens zoiets wil, uit het leven stappen, misschien kan ik dat nog wel navoelen. Maar een zelfmoordenaar beëindigt niet alleen zijn eigen leven, hij maakt ook een einde aan dat van de mensen om hem heen. Dat leven dat Petja zich benomen heeft, dat leven was van ons alle twéé. En je snapt niet... Als iemand zoiets doet... Je kúnt niet begrijpen dat het geen groter gevecht waard was.'

# 22

## NOTITIES VAN MODEST
## [UIT: CAHIER X – 1884]

*Grankino, Oekraïne*
*20 juni 1884*

Iets ongelooflijks!

Eind van de middag zie ik een van de houtvesters. Pet in de hand, onder de peppels in de schaduw stond hij, blik strak op het huis. Die luistert naar Petja, dacht ik, want alles staat tegen elkaar open en al drie dagen zit mijn broer alleen maar achter de pianoforte. Korte frasen, zoekend naar akkoorden voor een orkestratie, niets bijzonders, maar het hele huis is ervan vergeven en na een uur of wat weet je het wel.

Minuut of twintig later staat die vent er nog, dus ik erheen. Blijkt hij helemaal opgewonden over iets op het land en of wij ogenblikkelijk met zijn allen willen komen.

'Maar wat sta je daar dan de hele tijd te staan, kerel,' zei ik terwijl Sofronov de anderen liet optrommelen. 'Als het zo bijzonder is en dringend, waarom laat je je niet direct aandienen?'

'Het spijt me, meester,' zei hij beteuterd, blik naar zijn schoenen, 'ik wist niet zeker bij wie.'

Dit is nu de zoveelste keer.

Kolja stapt hier de laatste weken rond alsof hij het bewind voert en niet ik. Dit brengt het werkvolk in verwarring. Dat Alina Ivanovna haar zaak verloren heeft, gaf al zo'n onrust. Nu is het eerste belang dat wij duidelijkheid verschaffen. Kolja is voortaan de eigenaar van alles en iedereen, maar er is er hier maar één de baas: ik heb de voogdij en daarmee alle beslissingsrecht.

Het is dat vlasbaardje dat hij probeert te kweken. Liefst zou hij zijn vaders rijlaarzen er vast bij aantrekken.

De lindeboom wilden ze ons laten zien. De heel oude aan het einde van het graanveld, in de bocht van de rivier.

Er stond volk omheen, kinderen van nabijgelegen hoeves, onze rentmeester met zijn dochter Fanja, hun paarden aan de teugel, een groepje parochianen op de terugweg van de mis; allemaal doodstil om niets te missen van het wonder. Van veraf kon je het al horen: de boom bracht een geluid voort.

Dit was niet zo'n luchtig zoemen waarmee bloesembijen onze voorjaarsmiddag begeleiden. Niet het geknisper dat je in septemberkruinen hoort wanneer sprinkhaantjes zich tegoed doen aan de stervende bladeren. Een tremolo was dit, nerveus, diep, donkerzwaar. Het klonk ook niet vanuit de takken of de kroon, maar leek van binnenuit te komen. Ergens ín de stam zong het, onder de bast van de top tot in de wortels.

Probeer dit maar eens aan Kolja uit te leggen, dacht ik. Maar de jongen had – op zijn manier – de trillingen al opgevangen. Eerst legde hij zijn handen rond de bast, daarna zijn hoofd ertegenaan. Zoals hij vroeger wel tegen mijn borst kwam staan om het vibrato op te vangen van mijn stem.

'Hetzelfde is de linde overkomen op het paardenveld,' wist de oude Natalka Chavrilova. 'Dat was me een boom! Als díé bloesemde, róken ze het in Koersk.'

Het mensje heeft alle plagen weleens meegemaakt. Ze zeggen dat zij over de honderd is en nog naar Catharina's troepen heeft gezwaaid toen die langstrokken op weg naar Georgië om de Perzen te verdrijven.

'Drie knollen kon je om die linde sturen zonder dat de een de ander in zicht kreeg. Dat was me een gevaarte, daar is deze niks bij.'

'Ik geloof je, ouwetje,' zei Kolja zacht. 'Maar vertel ons liever wat er met die linde is gebeurd.'

'Hetzelfde als met deze: het leven is er ingevaren.'

'Hoe kan dat?'

'Moet ik de wonderen van God verklaren? Ik vind het elke ochtend al een raadsel dat ik nog wakker word.'

Met trillende vingers sloeg zij een kruis.

'In welk jaar is dat geweest?'

'Ik meet niet meer in jaren, jongen, maar in liefdes, want dat zijn er minder. Eens even kijken...' Zij telde haar herinneringen. Van een enkele lichtten haar ogen op. 'Ik was in elk geval nog mooi, zoveel is zeker, want avondenlang heb ik onder die boom naar dat wonder liggen luisteren en geen minuut lag ik alleen.'

'Is het vanzelf weer gestopt?'

'Op een gegeven moment gaan mannen bij een ander liggen. Daar hoef je als vrouw niks voor te doen.'

'Ik bedoel het leven in de boom,' verduidelijkte Kolja.

'Is dat lang doorgegaan?'

'Welnee, na verloop van tijd wil het eruit.'

'Wil het eruit?'

'Ja, wat dacht je dan, dat je al die levenskracht gevangen kan houden?'

'Bedoelt u, moedertje, dat het naar buiten komt?'

'En hoe! In één keer.' Zij stak haar beide stramme armen omhoog en maaide door de lucht. 'Alles barst open. Je zal het zien: alle kanten vliegt het uit, zover je kijken kunt. De hemel krijgt alle kleuren van de regenboog. Toen ik dat zag, dacht ik: ja, zo zal het ook gaan op de dag dat de Here ons komt halen!'

'Hoe komt dat dan?'

'Ik heb een levendige fantasie. Altijd gehad.'

'Nee,' sprak Kolja geduldig, 'ik bedoel zo'n fenomeen, wat veroorzaakt al dat leven en die kleuren?'

'De vlinders natuurlijk!' zei het oudje alsof ze niet serieus genomen werd. 'Ze zijn onder de bast aan het ontpoppen. Hun vleugels breken uit de cocon. Ze willen ze uitslaan, maar er is niet genoeg ruimte. Nu is het enkel nog een kwestie van tijd.'

'Hoe komen ze daar?'

'Hoe komt mijn rug van achteren? Daar ga je weer, een sterveling uitleg vragen over een mysterie.'

'Hoelang voordat ze uitvliegen?'

'Een dag of twee nu nog, hooguit. Met meer houd ik op mijn leeftijd sowieso geen rekening. Twee dagen, dan is het mooi geweest. Met een beetje geluk zijn ze gekomen om mij mee te voeren naar de Here. Dus als u mij nu excuseert...' Zij maakte een buiging. 'Voor hetzelfde geld is het morgen al en ik moet mijn spullen nog op orde zien te krijgen.'

## *21 juni 1884*

Aan het ontbijt kon Kolja zijn ogen niet openhouden. Dan weet ik hoe laat het is: die heeft de hele nacht met een stel kornuiten onder de lindeboom op het wonder liggen wachten. Maar ik denk: ik zeg niks.

'Heb je lekker geslapen?' vroeg ik alleen toen hij even onder zijn luikjes tuurde.

Op zo'n moment heb je niets aan Petja. Die vindt alle ondeugd prachtig. Gniffelend sopte hij een homp roggebrood in zijn koffie.

'Mooi,' zei ik vals, 'als jij zo goed geslapen hebt, jongen, dan gaan wij er eens flink tegenaan.'

'Vandaag?'

'Tot de middag spieroefeningen en daarna zien we wel.'

Dit moet eens in de zoveel tijd. Zijn klinkers worden lui, hij laat lidwoorden vallen, slikt vervoegingen in. Vaak resoneert hij ongemerkt weer te nasaal. Probleem is dat mensen uit ongemak of medelijden te welwillend luisteren. Wat ze niet goed opvangen, vullen ze gretig zelf in. Dat is lief en aardig, maar daardoor denkt híj dat hij altijd goed verstaanbaar is. Daar gaat hij op vertrouwen en hij wordt slordig. Om de paar weken halen wij daarom oude oefeningen op. Dit zal hij zijn hele leven moeten volhouden.

'Maar het is zaterdag!' protesteerde hij.

'Des te beter. Dan gaat het niet ten koste van de doordeweekse lessen.'

Op slag was hij wakker en kwam rechtop zitten.

'Nee.'

'Pardon?'

'Ik doe het niet.' Gedecideerd als een directeur in vergadering hakte hij de knoop door. 'Vandaag niet.'

Hij schrok er zelf van, leek het.

Eerst keek hij naar Petja, wiens brood uiteenviel in zijn koffiekom, toen naar mij.

'Een andere keer,' vervolgde hij zachter maar niet minder resoluut. 'Vandaag komt mij niet uit. Ik wil de vlinders niet mislopen.'

'Natuurlijk niet,' viel mijn broer hem bij. 'Ik ga zo dadelijk ook die kant op.'

Of uit die vlinderfolklore niet een libretto valt te peuren, vroeg Petja mij gisteravond. Lijkt hem ideaal voor een balletsuite. De kleuren, de beweging, het geeft hem, beweert hij, onmiddellijk ideeën.

'Doe dat. Ga erheen en zeg die vlinders dat ze nog een paar uurtjes op Kolja wachten,' hield ik voet bij stuk, 'want zijn opleiding gaat voor.'

'Maak jij dat uit?' beet de jongen mij toe.

Slaapgebrek is funest voor zijn humeur.

'Nou en of ik dat uitmaak. Ik ben jouw voogd, weet je nog?'

'Al die jaren dat ik klein was, maakte jij de dienst uit. Zolang ik me herinner. Hoelang wou jij mij nog aan die leiband houden?'

'Zolang als de wet dat van mij vraagt. Jouw zelfstandigheid komt snel genoeg. Tot dan voer ik de wens uit van jouw vader en denk niet dat mij dat af en toe niet net zo zwaar valt als jou nu.'

Kolja stond op, zocht naar woorden, vond ze niet en gaf de tafelpoot een schop.

'Ach jij,' riep hij in zijn onmacht. 'Ouwe sik!'

Volgens mijn broer gaat het om Fanja Androesisjin! Vandaar die onverzettelijkheid. Kolja heeft het hem vanochtend toevertrouwd: niet met zijn kornuiten heeft hij onder de linde gelegen, maar met háár.

Nu maar hopen dat het bij liggen is gebleven.

Ik heb de jongen de werking van zijn lichaam en alle gevaren van dien al een keer uitgelegd toen alles – voor zover ik weet – voornamelijk nog theoretisch was. Voor alle zekerheid zal ik hem voor de avond het hele verhaal nog eens onomwonden doen.

## *22 juni 1884*

Uitgevlogen! Midden onder de hoogmis, maar toen wij uit de kerkbanken kwamen, wemelde het nog boven het kerkhof. De vlinders moesten aan hun vrijheid wennen. Ze leken bepaald stuurloos en streken telkens neer. De graven trilden veelkleurig onder hun vleugelslag.

Fanja Androesisjin joeg ze op. Kolja erachteraan. De man vergetend die in hem de kop opsteekt, huppelde hij tussen de vlinderwolken rond, mijnheer de landeigenaar.

Alina Ivanovna, die met de pope stond te praten, zag ze ook, het meisje met haar zoon.

'Mocht het toch ooit in Gods genade liggen!' verzuchtte zij.

Zij liet zich zegenen, riep de rentmeester, kroop naast hem op zijn sjees en liet zich naar huis rijden.

Nu het orkestreren van Petja's derde suite is gedaan, begint hij over volgend werk. Of wij niet eens iets over Kolja kunnen maken, oppert hij. 'Een jongmens dat doorkrijgt dat het niet is zoals anderen.'

'In welk opzicht?'

'Dat moment waarop hij zich realiseert dat de mensen om hem heen in staat zijn om te horen en hij niet...' zei Petja. 'Er moet een tijd zijn geweest waarin zijn stille wereld hem genoeg was; een klankloze onschuld waarin hij nog geen idee heeft dat geluid bestaat. Het hele concept kan hij aanvankelijk niet bevatten, want hij leeft in zijn cocon. Vanuit zijn ongehoorde universum kan hij onmogelijk vermoeden dat er een ander is.'

'Wat wou je, stilte componeren?'

'Als ik dat zou kunnen! Mijn publiek bewondert stijl en compositie, harmonieën, terugkerende thema's, opbouw. Elke zaal hunkert naar de apotheose. Maar de geest, het "genie" in letterlijke zin, de esprit van muziek houdt zich tússen de noten schuil, in een rust, al in een enkel ademhalen. Het is in de stiltes dat een mens wordt meegesleept. Het vacuüm waarin zijn zekerheden wegvallen, hij móét zich wel laten verrassen. Niets doen, nergens zijn. Geen geluid voortbrengen, al is het maar even, daarvoor is een ongelooflijke durf nodig. Meer dan musici bezitten. Meer moed dan waarmee een mens ter wereld komt. Ik noteer fermates, maar die worden me nooit lang genoeg aangehouden. Ook niet wanneer ik zelf dirigeer, want uiteindelijk wint de angst en wil je weer geluid. Een oplossing. Wil je dat het leven doorgaat. Zwijgen druist in tegen ons wezen. En toch, als wij het zouden aangaan...'

'Een volmaakte afwezigheid van klank...' Ik probeerde het me voor te stellen.

'Onverstoord geluk. Toonloos, tellenlang. Onze opera zou ongehoord kunnen beginnen. Verzwegen maten. Hoe klinkt de harmonie van het niets? Het kristallen zwijgen, een sprankelende stilte. Leeg en vrij is het kind aanvankelijk, maar onvermijdelijk als het leven komt de confrontatie: ergens begint een melodie. Hij ziet kinderen zingen... Hij denkt: wat doen die in godsnaam? Een fanfare marcheert langs, zijn moeder beweegt haar lippen voor een wiegelied. Waaróm, waartóé? Er wordt gedanst. Waaróp? En dan dringt het tot hem door: er bestaat een víjfde zintuig! Een heel segment van het leven waar hij voor altijd buiten staat. Muziek, uit alle macht probeert hij die zich voor te stellen, maar zijn kern blijft stil. Dit wordt zijn lijn, een steeds terugkerend vacuüm, opgehouden noten; de meest summiere harmonie, *grosse Pausen* gewaagd lang. De stilte zelf als instrument, melancholisch, verlangend terug te keren naar een tijd waarin het kind vier zintuigen genoeg waren, dagen waarin geen gemis bestond. Ondertussen doet hij wat de wereld van hem vraagt, braaf leert hij zingen, keurig dansen op de maat, maar het heeft geen fundament. De wereld waarin hij houvast vond, gaat onder in de muziek. Verdrinkt in klank. Zijn stiltes worden korter, schaarser, schichtig. Met hun melodieën nemen anderen hem over tot alles in crescendo eindigt, de wereld om hem heen een chaos van akkoorden, dat schitterend, onontkoombaar onbekende...'

### *23 juni 1884*

De linde staat er afgekloven bij. Met zijn koperen klauwen had de vogel Gagana de ouwe reus niet zwaarder kunnen toetakelen. De schors is van de bast gescheurd. Blaadjes hangen, verkleurd als na een droogte. Het onderhuidse leven heeft hem opgebruikt en uitgehold.

Tegen de ontvelde stam kleven nog wat wriemelende poppen, maar tussen de takken hangt al rotting. Rondom ligt de aarde bezaaid met rupsenhulzen. Lege schalen, afgepelde huid. Ze knisperen onder je voeten en blijven plakken aan je zool.

'Gevlogen,' sprak de oude Natalka Chavrilova, die er op een grote steen verslagen bij zat. 'Wég zijn de vlinders en ze hebben mij niet meegenomen.' Op schoot lagen haar bezittingen, samengebonden in haar omslagdoek als voor een verre reis. Zij bekeek ze en verzuchtte: 'Het is nou amper nog de moeite ze weer uit te pakken.'

# 23

'Dit is een van die dagen waarop het leven je overvraagt.' Modest zat op de rand van zijn bed, bleek en moedeloos, in zijn lange onderbroek en sokophouders. 'Hoe wij hem moeten doorkomen, ik weet het niet.'

Verzamelen om halfnegen hadden wij afgesproken, zodat wij onze volgorde in de stoet en ieders taken onderweg nog konden doorspreken.

Bob Davidov stond met twee pasgeperste zwarte pakken voor de slaapkamerkast. Eerst hield hij er een omhoog, daarna het andere, zodat Modest kon kiezen.

'Een extra wolletje.' De goeie Aljosja Sofronov kwam een stapel hemden brengen. 'U moet zo meteen achter die kist lopen. Het is koud. Stapvoets, God weet hoelang dat duren gaat. Vooruit, mijnheer, een wollen onderhemd, ik heb er zelf ook een aan.'

'Het ondenkbare wordt nu van ons verwacht.' Modest ving het goed dat de bediende hem toewierp. 'Het onvoorstelbare moeten wij gaan doen.'

'Niet nadenken,' sprak Bob. 'Kleed je nou eerst maar eens aan.'

'Tot nog toe, wanneer ik me geen raad wist, vroeg ik Petja om steun. En nu...' Hij kwam overeind, zuchtend als een oude man. 'De hele tijd heb ik nog die impuls om bij hem aan te kloppen en elke keer weer moet ik mezelf tot de orde roepen. "Nee, Modja," spreek ik mezelf streng toe, "je wéét dat hij er niet meer is!" Ik lees mezelf de les zoals mijn broer dat zou hebben gedaan. "Nee," zeg ik. "Je weet het, Modest, vanaf nu moet jij de dingen alléén doen!" En elke keer is het alsof ik het voor het eerst hoor.'

Hij stak zijn armen door het wollen hemd en trok het over zijn hoofd.

'Zo heb ik dat altijd gedaan, mijn grote broer vragen wat ik in godsnaam met het leven aan moet. Altijd. In alles is hij mij voorgegaan. Wat me ook te wachten stond, ik wist in elk geval dat hij mij erdoorheen zou slepen.'

'En nu zullen wíj dat proberen,' zei Bob.

'Zeker,' beaamde ik. 'Wij zijn bij jou.'

Modest keek op.

'Kolja!' Hij zei het alsof hij me nu pas zag. 'Verdomd, precies zoals Petja het voor ons bekokstoofd heeft. Daar ben je.'

'Vandaag steunen wij elkaar.' Ik pakte het overhemd dat voor hem klaarlag en hield het voor hem op. 'Precies zoals hij met zijn laatste brief beoogde.'

Zonder iets te zeggen stak Modest zijn armen door de mouwen en hees zich erin. Aandachtig boog hij zich over zijn manchetten en hij vocht vervolgens met zijn boordje, dat te stijf gesteven was en amper boog.

Ik pakte de punten van de boord en hielp ze vast te knopen.

Hij liet me.

'Omhoog!' commandeerde ik.

En zoals honderden keren eerder waarop ik hem hielp zijn das te strikken, stak hij ook nu zijn kin de lucht in om mijn vingers ruimte te geven.

De plooien in zijn hals.

Die stoppeltjes, de zweem over zijn wangen.

Dat ene plekje achter zijn kaak dat hij bij het scheren altijd mist.

De eerste keer dat ik zijn das mocht doen, moest ik op een stoel klimmen om erbij te kunnen.

'Altijd, in alles is hij mij voorgegaan,' zei Modest. In de

spiegel controleerde hij of alles recht zat. 'Hoe je dingen oplost. Mijn hele leven: Petja wist hoe alles moest.'

Ik stond achter hem en hield zijn jacquet voor hem op. 'Dit keer,' zei ik, 'proberen wij dat zelf uit te zoeken.'

De godganse nacht had ik gesprekken liggen voeren met Stenbok-Fermor. In mijn hoofd. Woedend, pleitend, probeerde ik hem de naam te ontfutselen van zijn *postillon de mort*. Wie had hij die brief in handen gegeven en waarom? De logica bleef mij ontgaan. Tegelijk vroeg ik me af: wie heeft er in godsnaam bij de waarheid nu nog baat? Voordat de zon over deze dag onderging zou Pjotr Iljitsj met aarde zijn bedekt.

'Ik smeek je, jullie beiden, Modest en jou, de banden te herstellen', had hij mij geschreven. 'Doe het, opdat niet alles tevergeefs zal zijn geweest.'

Amper had ik de das van Modest gestrikt of Sofronov kwam opnieuw binnenrennen. Een stel huzaren bezorgde een reusachtige rouwkrans van de tsaar, maar de kolos was klem komen te zitten op de overloop van de eerste verdieping.

'Wie sjouwt zoiets nou ook de trap op?' zei Modest geërgerd. 'Wat denken ze, dat we hem op zolder begraven?'

'Mijnheer Bob is er al heen,' riep Aljosja in alle staten, 'maar wij hebben meer handen nodig. Heilige Moeder van God, dadelijk moet de kist naar beneden, die krijgen we er nooit langs!'

Wij keken over de trapleuning neer op een friszoete binnentuin van witte rozen, die mij terstond een niesbui gaf.

'Wel duizend zijn het er,' klaagde Sofronov, 'en ze willen niet voor- of achteruit.'

Ik hielp de palfreniers de keizerlijke krans naar buiten te werken, terwijl de begrafenisondernemer met zijn kraaien naar boven liep om de dode op te halen.

De lijkkoets reed voor. Dit bracht leven in de menigte die gehuld in paardendekens en berenmutsen de nacht buiten had doorgebracht. Zo stonden mensen langs het hele parcours, rijendik, in afwachting van de uitvaartstoet.

De Malaja Morskaja geurde als de velden rond Grankino in het voorjaar, zoveel bloemen hadden wij ontvangen. Vier open karren vol kransen, twee aan de stoet vooraf en twee als sluitstuk. Mijn ogen waterden. Mijn keel begon te kriebelen.

Ik haalde mijn neus op en werd prompt op de rug getikt door iemand die haar kanten zakdoek aanreikte.

Het was juffrouw Jersjova.

'Stuifmeel,' sprak zij vermanend. 'Je kunt er nou eenmaal niet tegen, dat wéét je toch!'

'Sofja Aleksandrovna!'

Zo onverwacht zoet te midden van alle treurnis, een blik op ons verleden, dat mijn hart elk protocol vergat; opgetogen sprong ik van de bloemenwagen en omhelsde haar.

'Godlief, jongen,' zei ze, 'dat het toch tot deze dag heeft moeten komen!'

Een jaar of tien, twaalf hooguit waren verstreken sinds wij elkaar zagen, maar vanonder haar muts piekte een grijze lok.

'Wat een tijden hebben wij met hem gekend, nietwaar, wij met zijn allen?' Ik snoot mijn neus. 'Zo lief, juffrouw, dat u voor het afscheid helemaal naar Petersburg hebt willen komen.'

'Ik was hier al.' Zij gebaarde dat ik die zakdoek wel mocht houden. 'Ik ben hier al een week of twee. Ik bivakkeer een tijdje bij mijn zuster.'

'U in de stad? Is Modest daar wel van op de hoogte?'

'Ik heb geen contact gezocht.' Zij schudde haar hoofd. 'Nu heb ik spijt natuurlijk. Nu is het te laat. Ik wist niet hoe, begrijp je, na al die tijd. Ik durfde niet goed.'

'Onzin, het zal hem góéd doen u te zien.'

'Denk je?'

'Natuurlijk! In de schaduw van de eeuwigheid oogt alles anders. Kom, loop mee naar boven, dan zoeken wij een prominente plaats voor u in het cortège. Ach, juffrouw Sofja, wat is me dit nou toch een troost, het liefst zou ik u vandaag de hele route naast me houden.'

'Dat is niet waarvoor ik kom.'

Zij greep mijn arm en keek rond.

Het was een drukte van jewelste. Steeds meer particuliere koetsen die onze stoet straks stapvoets hoopten te volgen verzamelden zich op het kruispunt. Onder de koetsiers dreigde handgemeen over de volgorde van vertrek.

'Niet boven,' zei mijn oude gouvernante plots bezorgd. 'Is er een plek waar jij en ik onder vier ogen kunnen praten?'

Het hok van de conciërge, ingebouwd onder de trap. Weinig meer dan een matglazen raam en een sleutelbord. Ik gaf de oude man een roebel om te besteden bij de slijter.

'Wat is er mis?'

'Ik weet het niet.'

Juffrouw Jersjova, nog altijd zo gewend, nam plaats waar zij het meeste licht ving, zodat ik haar kon lezen.

'Laat me je vertellen wat mij overkomen is...' begon zij. 'Mijn zus is in dienst bij Boris Brovtsin. Hij is een familievriend van jouw moeder. Zij heeft mijn zuster die positie bezorgd. Mijnheer Brovtsin is voorzitter...'

'Voorzitter van de Rechtskamer,' vulde ik aan. 'Ja, ik ken hem. Hij was van de week nog hier, een studievriend van Petja.'

'Precies. Een man alleen. Mijn zuster en haar echtgenoot zijn bij hem in betrekking, al sinds jaar en dag. Paar weken terug vroeg hij naar mij.'

'Naar u?'

'Anna had hem over mij verteld en dat ik, nou ja... Zij is altijd voor mij bezig. Ik zeg haar steeds dat dat niet hoeft, dat het mij in verlegenheid brengt, maar zij hoopt nog altijd mij te koppelen.'

'Aan hem?'

'Aan wie dan ook.' Ze lachte ongemakkelijk. 'Zij heeft die fotografie van ons op haar dressoir. Die had ze hem laten zien en du moment dat hij die zag, was hij geïnteresseerd. Die foto waar wij met zijn allen op staan. Weet je niet? In Palavas-les-Flots. Pjotr Iljitsj met Modest en ik met jou op schoot aan tafel. Zo'n heel hete dag. Och Heer, dacht ik meteen, díé foto? Dan kan het alleen maar tegenvallen, die foto is zo oud, daar lijk ik niet meer op. Hoe dan ook, dat was de afbeelding die zij had laten zien. Paar dagen later laat die mijnheer haar weten dat hij mij zo graag eens spreken wil.'

'Juffrouw,' plaagde ik, 'u hebt een aanbidder!'

Zij sloeg haar ogen neer.

'Ik vond dat wel heel vreemd, op een gekke manier vleiend, en ik heb ook echt nog wel geaarzeld, want eerst ziet die man zo'n foto en daarna ziet hij mij! Maar ik heb alleen mijn zus, begrijp je, wij hebben verder geen familie. En het is mij nooit gelukt... nou ja, dat weet je, ik heb nu eenmaal niet de ware kunnen vinden. Anna is mijn alles en wij hadden elkaar al zo heel lang niet gezien. Dit was een gelegenheid... haar werkgever zou mijn reis hierheen vergoeden en mijn moeite ook, schreef zij, royaal.'

Zij raapte haar trots bijeen en sprak zonder verontschuldiging.

'Een vrouw alleen heeft het in dit land niet breed, Kolja. Dit was voor mij een manier om de reis te kunnen maken en mijn zus een keer te zien. Snappen deed ik het niet helemaal, maar ach, kwaad zag ik er ook niet in.'

'Wat wilde hij van u?'

'Als vrouw alleen en op mijn leeftijd. Je hoopt...' Zij bloosde. 'Je weet het niet natuurlijk, je mag nergens op rekenen, maar je hoopt altijd, dus ik – zottin die ik ben – ik had me nog eens extra netjes voor hem aangekleed.' Zij lachte beschaamd. 'Als je voor de rest geen hoop meer hebt, nietwaar, Kolja... Voor iemand zoals ik, wat blijft er dan nog over?'

'Hetzelfde als voor ons allemaal, Sofja Aleksandrovna, helaas.'

'Al na een klein kwartier was het duidelijk dat de interesse van mijn nieuwe aanbidder niet zozeer uitging naar mijn warme persoonlijkheid of mijn voorkomende gemoed.'

'Waarnaar dan wel?'

'Naar jullie.'

'Naar ons?'

'Ik was teleurgesteld natuurlijk, maar niet eens verbaasd. Er wordt mij wel vaker gevraagd naar die paar jaar die ik in het kielzog van Pjotr Iljitsj door mocht brengen. Dat komt weleens ergens ter sprake, een enkele keer ook krijg ik bezoek van iemand van een krant. Het is een afleiding. Dan vragen ze mij of het waar is dat ik de Tsjaikovski's heb gekend en of ik ze alsjeblieft mijn verhaal wil doen.'

'En doet u dat?'

'Wie toont er verder interesse in mijn leven?'

Zij stak haar hand uit en liet haar vingers door mijn haren glijden. Zij glimlachte om een herinnering en streek een lok terug op zijn plek, zoals zij deed wanneer ik met de hond had liggen stoeien of in de tuin had geravot.

'Ik blijf heel discreet, maak je geen zorgen. Het is ook in mijn eigen belang over die tijd mysterie te bewaren. Hoe minder een vrouw prijsgeeft, hoe interessanter zij klinkt. Ik houd de feiten vaag, ook voor mezelf, ik wil er niet in blijven hangen...'

'Dus als ze komen van zo'n krant...'

'Niet zozeer kranten, vooral mensen die zijn muziek bewonderen en graag iets willen weten over de man zelf.'

'Hoeveel vertelt u ze?'

'Ik heb een paar mooie verhalen die ik in zo'n geval opdis, over muziek met name, de eerste opvoeringen die wij bijwoonden, de successen waarvan wij getuigen mochten zijn. Dat is waarbij de mensen wegzwijmelen, en zeg nou zelf, als je het op een rijtje zet: wat een leven hebben wij gehad! Ik vertel iets over de landen die wij hebben gezien, de reizen, ach, er is zoveel moois wat wij met zijn allen hebben meegemaakt en waarover vreemden willen horen. Daar laat ik het bij, dat zweer ik je, niet één keer iets persoonlijks, geen intimiteiten, nooit, geen woord. Normaal nemen mensen daar genoegen mee, maar deze man vroeg dóór.'

'Wat wilde hij dan weten?'

'Of er romantische verbintenissen waren geweest, of ik de broers ooit met geliefden had gezien, heel impertinent. Hij drong aan, eerst nog wel charmant, maar toen ik niet meegaf ietwat dreigend. Zo'n jurist, het leek een kruisverhoor. Intimiderend. Insinuerend. Hij was op schandaal uit, zoveel was duidelijk.'

'En met succes?'

'Waar zie je me voor aan, Kolja?' sprak zij verontwaardigd.

Stof wolkte uit de kieren van de trap. De doodgraver en zijn kraaien daalden af met de kist, hun zware voetstappen de treden doordreunend.

De juffrouw rilde bij het idee dat daar boven onze hoofden Pjotr Iljitsj voor de laatste keer het huis verliet.

'Ik heb die Brovtsin gezegd dat hij zich schamen moest,'

sprak zij. 'Hoe hij het in zijn hoofd haalde mij zulke dingen te vragen.'

'Heel goed.'

'Maar toen pas kwam hij tot de kern.'

'Sommigen van die muziekaanbidders kunnen zo fanatisch zijn!'

'Dat dacht ik eerst ook. Alleen, het ging hem niet om Pjotr Iljitsj.' De juffrouw keek mij aan. 'Hij vroeg naar jou.'

'Naar mij?'

'Naar jou en Modest. Heel expliciet. De dingen die hij wist, die kerel, de dingen die hij suggereerde.'

'Wat dan?'

'Verschrikkelijke dingen die voorgevallen zouden zijn. Tussen jullie. Ik noem ze niet, het is te erg. Dingen. Onbehoorlijk. Tussen Modest en jou toen jij nog klein was.'

'Leugens!'

'Natuurlijk zijn dat leugens.'

'Nóóit is zoiets gebeurd, niets daarvan, helemaal nooit!'

'Ik heb het ook ontkend. Alles heb ik ontkend, glashard, en weer en nog eens, maar dat maakte geen indruk. Hij zei het met zo'n overwicht. En hij gíng maar door, bleef mij het vuur maar aan de schenen leggen.'

Alsof ze de ondervraging opnieuw onderging, kwamen de tranen.

'Ik ken u,' troostte ik. 'U heeft zich vast kranig geweerd.' Sofja Jersjova hervond een kleine glimlach. Zij haalde haar neus op, vroeg haar zakdoek terug en knikte.

'Ik bleef zo sterk als ik kon.'

'Zie je wel,' zei ik. 'Dan hebt u uzelf niets te verwijten.'

Even keek zij mij met grote ogen aan en zij sloeg toen haar blik weer neer. Nerveus draaide zij de zakdoek rond haar vinger.

'Toch wel,' zei ze. 'Er is een brief, Kolja. En daar staan dingen in.'

'Wat voor dingen?'

'Een brief van mij. Aan Anna. Dingen die ik aan mijn zuster heb geschreven. Lang geleden, hoor, heel lang geleden al. Ik had verdriet. Ik schreef haar. Vanuit Italië. Indertijd. Ik schreef haar om mijn hart te luchten.'

'En die kerel had die brief in zijn bezit?'

'Hij legde hem op tafel. Het was mijn handschrift niet, maar dat komt omdat het een kopie is. Het origineel, zei hij, bewaart hij ergens in een kluis.'

'Is dan wat erin staat zo belastend?'

'Alleen voor wie kwaadwillend is. Als je alles verdraait, ja, zoals die kerel deed. Als je opzettelijk extra vuiligheid tussen de regels leest.'

'Wat voor vuiligheid dan, over wie?'

'Zo is het nooit bedoeld geweest, maar wie zal dat geloven? Modest is de zachtste man, de gevoeligste, aardigste man die ik ooit gekend heb. Alleen, alles was zo vers, toen, het deed zo'n pijn, ik was gekwetst. Het was alleen bedoeld voor de ogen van mijn zuster... Aan wie moest ik mijn gevoelens anders schrijven?'

'Waarmee had Modest u dan zo'n pijn gedaan?'

'Met niks.' Zij lachte beschaamd alsof het er allang niet meer toe deed. 'Niet iets wat hij kon helpen. Het is mijn eigen stomme schuld geweest, dat zie ik nu, ik had mij in mijn hoofd gezet... Ik heb nou eenmaal geen ervaring in de liefde. Ik dacht, wij zijn zo bij elkaar altijd. Met jou. Hij en ik en jij. Altijd zo één. Ik ben een dwáás, ik zeg het je, blind ben ik geweest. God, ik ben zo'n hals! In het begin, ik wist niet eens dat mannen... samen... ik wist dat nooit. Hoe moet je zoiets weten? Ik snap het leven niet. Ik ben er niet zo voor geschikt. Ik wist alleen dat er tussen hem en mij iets was. Dit voelde ik en het was wáár: een samenzijn. Ik verzin het niet, het is echt zo geweest. Dat waren mijn mooiste jaren. Onze zorg om jou vereende ons, het geluk dat wij voelden bij elke moeizame stap vooruit. Het bleef al die jaren onderhuids, maar juist daardoor vanzelfsprekend. Hoop die nooit wordt uitgesproken duurt het langst. Maar uiteindelijk, in Rome, herinner je je dat? Na de kerst. Weet je niet meer dat ik onverwacht mijn baan opzegde en vertrok?'

'Natuurlijk herinner ik me dat, ons afscheid kwam zo plotseling.'

'Toen. Eindelijk heb ik het begrepen. Toen pas. En tot die tijd had ik mezelf altijd kunnen wijsmaken dat ik best als anderen kon zijn, dat ik op een dag alsnog een leven zou kunnen hebben zoals zij. Maar in Rome, ineens zag ik het: ik heb mezelf al die jaren maar wat wijsgemaakt! Geen dag kon ik daarna meer blijven. Ik móést weg. Ik ging. Ik miste jou, ik miste hem. In één klap was ik alles kwijt. Ons "gezinnetje" zoals Pjotr Iljitsj dat noemde: voorbij! Ik schreef aan Anna en ik heb mijn hele hart gelucht.'

'Leugens over Modest en mij?'

'Niet over jóú! Kijk me aan, zie je mijn lippen? Niks over jou, Kolja, geen woord. Dat móét je geloven! Jij was mij altijd alles. En over hem... er staat geen leugen bij, alleen... het zijn geen dingen die een mens wil weten. Er is veel onbehoorlijks. Veel wat ik heb gezien. Gehoord. Dingen die ik weet. Jij wist ze ook. Toen al. Zoals die broers Tsjaikovski leefden! Jij hebt te jong te veel gezien. Jij weet die dingen net zo goed.'

'Misschien,' zei ik. 'Maar dan nog, waarom zou u zulke zaken zwart-op-wit zetten?'

'Omdat het voor mij bewíjzen waren. Zijn liederlijkheid was mijn houvast. Omdat het mij vrijpleitte, als vrouw, die schandelijke levensstijl van hem. Die hoerenjongens altijd maar, het soort mannen met wie hij en Pjotr Iljitsj zich omringden! Zo iemand kon ik liefhebben zoveel ik wilde, maar ik zou nooit iets voor hem hebben kunnen betekenen. Niet op de manier die ik gewild had.

Kan je dat begrijpen? Al die vuiligheid op een rij, zo bruusk mogelijk opgeschreven, leverde het onomstotelijk bewijs dat het op geen enkele manier aan mij lag.'

'Was het zo belangrijk om uw zuster daarvan te overtuigen?'

'Mezélf moest ik overtuigen. Om verder te kunnen. Om me niet meer zo te hoeven schamen. Ik schreef alles op en daar lag mijn bewijs: ik schoot niet tekort als vrouw, maar hij als man.'

'Woorden...'

'Woorden,' beaamde zij. 'Daar draait het altijd weer op uit, nietwaar?'

'En die woorden, dat "bewijs", heeft Brovtsin nu in handen.'

'Mijn zwager heeft de brief aan hem verkocht.'

'Maar over mij staat er niets in, zegt u?'

Zij aarzelde.

'Jouw naam wordt niet genoemd.'

'Dus waarom vroeg Brovtsin dan naar mij?'

Zij nam haar zakdoek terug en begon opnieuw te huilen.

'Je moet me geloven, als ik dit allemaal geweten had...'

'Zeg het eens duidelijk,' sprak ik streng, want ik verstond haar niet, zij snoot haar neus, de lap hing voor haar lippen. 'Hebt u iets over Modest en mij gezegd of niet?'

'Ik ben een slecht mens. Het is de wanhoop.'

'Geef antwoord!'

'Een paar zinnen staan erin. Zonder naam of toenaam. Een lelijke opmerking, die als je kwaad wilt...'

'Wat staat er precies?'

'Dat Modest niet geschikt is als opvoeder.'

'Vanwege zijn levensstijl?'

'Dat het niet vertrouwd is, een jong kind in zo'n omgeving. En dan een jongen. In zíjn buurt.'

'Nooit heeft hij mij met een vinger aangeraakt!'

'Ik weet het. Maar ik was ook jaloers. Het valt niet goed te praten, maar zo is het. Ik was jullie allebéí kwijt. In één klap een heel gezin. Of wat het was. Ik had niemand meer en hij had jou. Maar ik dacht ook echt...'

'Nooit ook maar een onvertogen woord, geen blik, niets, geen hand op de verkeerde plek!'

'Jij kwam in de puberteit. Ik dacht echt dat het jou kwaad zou doen. Die wereld waar Modest en Pjotr Iljitsj jou in meesleepten! Die kerels daar in Rome. Jij zag dat allemaal en zo jong als je was... die hele verwijfde kliek, jij wist niet beter, voor jou was dat normaal. Maar dat ís het niet. Dat ís het niet. Mijn zorg om jou was wel degelijk oprecht, ik was altijd bang dat zij jou zouden corrumperen.'

'En dat staat op papier?'

'Dat ik vréésde dat zoiets gebeuren kon. Niet dat het daadwerkelijk was gebeurd. Dat was wat Brovtsin had willen horen, dat ik alsnog een beschuldiging zou uiten. Een of ander detail, daarop hoopte hij, een vuiligheid die hij gebruiken kon.'

'Waarvoor?'

'Voor zover ik heb begrepen, waren zij een aanklacht aan het voorbereiden.'

'Een aanklacht tegen Modest?'

'Tegen Pjotr Iljitsj. Maar dat ze daarbij niemand zouden sparen werd wel duidelijk.'

'Waarom denkt u dat?' vroeg ik.

'Zo doen ze dat: nooit recht op de man af. Ze infiltreren, ondermijnen de omgeving, proberen vrienden of familie mee te krijgen. Zo werken ze.'

Hier werden wij gestoord door de conciërge. Hij had zijn hok weer nodig.

Wij stonden op en namen afscheid. De juffrouw aarzelde of ze mij nu een kus moest geven of een hand. Ze durfde het geen van beide.

Petja's kist stond in de hal.

De kraaien hingen eromheen. Met hun hogehoed onder de arm leunden ze tegen de muur, pruimend op een laatste pluk tabak. Ontspannen stonden ze erbij, gewend aan wachten op de eeuwigheid.

'Wie?' vroeg ik nog. 'Zij werken door te infiltreren en te ondermijnen, zei u. Wie zijn dat, wie werken zo?'

Sofja Jersjova hield even bij het lichaam stil en sloeg een kruis.

'De geheime genootschappen,' antwoordde zij.

# 24

## NOTITIES VAN MODEST [UIT: CAHIER XIII – 1887]

*Bordzjomi, Georgië*
*8 juli 1887*

Zijn eerste glas drinkt hij nu tegen een uur of vier en daarna valt hij niet meer droog. Georgiërs beginnen zelf zodra ze opstaan, dus die kijken nergens van op.

'Zonder dat gif, hoe moet een man als ik de dag doorkomen?'

Decorum verliest Petja goddank niet, alleen bewustzijn. Midden in een zin vallen zijn ogen toe.

De zwavel, het bronwater, de ijle luchten van de Kaukasus, ze doen hem goed, maar niet in de mate die wij hadden gehoopt. Eind van de dag helpen wij hem de trap op naar zijn kamer, Kolja aan de ene kant, ik aan de andere.

Op zulke momenten mis je Sofronov! God, geef die stakker spoedig herstel van zijn huwelijksdebacle, want mijn broer heeft hem hier nodig. Weer een bovenste beste wiens wens te worden zoals iedereen hem haast fataal geworden is. Het is dat zijn meisje zich voor het altaar nog bedacht, anders had hij dezelfde stommiteit begaan als ooit zijn meester. Die verdomde angst voor de

Siberische kampen! Het drijft zo veel mensen bij hun lot vandaan!

Petja met vereende krachten uitgekleed en in bad gedaan. Of ik het niet erg vind om een nacht alleen te liggen, komt Kolja nu vragen. Hij heeft onze bacchant afgedroogd en tussen de lakens gekregen, maar blijft voor de zekerheid liever bij hem.

*9 juli 1887*

Voor tienen kwamen ze niet beneden. Geen van beiden.

Tijd gedood met bladeren door Petja's laatste werk. Dat schijnt onder de drank allerminst te lijden. Maar liefst drie stukken heeft hij onder handen: een strijksextet in vier bewegingen (invallen opgetekend in Florence), Mozartvariaties, nagenoeg af, en ook nog een koorstuk voor de universiteit van Moskou, volledig a capella, getiteld *Wie lacht is gezegend*!

En zo olijk kwamen ze de salon ook binnen, Kolja en hij, giebelend als twee studentjes na een avond uit, koffiemok in de ene hand en in de andere een homp pruimencake.

Het park dat groothertog Michaël hier liet aanleggen, is een Russisch Vichy met al die paviljoenen en paleizen. Wij tapten een paar flessen bij de Catharinabron, lieten ze op ijs zetten en hebben een duik genomen in het warme mineraalwater. Die natuurlijke kooldioxide kriebelt onbehoorlijk. Het is als baden in champagne.

Petja vraagt om meer toekomstige projecten, dus ik begon over *Pique Dame*, dat ik voor Klenovski schrijf. Weer zo'n project dat in de la gaat belanden, want alles wijst erop dat hij zal afhaken.

'Is het in dat geval niet iets voor jou?' vroeg ik omdat ik er al zoveel werk in heb zitten. 'Een casino, een bal, een nachtscène met spookverschijning?'

'Welnee, Modest,' onderbrak Kolja. Nog vrolijk van hun nachtje samen sloeg hij met vlakke hand op het badwater, speels, zodat het mij in het gezicht spatte. 'Jouw broer zoekt passie, iets wat meer verheven is.'

'Wat een dramaturgische expertise,' spotte ik. 'Waar heb je die ineens opgedaan?'

'Aan jouw arm,' riposteerde het bijdehandje. 'Jij sleept mij niet voor niets al twaalf jaar mee naar het theater.'

Een vrucht dus van mijn opvoeding, zijn inmenging. Ik zou er trots op moeten zijn.

'Ik zoek heftiger emotie,' viel Petja hem bij. 'Klopt. De ironie, die maatschappijkritiek van Poesjkin... Mij doet zo'n plot niets, afstandelijk, rationeel, mij zou het hooguit tot iets middelmatigs inspireren.'

'*Koopman van Venetië*, de opera,' deed Kolja als duit in het zakje. 'Ooit overwogen?'

En Petja ging daar nog serieus op in ook, alsof mijn idee al van de baan was.

Ik dook onder water, waar hun stemmen verstomden. Hun lijven, zag ik, waren volledig overdekt met bubbeltjes.

## In de middag

'Het verschaft me inzicht,' zei Petja. Wij zaten aan de lunch en hadden al een fles soldaat gemaakt. 'Na een paar glazen begrijp ik veel meer dan ik kan begrijpen zonder.'

'Inzicht waarin?'

'Mensen. De dingen die ze doen. Hoe het kan bestaan dat levende wezens elkaar kwetsen.'

'Ah, als we dat konden doorgronden...'

'Ik moet me van ze losmaken, goedschiks of kwaadschiks, al was het maar om hoop te houden.'

'Hoop haal jij uit je muziek.'

'Misschien, maar waar haal ik de moed vandaan? De durf om te scheppen, iets uit niets te maken... Elk jaar wordt dat lastiger. Al die slechte energie, dat oordelen van iedereen. Na verloop van leven doen mensen meer pijn.'

'Doe voor-ziech-tiek met Pé-tia!' imiteerde ik de tongval van onze oude kinderjuf. 'Mademoiselle Fanny waarschuwde de kinderen die bij ons kwamen spelen: "Doen jullie voorzichtig met Pétia", zei ze. Pé-t-ia, zo met dat Frans van d'r. "Wees zacht met hem. Die Pétia, dat is een kind van glas.'

'En nu van een paar glazen meer.'

Mijn broer bestelde lachend nog eens bij.

'Het is een ziekte, die overgevoeligheid van me. Dat had Fanny Durbach scherp gezien. En zoals iedere zieke word ik met het jaar zwakker terwijl de kwaal aan kracht wint. Mijn glas is allang gebarsten. Ik sta onbeschermd en zoek een andere stolp om onder weg te kruipen.' Hij hief zijn wijnglas op om te proosten. 'Natuurlijk is dit gif, Modja, maar gif kan – in de juiste dosis – ook genezen...'

Hier brak Kolja opnieuw dwars door ons gesprek, alsof hij niet zag dat onze lippen bewogen. Zijn botheid steekt me. Het aanstormen. Misschien au fond het hele blinde enthousiasme van de jeugd.

'Zo onbegrijpelijk is Shylock toch niet? Niet voor ons,' begon de jongen weer te ratelen over *De koopman*. 'Een daad als de zijne, is dat niet iets waartoe iemand die nagewezen wordt kan worden gedreven? Als je een mens maar lang genoeg buitensluit. Brandmerkt. Uitlacht.'

'Kan wezen,' zei ik kortaf, 'maar in het theater moet de protagonist de sympathie van het publiek hebben.'

'Dat heeft Shakespeare niet tegengehouden.'

'Shakespeare schreef niet voor het Mariinski. Bij ons moeten de mensen in de zaal de drijfveren van personages kunnen navoelen. Het zijn kleinburgers. Zij moeten zich kunnen voorstellen dat het over hen gaat. Dat lukt je met Shylock nooit.'

'Het geweld dat hem wordt aangedaan, dat hij zichzelf moet aandoen...' Hij hield maar vol. 'Herken jij daar jezelf dan niet in, Petja? Wou jij zeggen dat jij, als het lot jou die kans in de schoot wierp, geen wraak zou nemen voor het dedain waarmee de wereld ons bejegent?'

In Kolja's onstuimigheid herken ik mijzelf op die leeftijd. Is dit hoe een vader zich terugziet in een zoon? Het jeugdig enthousiasme waarmee ik indertijd zijn opvoeding aanging... De blinde overmoed waarmee ik die op mij nam. Het elan dat eraan is verbruikt. Zelfs de toon waarop ik vroeger zelf fulmineerde. De drang die uit ideeën sprak, onstuimigheid, alle verwachting van het leven.

En heel even verweet ik Kolja alles wat ik niet geworden ben.

Zou een ouder zoiets niet eens voelen, al is het maar heel even, spijt om het niet gekozen pad?

Hij zag mij somberen, stak zijn hand uit en haalde zijn vingers door mijn haren. Alsof het mijn gedachten waren gooide hij ze los.

'Ach jij,' lachte hij. 'Jij moet ook je scheiding niet zo in het midden dragen!'

Ik schrok.

Ik sloeg hem weg, die hand. Dit was het tegenovergestelde van wat ik had gewild.

'Je ziet toch dat je stoort?' zei ik onhandig. 'Ik ben nu even met Petja in gesprek.'

Wat mij betreft had de jongen nog eens door mijn haar geragd en weer. Maar hij stond op, gekrenkt, vuisten rond de leuning van zijn stoel gebald.

'Het zou goed zijn,' sprak hij ingehouden, 'als jij voor ogen houdt, Modest, dat ík hier alles betaal. Jouw reizen betaal ik, je eten, je kleding en je onderdak. Het komt allemaal uit de opbrengst van Grankino, jouw zakgeld, de pourboires, alle fooien die jij rondstrooit om de grote heer mee uit te hangen.'

Ik knikte, want spreken lukte niet.

'Ik ben graag in jouw gezelschap,' ging hij verder. 'Dankbaar ben ik jou voor alles wat jij voor mij hebt gedaan, maar in ruil daarvoor ontvang je ook een toelage. Tweeduizend roebel per jaar betaal ik jou.'

Zijn knokkels werden wit, zo spande hij zich in om moed te vinden.

'Besef in ruil daarvoor één ding heel goed: ik ben négentien jaar oud. De tijd dat jij mij van tafel kon sturen is voorbij.'

# 25

De stoet kwam moeizaam in beweging. Over de volle lengte van de straat het driftig, zwepend mennen van koetsiers. Zij spoorden hun span aan en moesten het dan enkele meters verder in het gedrang alweer bedwingen. Zaalwachters en toneelmeesters van de keizerlijke schouwburgen, vandaag aangesteld om iedereen zijn plaats in het cortège te wijzen, renden af en aan. Decorbouwers en costumières, iedereen hielp mee.

De tsaar had vijfduizend roebel geschonken en de volledige verantwoordelijkheid voor de rouwstoet gelegd bij Vladimir Pogozjev, administratief directeur van de theaters. Om alles te kunnen overzien moest de arme kerel op een servieskist staan, die Aljosja in de haast had aangedragen. Hij had veel vertoningen geproduceerd, maar nooit een met zoveel figuranten, om over het aantal toeschouwers nog maar te zwijgen.

Honderden aanvragen voor deelname waren afgewezen, toch liepen er nog altijd meer dan honderd delegaties achter de kist. De opera- en balletgezelschappen van zowel Sint-Petersburg als van Moskou waren voltallig aanwezig, evenals het Keizerlijk Muziekgezelschap. Conservatoria, universiteiten en andere onderwijsinstellingen hadden hoogwaardigheidsbekleders gestuurd en zoveel Russische steden zonden vertegenwoordigers dat een beperking tot vijftien per district moest worden opgelegd. Daarnaast waren er vooraanstaande families die hun plek opeisten en particulieren die om emotionele, politieke of zakelijke redenen deelname verdienden. Bij elkaar volgden enkele duizenden deelnemers Tsjaikovski's lichaam, een processie van ruim anderhalve kilometer. Reken hierbij de militaire regimenten en hun erehagen onderweg en dan nog de tsaar, zijn familie en de hofhouding, die samen met de afgezanten van de heilige kerk het lichaam opwachtten in de kathedraal.

Zelfs de monumentale begrafenissen van Toergenjev en Dostojevski hebben zo'n diepgevoelde nationale rouw niet losgemaakt. Indrukwekkender afscheid viel geen zoon van Rusland ooit ten deel.

Pjotr Iljitsj lag hoog op een open lijkkoets onder een baldakijn met zes zware kwasten, ieder gedragen door een eerstejaarsstudent aan zijn alma mater, de School voor Jurisprudentie.

Hij werd gevolgd door zijn directe familie. Daarachter, op de plek die hun volgens de erecode der studenten toekwam, zijn jaargenoten, de club zoals die aan huis verschenen was: Gerke en Toertsjaninov, Schreiber, Belostotski en Mordvinov nu met hun echtgenoten, vrijgezellen Boris Brovtsin en Vladimir Gerard in hun eentje.

Hierachter kwamen Sofronov en ik.

Alleen de komst van de Jakobi's gaf onenigheid. Het echtpaar kwam verhit aanrennen, maar toen zij tussen de studievrienden wilden plaatsnemen, bleek hun naam niet voor te komen op Pogozjevs gastenlijst.

'Zie je nou!' las ik van mevrouw Jakobi's lippen. Zij hield haar ogen neergeslagen alsof zij door de grond had willen zakken. 'Ze hebben ons geschrapt. Het komt ook niet te pas!'

Zij wist zich niet gewenst en wilde haar man meetrekken, weg van de stoet. Maar hij rukte zich los en ging het gevecht met de organisatie aan, wat een onbetamelijk tumult gaf, zodat de zaak omwille van de lieve vrede werd geschikt en zij zich konden opstellen.

'Waar haalt zo'n vent de gore moed vandaan?' riep Sofronov.

Op een signaal van Pogozjev, die met een zwart banier vooropging, zetten wij ons eindelijk in beweging, richting Bolsjaja Morskajastraat. Toen wij daar de hoek omsloegen, gebeurde iets zonderlings.

Jakobi keek om.

Hij kneep zijn ogen samen om mij te kunnen zien, knikte naar mij vol begrip en mededogen, dit alles zonder uit de pas te raken. Tot zover alles goed en wel, maar wij waren nog geen half blok huizen verder toen hij zijn vrouw aan haar arm trok en haar iets in het oor fluisterde. Hierop draaide ook zij haar hoofd en keek naar mij. Vluchtig. Geschrokken, leek het. Of nee, betrapt. En direct keek zij verder alsof zij mij niet zocht, maar iets of iemand achter mij.

Wij kenden elkaar niet. Ik wist over haar niet meer dan wat haar man mij en passant had toevertrouwd; dat zij een zwaar verlies te dragen had. Misschien herkende zij juist dit in ons, dacht ik later, en was haar reactie daarom zo extreem.

Zodra zij mij gezien had namelijk, beet zij haar echtgenoot iets toe, geëmotioneerd en boos. Hij praatte op haar in, maar zij hield stand. Onwillig schudde zij haar hoofd. Na een verder twistgesprek, alles voortschrijdend onder een mantel van waardig treuren, zag ik haar schokschouderen. Zij verborg haar gelaat achter haar mof alsof zij niet wilde dat de mensen langs de kant haar zagen huilen. Zodra Jakobi zijn vrouw bij de arm nam en tot kalmte maande, ging het mis.

Zij rukte zich los.

Niets wilde zij met hem te maken hebben.

Hij klauwde daarom opnieuw, nu steviger, en hield haar in zijn greep. Zij trachtte zich aan hem te ontworstelen, maar hij was sterker en deed haar pijn. Van de weeromstuit hield zij stil, zodat Gerke, die achter hen liep, tegen haar op botste en een ander snel een stap opzij moest doen. Jakobi trok haar mee en dwong haar met geweld terug in het gareel.

'Laat mij erbuiten,' waren de woorden die ik van haar mond kon vangen. En even later: 'Mij kan je meesleuren, maar niet mijn ziel!'

De volgende vijftig meter liep Jelizaveta Jakobi naast haar man, gedwee. Het zag ernaar uit dat het echtpaar de onenigheid beslecht had. Maar toen wij bij de brug over de Mojka allemaal links afsloegen, zag zij haar kans schoon en liep straal rechtdoor.

Een stap of tien schreed zij nog in de pas van het cortège, daarna koerste zij in de richting van Nieuw-Holland, hollend ineens, als vreesde zij dat Jakobi haar achterna zou komen.

Hij keek waar zij zo snel gebleven was, maar was te kippig. Hij riep haar nog, maar kon voor zijn fatsoen zijn plaats in de lijkstoet niet verlaten, dus – blik vooruit – marcheerde hij verder alsof dit allemaal normaal was.

Op de hoek van het kanaal hield mevrouw Jakobi in en keek van veilige afstand hoe wij stilhielden bij het Mariinski voor alweer een requiem.

De zachtgroene façade van het theater, waar Petja zoveel triomfen vierde, was met rouwdoeken behangen. Alle pilaren had men omwonden met zwarte zijde. In de nissen stonden lelievazen en voor ieder raam hing een rouwkrans.

Terwijl anderen naar de sprekers en zangers luisterden, dacht ik aan de dag waarop Petja mij hier aan de hand binnenvoerde bij een van zijn repetities. Het orkest moet van mijn komst op de hoogte zijn geweest, want toen Tsjaikovski halverwege aftikte, de lege zaal in tuurde en mij, doof kind, naar voren wenkte, keek geen van de muzikanten daarvan op.

'Elke dag weer moeten wij, zoals wij hier zitten allemaal, vechten om gehoord te worden,' sprak hij, terwijl hij mij met uitgestoken hand op het podium trok. 'Hoe het ín ons is, zal een ander nooit verstaan, maar wij blijven het proberen, nietwaar Kolja, met elk woord en elke klank opnieuw.'

Hij vroeg mij om tussen de spelende musici te lopen. Te zien bij welk instrument ik iets ervoer, waar ik mij het prettigst voelde of in welke secties misschien juist helemaal niet. Ik voelde mij opgelaten, maar ieder had zijn werk en concentreerde zich op zijn partij. Ik liep een muziekstandaard omver en ontweek ternauwernood de ellebogen van de strijkers, maar ik begreep dat hier een taal te leren viel.

Speels probeerden muzikanten, die er plezier in kregen, mij voor de trilling van hun instrument te winnen. Violen ervoer ik beter pizzicato dan gestreken, ontdekten we, het getokkel op de snaren gaf een tinteling tussen mijn schouderbladen; hoorns kietelden mijn middenrif, een beetje zoals lachen. De tuba leek mij in mijn maag te porren, de harp doorwoei kriebelend de krullen in mijn nek. Al deze instrumenten, zelfs tezamen, leverden ongelijke strijd tegen de cimbalen. Die hadden mijn hersenpan niet raker kunnen binnendringen als mijn neus ertussen had gezeten.

Sinds die dag zat ik in het Mariinski bij de uitvoeringen van Petja's werken op de eerste rij, een vaste plek dicht bij de orkestbak. Soms schoof ik, zodra het zaallicht doofde, ook letterlijk ertegenaan.

Geen idee hoe mijn 'horen' zich verhoudt tot dat van horenden, maar ik ervóér. Niet alleen vibratie vang ik op, maar ook passie, ritme flakkerend als vlammen, de stuwing achter de muziek, en tastbaarder, een dwang, misschien de noodzaak zelfs die Petja voelde toen hij zijn noten schreef. Het vervlechten en vermengen van de trilling van instrumenten kan me verrukken. Ik merk momenten van extase, jubelend, maar ook eenzaamheid, wanneer een sectie wegsterft, verlies. Het slot raakt mij het machtigst. Vaak is er dan één vervaarlijk deel waarin alles minutenlang lijkt aan te zwellen: de grond rilt, alsof ik op een pier in zee sta met blote voeten op basalten golfbrekers. Dan waait het gevaar over en sterft weg zoals een storm gaat liggen en blijf ik achter in een lenteregen van laatste, losse, rondspattende noten.

Na een jaar of twee herhaalden wij dit experiment. Bij Ingram's in Londen had Petja een ballon besteld van gegalvaniseerd rubber, soepel en verend als een varkensblaas. De lucht binnenin vergroot de golven van het geluid. Met mijn voorhoofd tegen de ballon gedrukt kon ik instrumenten nauwkeuriger ervaren. Voor het eerst ving ik ook van hogere tonen resonans. Dit bleek helaas uiteindelijk een nadeel, want bij samenspel kon ik geen instrument meer onderscheiden en ging alles onder in een brij.

Zodra de rouwstoet zijn tocht over het theaterplein vervolgde, verliet ik de plaats die mij was toegewezen en nam die naast Jakobi in, de plek die door de vlucht van zijn echtgenote vrijgekomen was.

'Deze sectie,' zei Jakobi zonder op of om te kijken, 'is voorbehouden aan de School voor Jurisprudentie.'

'Direct achter de familie.'

'Mét hen.' Hij knikte. 'Met de familie samen. Verenigd in verdriet.'

'En naast de kist een erewacht... uw school heeft Pjotr Iljitsj helemaal omsingeld.'

'Bij leven bieden wij bescherming, ja, dit hebben wij elkaar lang geleden zo bezworen, bescherming en verdediging tot aan het graf. Daar zijn wij naar op weg, dus als u het niet erg vindt...'

'En die bescherming van jaargenoten, strekt die zich uit tot het vergaren van belastend materiaal over elkaars familie?'

Hij was stil en dacht na.

'U bent een van die mensen die gekant zijn tegen het studentenleven, nietwaar?' Jakobi keek terzijde. 'Zulke lui, is mijn ervaring, voelen zich buitengesloten. Ondervinden zij in hun leven of carrière tegenslag, dan schuiven zij de schuld af op een of ander netwerk, iets ongrijpbaars waar zij buiten vallen. U bent nooit schoolgegaan, is het wel mijnheer Konradi?'

'Modest heeft mij gevormd. Dat weet u donders goed.'

'"Gevormd".' Jakobi lachte dubbelzinnig. 'Treffend geformuleerd. Gevormd naar zijn eigen aard, durf ik te stellen.'

In iedere andere situatie zou ik de jurist bij zijn revers hebben gegrepen.

'De brieven,' beet ik hem toe. 'Ik wil weten waar ze zijn.'

'Om welke brieven gaat het?' vroeg hij zakelijk als was ik een cliënt aan zijn kantoor.

'De brief van Stenbok-Fermor waarmee u Petja chanteerde, en de andere van juffrouw Jersjova, die door jullie is ontvreemd.'

Hij schudde zijn hoofd.

'Zulke brieven bestaan niet.'

'U heeft de ene in uw bezit, Brovtsin de andere.'

'Ik zeg u, die brieven zijn er niet. En zo'n beschuldiging...'

'Of wilt u beweren dat het toeval is dat ze allebei in handen van Petja's jaargenoten vielen: twee brieven, de ene belastert hem, de andere zijn broer.'

Jakobi keek om zich heen.

'Toen Modest u het gebruik van woorden bijbracht, heeft hij u hopelijk ook geleerd om ze voorzichtig te gebruiken.'

Langs de kant stonden de mensen nog altijd rijendik. Als de kist voorbijkwam sloegen zij een kruis, vrijwel synchroon. De een na de ander boog het hoofd voor Pjotr Iljitsj, één groot corps de ballet, golvend hun beweging, als de zwanen langs het meer.

'Voor elkaar opkomen...' sprak Jakobi. 'Vrienden die als het erop aankomt er volledig voor elkaar zijn... Het concept is u geloof ik werkelijk vreemd.' Spijtig schudde hij zijn hoofd. 'U in uw stilte, door uw gebrek van de wereld afgesneden, u zo eenzaam, u kunt niet begrijpen wat het is, een dergelijke broederschap.' De gedachte emotioneerde hem. Hij had even nodig om zich te hernemen. 'Te voelen en te ademen als één lichaam, denken en opereren als één brein, met één hart er voor elkaar te zijn. Altijd en onvoorwaardelijk. Mannen die ieder een eigen leven hebben opgebouwd, maar bereid zijn het ondergeschikt te maken aan dat van de anderen wanneer de situatie daarom vraagt. Dát is wat het betekent jaargenoot te zijn, mijnheer, en zich te geven voor de rest.'

Nu huilde hij, zoals gebeurt achter een kist, en steunde even op mijn arm. Het leek of hij niet verder kon en uit de stoet moest stappen. Hij zocht een zakdoek, depte er zijn wangen mee. Hij snoot zijn neus.

'U weet niet waar u het over heeft,' ging hij verder, wijzend op de lijkkoets. 'De Pjotr Iljitsj die daar gaat, ónze Pjotr Iljitsj, hij was de beste van ons allemaal. De sterkste van ons jaar. U heeft geen idee hoe hij voor ons gevochten heeft. En wij op onze beurt voor hem, dat mag ook een keer gezegd. De offers die er zijn gebracht... En dan ons beschuldigen, óns! U zou zich moeten schamen! U denkt dat u iets weet, maar u weet niets! U heeft geen idee wat zulke vriendschap inhoudt, hoever die is bereid te gaan, een broederschap zoals de onze, hoe die het uiterste van iemand vergt. U roept maar wat uit onwetendheid. Ik zou het u kwalijk moeten nemen, maar ik kan het gewoon niet. Ik kán het niet. Mijn medelijden is te groot.'

'Misschien kunt u mij dan helpen,' zei ik kalm, 'zulke hartsvriendschappen beter te begrijpen. Om te beginnen door mij uit te leggen waarom u belastende brieven over een van u in handen probeert te krijgen.'

'Die brieven?' Hij keek mij aan alsof mijn vraag de zaak had opgehelderd. 'Maar dat spreekt dan toch vanzelf?'

'Dus u geeft toe dat u ze heeft.'

'Integendeel.' Hij lachte even plotseling als hij daarnet moest huilen. 'Ziet u nou hoe erg u ernaast zit! Als ze al ooit hebben bestaan, die brieven, dan bestaan zij in elk geval vandaag de dag niet meer.'

'Heeft u ze vernietigd?'

'Denk nou eens na, mijnheer Konradi! Stel dat zulke brieven zouden zijn geschreven – stel! – stel dat ooit iets zou zijn opgedoken wat een van ons in gevaar zou brengen, informatie die hem met zekerheid zou veroordelen de rest van zijn leven te slijten in een strafkamp in Siberië... Kent u die kampen? Zouden dan zijn vrienden, zij die ondanks alles van hem houden zoals hij is, zouden zij niet ieder bewijs tegen hem willen verzamelen en doen verdwijnen zodat het niet in verkeerde handen valt?'

'En daar hebt u voor gezorgd?'

'Dit is wat het betekent,' sprak Jakobi plechtig, 'wanneer jongemannen elkaar een heilige eed zweren.'

'En Pjotr Iljitsj wist hiervan?'

'Hij was vooral bang dat zijn onvoorzichtigheid Modest in gevaar kon brengen. Hij vreesde voor diens reputatie en veiligheid, zelfs voor de uwe, maar ik kan u verzekeren: Tsjaikovski is gestorven in de wetenschap dat niets van al dat lelijks hem ook maar een dag zou overleven.'

De lijkkoets was de Nevski Prospekt op gedraaid. Het was iets voor twaalven, wij naderden de kathedraal van Onze-Lieve-Vrouwe van Kazan, waar voor het eerst een requiemmis zou worden gehouden voor iemand die niet van keizerlijken bloede was.

Het gebouw bood plaats aan zesduizend zielen, maar zestígduizend hadden toegang gevraagd. Uiteindelijk, na het verwijderen van kaarsenstandaards en meubilair, mochten er vandaag achtduizend naar binnen.

'En mevrouw Jakobi?' vroeg ik, terwijl de kist de trap op werd gedragen. 'Neemt zij u uw bescherming van de Tsjaikovski's wel in dank af?'

Jakobi kneep zijn ogen samen zoals ik hem eerder had zien doen, plots op zijn hoede. Ik moest denken aan hoe Varlamov verandert als hij in of uit zijn rol stapt.

'Waarom vraagt u dat?'

'Zij leek er ongelukkig mee, zojuist, naast u te lopen.'

'In aanwezigheid van het eeuwige te zijn, zij kan er niet meer tegen.' Zijn gezicht vertrok van pijn. 'Niet sinds het verlies van onze jongste. "Gá jij maar," heb ik gezegd. "Toe maar, ga naar huis. Waarom jezelf kwellen?"'

'Zo zag het er niet uit. Het leek eerder alsof uw vrouw zich ergens voor schaamde.'

'Dat hebt u goed gezien. Die schaamte van haar... Een moeder wie het niet gelukt is haar kind in leven te houden. Jelizaveta Karlovna is ervan overtuigd dat zij als vrouw gefaald heeft. Wat ik ook zeg, zij gelooft dat het aan háár ligt. En onder druk van alle rouw, de tastbaarheid van collectieve emoties... Alles komt weer boven.'

'Natuurlijk.' Ik knikte vol begrip.

Ik volgde Modest en de anderen achter de kist, maar zodra zij de kerk in liepen, maakte ik volte-face. Ik haastte me de trap af, huurde een paard en reed in volle vaart naar het huis van de Jakobi's.

# 26

## NOTITIES VAN MODEST
## [UIT: CAHIER XVI – 1890]

*Tiflis, Georgië*
*22 oktober 1890*

Ik wist het, ik had die hele reis hierheen niet moeten ondernemen. Kolja wil met mijn broer alleen zijn. Ik weet het. Dat wilden ze allebei en ik zou ze dat ook moeten gunnen, maar ik ben ook maar wie ik ben, en thuis komen de muren op me af.

Het is vooral dat ik het niet begrijp. Niet goed. Niet echt. Niet na al die jaren alles samen.

In elk geval had ik moeten laten weten dat ik in aantocht was, dat snap ik best. Drie keer ben ik onderweg ook nog gaan zitten om ze te schrijven. En drie keer ben ik gestopt uit angst voor het antwoord dat daarop zou komen.

Dat het leuker zou zijn om ze te verrassen, heb ik mezelf wijsgemaakt. Nou, toen ik vanochtend voor hun neus stond, keken zij als de ouders van Doornroosje naar Carabosse.

Wat schelen zou: als Kolja er met een wildvreemde tussenuit was geknepen in plaats van met mijn eigen broer. Opzijgeschoven door de een had ik kunnen schuilen bij de ander in plaats van, zoals nu, jaloers te moeten zijn op allebei.

Het is tenslotte niet alsof er, nadat ik me anderhalf decennium voor die jongen opgeofferd heb, in mijn leven nog veel ruimte is voor andere vriendschap.

Ik hoor mezelf, vervloekt: zo'n ouwe moeke die verdomt onder ogen te zien dat haar enig kind haar is ontgroeid. En toch is het zo: de liefdes die ik voor dat jong heb laten lopen, de relaties die ik in de kiem smoorde om mij met hart en ziel op zijn ontwikkeling te kunnen richten!

Onaangekondigd stapte ik vanmiddag binnen, beide armen uitgestrekt: kijk mij eens!

Michail Michajlovitsj Ippolitov-Ivanov en zijn vrouw veerden van harte overeind en lieten onmiddellijk mijn oude kamer in gereedheid brengen. Zowel mijn broer als Kolja heeft mij omhelsd, blij dat ons driemanschap herenigd is. En toch...

Ik houd mezelf voor dat ik het me verbeeld. Dat het mijn éigen twijfel is. Mijn eigen wantrouwen. Maar liefst was ik na het zien van hun reactie als maestro Cecchetti in zijn rol van boze fee in een wolk van zwavel wervelend door een valluik in de grond gezakt.

## *23 oktober 1890*

Ochtendwandeling met Kolja door de botanische tuinen. Gelachen, alles zoals vroeger. Blaadjes geplukt voor zijn herbarium. Halverwege de kloof had zich een groep kameelmenners verzameld. Zij verhandelden zijde, meegebracht uit Rajasthan. Stof voor wel drie kamerjassen aangeschaft.

In het theepaviljoen, bij een versnapering, trok ik de stoute schoenen aan en ik heb de jongen over Alina Ivanovna verteld. Hoe zij in Sint-Petersburg is opgedoken. Dat zij ineens op de Fontanka voor de deur stond, afgelopen week. Hij moet het tóch weten. Hoe zijn moeder na jaren niet naar hem te hebben omgekeken, ineens op hoge poten binnenstormde alsof het háár huis was. De ene kamer na de andere liep zij in en als ik haar de toegang probeerde te beletten, sneerde zij dat ik nooit moet vergeten dat ik enkel maar in loondienst ben, en duwde mij opzij. Dat haar jongen niet in de stad was, leek haar niet te deren, zij kwam enkel voor de meubels. Links en rechts koos zij de fijnste uit voor eigen gebruik.

'Komt ze bij ons wonen?'

'Godbewaarme! Nee, maar wel vlákbij: zij heeft een huis gekocht op het Vasiljevski-eiland.'

'Dan kan ze elk uur van de dag langskomen!'

'Tenzij een groep anarchisten de brug opblaast,' zei ik vol goede moed. 'Ik overweeg lid te worden!'

Maar hem was het ernst.

'Zend haar alle meubels waar zij om vraagt.'

'En ingaan tegen je vaders laatste wens? Met haar overspel, de scheiding en alle schandaal heeft je moeder alle bezit en recht verspeeld.'

'Desondanks.' Kolja glunderde. 'Ik schenk ze haar.'

Met haar granieten persoonlijkheid heeft Alina Ivanovna mij altijd minder angst aangejaagd dan met haar aanspraak op Kolja's hart. Een mens wordt nu eenmaal meer bepaald door de liefde die hem is onthouden, dan door de liefde die hij kreeg.

Op de terugweg langs de opera om mijn broer op te halen. Volgende week geven ze daar een groot concert, uitsluitend Petja's werk. Speciaal voor Kolja is *Ouverture 1812* aan het programma toegevoegd.

Paniek tijdens de lunch: mevrouw Von Meck heeft haar toelagen gestaakt. Van de ene dag op de andere een streep door het vaste inkomen waarop wij dertien jaren zo ruim hebben geteerd.

'In godsnaam nou, Petja, kalm!' troostte de jongen. 'Dan trek je toch in bij Modja en mij op de Fontanka?'

De Here zij dank voor Kolja's fortuin!

De vanzelfsprekendheid van zijn aanbod... Hebben we het toch goed gedaan met zijn allen, denk ik dan.

### *24 oktober 1890*

Ik zou me als gast niet zo durven gedragen, maar de Ippolitov-Ivanovs vinden het alleen maar prachtig, dit alledaags tafereel: mijn broer ligt op de grond te dollen met hun aangenomen kind. 'Klontje' noemt hij haar. Hij laat haar vliegen, Tanja, twee jaar oud en onweerstaanbaar. Balanceert haar op zijn knieën, gooit haar in de lucht, vangt haar op. Hij rolt zich met haar in zijn armen op in een van de tapijten en blijft giebelend liggen totdat iemand ze zogenaamd ontdekt en uitrolt. God, die man, wat had ik hem een kind gegund.

En wat een zegen dat ikzelf al die jaren Kolja bij mij had en mocht zien opgroeien. Ook nu zat hij erbij, onverstoorbaar, studerend op Roestaveli.

Kennis is hem een verslaving. De helft van de dingen

waar hij ons mee overlaadt been ik amper bij, de rest vergeet ik weer, maar iedere strofe die hij van de dichter voordraagt drink ik in, elk feit waarmee hij strooit. Over de twaalfde eeuw vertelt hij ons, alles over het Georgisch nationaal epos met zijn ridders en hun pantervel.

Met dat baardje en die knijpbril, lijkt hij de wijze oude man in dit gezelschap. Als ik hem zo zie, mijn jongen, in de weer met taal, en denk aan hoe hij met zijn eerste woorden heeft geworsteld... Nauwelijks nog voor te stellen nu, hoe die hem ooit vijandig waren!

Om Klontje tot knol te dienen, kruipt mijn broer op handen en voeten rond.

Enkel aan die kop van hem zie je zijn jaren, oud ineens. Zijn tanden beginnen uit te vallen, zodat hij lispelt. Zijn haar is nu volledig wit, zijn blik gedoofd, zijn ogen gelig. Zijn zicht verslechtert snel, en ook, lijkt het, zijn geheugen. Gisteren vroeg hij, helemaal verrukt door een paar liederen die zij ten gehore bracht, aan Aleksandra Amfiteatrova wat dat toch voor schitterende cyclus was die zij voor ons vertolkte. Geschokt keek de zangeres van hem naar mij. Het antwoord ontweek ze, want het waren zijn eigen liederen die ze gezongen had.

*25 oktober 1890*

Voor een korte opera zoekt broer een onderwerp. Iets wat, gekoppeld aan een balletfeeërie die hij voor Petipa schrijft, één avond vullen kan. Ik vroeg hem hoe hij, na de slechte ontvangst van onze *Pique Dame,* nog een volgende samenwerking aandurft.

'Precies zoals wij onze vorige aangingen: met volledig

geloof in elkaar, onszelf en ons verhaal. Kunst mag niets of niemand dienen, Modja, laatst van al de critici. Wij moeten scheppen zonder regel of restrictie, puur intuïtief. Precies zoals wij zouden moeten leven.'

### *26 oktober 1890*

Onder een boom voor de moskee van de soennieten hurken schrijvers. De zangen van de muezzin, de drukte voor de karavanserais, niets leidt de geleerden af van studie en geschrift. Langs hun voeten stroomt het stof van de zijderoute als modder van de wasplaats, waar kamelendrijvers hun dieren schoonspoelen, naar de oever van de Mtkvari. Ze hebben een kistje bij zich met gom en ganzenveer, zand, papier en inkt. Af en toe komt iemand langs die een liefdesbrief wil laten schrijven.

'Een onderwerp kiezen en je gevoel volgen.' Petja zweert erbij. 'Dat is de enige manier om ooit iets van belang tot stand te brengen. Geen boodschap, geen premisse, niets. Lak aan de principes van Wagner. Niets doen omwille van oorspronkelijkheid. Gewoon je ogen sluiten en je overgeven aan je hart.'

### *27 oktober 1890*

Geen betere vrijplaats voor de werkelijkheid dan de Orbeliani-zwavelbaden, waar Petja verlichting hoopt te vinden voor zijn maagklachten. Ze zijn gebouwd als de madrassa van Samarkand met Oosterse poorten en donkerblauwe tegels. In het koepeldak zijn kleine sterren uitgespaard. De zon valt daardoorheen. Dunne stralen. IJle zonnestrepen in de mist, brekend op het warme water, scherp schitterend. Op en neer zwommen wij, zij aan zij.

'Ga jij nog op Kolja's aanbod in?' vroeg ik. 'Kom toch fijn bij ons op de Fontanka wonen.'

'Dat samenklitten!' zei mijn broer botweg. 'Waarom ga jij niet op jezelf wonen?'

'Dat huis is groot genoeg,' zei ik verbaasd. 'Wij lopen elkaar niet in de weg.'

'Die jongen is begin twintig. Zelfstandig.' Met een vies gezicht spuugde hij een slok zwavelwater uit. 'Tenminste officieel.'

'Waar zou ik anders heen? Hij en ik, wij zijn al zo lang samen.'

'Zijn handicap is overwonnen. Hij heeft jou niet meer nodig. Niet als leraar, niet als mentor.'

Dit overviel me zo dat ik niet een-twee-drie een antwoord had. 'Soms gedijen mensen gewoon beter als ze samen zijn,' zei ik alleen.

'Denk aan jezelf op die leeftijd. Je wilt eropuit, je moet ontdekken. Had jij graag aan iemand vastgezeten?'

'Zolang ik zijn voogd was, zat hij aan mij vast, maar nu allang niet meer. Sinds vorig jaar zoeken wij elkaars nabijheid puur op basis van gelijkheid.'

'Omdat jullie levens in elkaar zijn vastgeraakt.'

'Omdat wij vrienden zijn.'

'Gewenning. Het lijkt verraderlijk veel op tevredenheid maar is het tegenovergestelde.'

'Onzin! Kolja wil het zo. Die jongen is allang vrij man.'

'Nu jij nog.'

Mijn broer schudde zijn haren en hield zijn hoofd schuin om water uit zijn oor te laten lopen.

'Je bent jaloers, Modja, omdat hij de laatste jaren meer

naar mij trekt. Nergens voor nodig. Hij houdt van jou, niet anders dan vroeger, maar die jongen is goddomme volwassen, hij voelt zich verstikt.'

'Zegt hij dat?'

'Verantwoordelijk voelt hij zich. Verplicht vanwege het ongelooflijke wat jij voor hem gedaan hebt, jouw onvoorstelbare opoffering, om alles wat jij voor hem hebt betekend. "Maar bij wie moet Modja anders wonen?" zei hij. Bijna letterlijk jouw woorden. "Als ik zijn dienstverband beëindig, waar moet hij dan heen?"'

'"Dienstverband"? Is dat het woord dat hij gebruikte?'

'Begrijp je wat ik zeg? Liefde moet je niet overvragen.'

Wij zwommen verder en zwegen. Uiteindelijk trok Petja mij achterover en liet mij drijven op zijn uitgestrekte armen, zoals vroeger: één hand tussen mijn schouderbladen, de andere als steuntje voor mijn onderrug. Zo bewoog hij mij voort over het water. Alsof ik geen gewicht had.

Een tijdlang zag ik alleen de sterren in de koepel. Zij draaiden als het firmament.

'Laat hem los,' fluisterde mijn broer ten slotte. 'Stimuleer hem eropuit te gaan, nachten door te halen, meisjes te versieren, kerels op te pikken, wat hij wil. In godsnaam, Modja, spréken heb je hem geleerd, dankzij jou neemt hij nu aan het leven deel als iedereen. Precies zoals jij altijd voor hem hebt gehoopt. Laat hem vanaf nu zijn eigen fouten maken!'

# 27

'Dat is heel vriendelijk van u,' zei mevrouw Jakobi. 'Maar, zoals u ziet, met mij gaat het goed.'

De huisknecht had mij nog niet aangediend of zij stond van haar naaitafeltje op en begroette mij verbaasd.

'Gelukkig maar,' zei ik, 'want toen ik u zo uit de rouwstoet zag weglopen... U leek overstuur. Ik werd bezorgd.'

'Een flauwte. En die is nu voorbij, mijnheer Konradi... Uw medeleven siert u, maar wij kennen elkaar niet, dus waaraan heb ik uw bezoek te danken?'

'Aan uw man. Hij vertelde mij hoe u overmand raakte door de trieste ambiance.'

'Zei hij dat?'

'Dat de aanblik van ons verdriet de herinnering gewekt heeft aan het uwe.'

'Het mijne?'

'Uw persoonlijk verlies.'

'Heeft hij daarover verteld?' Zij vergat dat zij nog in haar rouwjurk zat ingesnoerd en ademde te hoog, zodat zij een benauwing kreeg en moest gaan zitten. 'Aan ú?'

'Meer dan eens.'

'Ik snap het niet.' Zij sloeg haar ogen neer. 'Een zaak die zo persoonlijk is.'

'Het spijt me, maar zo zei hij het.'

'Mijn man is jurist,' berustte ze. 'Hij zet de gebeurtenissen uit een mensenleven in zoals hem dat in zijn betoog van pas komt. Dit wordt ze zo geleerd.'

'Hij liet het zich ongetwijfeld enkel ontvallen uit bezorgdheid.'

'O vást!' spotte zijn echtgenote bitter.

'Iedere schaamte is misplaatst,' troostte ik. 'Niets natuurlijker dan een pijn als de uwe. Geen moeder mag zich om zoiets een verwijt maken.'

Zij keek mij met grote ogen aan, niet zeker wat zij met mijn bekommernis aan moest.

'Mijn man...' Ik zag de woede op haar tong liggen, maar zij bedwong hem. 'Hij is gewend andermans leven te gebruiken ten bate van zijn eigen zaak. Ik heb geleerd zijn uitspraken in dat licht te zien, ik raad u aan hetzelfde te doen.'

'En toch heeft iets u overstuur gemaakt. U verliet uw plek achter de kist alsof u door Tsjaikovski zelf werd achternagezeten.'

'Ik was er niet op mijn gemak, dat klopt.'

'U vond het niet gepast om daar te zijn.'

'Misschien.'

'Of om precies te zijn: u vindt het een schande dat uw man en zijn vrienden in het cortège meelopen.'

'Hoe weet u dat?'

'Een "affront" noemde u het. En u had het over "doodzonde".'

'Heeft híj u dat gezegd?'

'Ik ving het op.'

'Onmogelijk.'

'Mensen vergeten dat hun mond van veraf valt te lezen.'

'Och ja, uw gebrek,' zei ze.

'Soms biedt het voordeel.'

'U verbergt het ook zo vaardig, het is bijna oneerlijk iedereen daar zo mee te bedotten.'

'Aanvankelijk wilde u helemaal niet naar de uitvaart komen, is het wel? Maar Nikolaj Borisovitsj stond erop dat u mee zou gaan. Voor de vorm. Om de indruk te wekken dat alles is zoals het hoort.'

Haar blik bekoelde. Haar hoge ademhaling bleef.

'U heeft de uitvaart van uw vriend niet verlaten om eens te komen zien hoe ik het maak. Zeg op, waarom bent u hier?'

'Omdat ik datzelfde gevoel deel, dat uw man en zijn vrienden daar niet zouden mogen zijn.'

Even zweeg zij, op haar hoede.

'En waarop baseert u dat?' vroeg ze uiteindelijk.

'Verwarrende berichten. Ik probeer ze samen te voegen en er iets van te begrijpen.'

'U weet dus in feite niets.'

'Integendeel. Ik ben op de hoogte van de ware doodsoorzaak. U kent die ook, nietwaar?' vroeg ik, maar zij reageerde hierop niet. 'Bovendien weet ik van het bestaan van bepaalde brieven. Dat die in bezit zijn of zijn geweest van Pjotr Iljitsj' jaargenoten is mij bekend. En ik weet inmiddels dat uw man daarbij een centrale rol gespeeld heeft.'

'En waarom denkt u dat ik over zulke dingen met u spreken zou?'

'Uw blik. Daarnet in de rouwstoet.'

'Ik was van slag, dat weet u.'

'U keek om.'

'Is dat zo ongewoon?'

'U keek naar mij.'

'Nou en?'

'U had u over laten halen. Andere jaargenoten liepen aan de zijde van hun vrouw in het cortège, het zou gek zijn als u als enige daar wegbleef. Uw man drong erop aan: de schijn moet worden opgehouden, vooral vandaag. Nu de ogen van de wereld op Tsjaikovski zijn gericht, moet alles zo normaal mogelijk ogen. Het stond u tegen, maar u deed het. Heb ik gelijk of niet? Wat ook uw overweging was, zij was niet zo dwingend dat u thuisbleef.'

Zij wendde haar blik af.

Een driespan van de brouwerij trok langs. Jelizaveta keek de paarden na tot ze de straat uit waren.

'Het leven is te hard over mij heen gegaan, mijnheer Konradi,' verzuchtte zij. 'Ik breng niet voor elk gevecht de kracht meer op.'

'Op een gegeven moment maakte uw man u opmerkzaam op mijn aanwezigheid. U keek om en u schrok. Ik was de druppel. Er was iets aan mij wat de doorslag gaf. U kon de schijn ineens niet langer ophouden en besloot uw ziel te redden. Verder meelopen bracht u niet op. U rende weg. Dat was om mij.'

'Toe maar,' spotte zij zonder veel overtuiging. 'U dicht zichzelf nogal wat toe.'

'Sinds ik in Petersburg aankwam, drie dagen geleden, de ochtend van Tsjaikovski's overlijden... Mag ik?' Ik trok mijn jasje uit zonder haar antwoord af te wachten. '...krijg ik van diverse kanten steeds opnieuw het onbehaaglijke gevoel dat ik iets met die zaak te maken heb.'

'Geen wonder, u was een van zijn naaste vrienden.'

Ik pulkte de knoop uit mijn manchet en sloeg het om.

'Allerlei mensen, ook uw man, zinspelen hierop, maar zodra ik wil begrijpen hoe het zit, word ik gewaarschuwd de zaak te laten rusten.'

'Misschien zit daar dan iets in.'

Ik stroopte mijn mouw tot aan de schouder op en wikkelde het verband af dat Sergej Diaghilev had aangelegd. De wond was nog niet dicht, ontstoken vlees, geronnen bloed, de huid rondom nog altijd vurig.

'Dit was een van de waarschuwingen die ik ontving,' zei ik. 'Althans dat vermoed ik.'

Mevrouw Jakobi nam mijn arm zachtjes beet en bestudeerde hem.

'Ze schrikken nergens voor terug,' verzuchtte zij verslagen.

Terwijl Jelizaveta Jakobi naar boven liep om gaas te halen en een schone zwachtel, nam ik plaats aan haar naaitafeltje en bewonderde haar haakwerk.

'Wat een patroon,' zei ik toen zij terugkeerde. 'Dan moet je vaardig zijn, om zoiets aan te durven.'

'Het geeft mij rust.'

Zij opende haar medicijnmandje en bette de zwelling rond de wond met burowwater. De koele aanraking deed goed.

'Je moet je volledig op de steken concentreren,' voegde zij er nog aan toe. 'Zolang ik daarmee bezig ben, heb ik geen tijd voor andere gedachten.'

'Je vergeet je omgeving, ik weet het.' Ik nam het werkje op dat zij had liggen. 'Wat wordt dit, een zijpand?'

'Als u het weten moet, het is de inzet voor een lijfje.' Zij keek verongelijkt. 'Maar u hoeft mij niet naar de mond te praten, door te doen alsof zo'n vrouwelijke bezigheid u interesseert.'

'De Hongaarse techniek heeft mij altijd gefascineerd, vooral het minderen – geen sinecure met driedubbele stokjes zoals hier – en dan toch het graatwerk evenwichtig zien te houden. Dit ís toch Csetneki?'

'Zeker.' Zij lachte zonder haar blik van de wond te halen, waar zij een gaas met trekzalf over aanbracht. 'Al is dit patroontje toevallig dan uit Slowakije. Foei, een man die dit soort dingen weet, wat bent u er voor eentje!' En kennelijk schoot het antwoord haar gelijk te binnen, want zij kleurde rood.

'Mijn moeder had altijd wel een werkje onder handen,' verklaarde ik. 'Dan kon ik bij haar zitten, urenlang. Ik zat en probeerde de naalden te volgen. Het was iets wat wij samen konden doen in plaats van praten. Steken tellen, knopen doorgronden, patronen lezen.'

'En, lukte dat?'

'De draden werden paden, elke lus daarop een stap vooruit. Ik zag ons samen langs die wegen gaan. Mijn moeder, wist ik, kon de wereld weven. Zij bracht hem voort zoals zij mij had voortgebracht. En toch, hoe ver zo'n garenpad ook voerde, al was het tot het einde van de klos, het leidde altijd terug naar haar, en zij... de schikgodin, zij rondde alles veilig af.'

'U hebt gelijk, na een tijd vergeet je je omgeving.' Jelizaveta Jakobi omwikkelde mijn arm met een reep katoen en bond die met een strik. 'En je omgeving vergeet jóú. Mannen letten niet op een vrouw die zit te handwerken... Tenminste, niet een van mijn leeftijd.'

Zij knipte nog wat fnazels van de stof, als was het verband een van haar werkjes.

'In dit stoeltje zat ik,' begon zij te vertellen, 'de laatste keer dat ik Pjotr Tsjaikovski heb gezien. Zelfde stoel waar u nu zit. Mijn vaste plek. Daar zat ik ook die avond. Met mijn naaldwerk. En hier...' Zij opende de aangrenzende deur. 'Hier zaten zij. Een vrouw die handwerkt is dat soort mannen een stuk meubilair.'

'Wanneer was dat?'

Zij keek rond, sloot de deur en nodigde mij uit om tegenover haar plaats te nemen bij de haard. Ik wikkelde mijn mouw af over het verband. Zij hielp mij het manchet weer te bevestigen.

'Vorige week dinsdag. Ze kwamen met zijn allen hier bijeen.'

'Dinsdag vorige week, dat is dus... vijf dagen voor zijn dood.'

'Vijf dagen ja, dat zal. Twee dagen voordat hij...'

'Onwel werd,' vulde ik aan omdat zij aarzelde.

'Twee dagen daarvoor, ja.'

'Tsjaikovski was hier met uw man. En wie nog meer?'

'Hun jaargenoten, zoals u vermoedde. Niet allemaal. Mijn man heeft geprobeerd iedereen bijeen te krijgen, maar een aantal bleek op reis. Uiteindelijk, met Pjotr Iljitsj en mijn man erbij, zaten ze met zijn achten rond de tafel.'

'Achter deze deur?'

'Direct daarachter. Hiernaast, in de studeerkamer van mijn man.'

'En wist u waar het over ging?'

'Eerst niet. Ze komen hier wel vaker. Eén, twee keer in het jaar is ergens zo'n bijeenkomst. Voor de gezelligheid vooral. Dan eten ze gezamenlijk, ze roken en ze drinken. Halen herinneringen op, meer niet. Dat gaat om beurten, nu eens bij de een, dan bij de ander. Dit voorjaar nog waren ze hier. Dat is het enige wat ik gek vond, dat ze zo snel alweer in óns huis samenkwamen en niet, zoals de gewoonte is, eerst bij een van de anderen. Maar mijn man wilde dit zo. De convocatie kwam ook van hem. En er was haast bij.'

'Hij zei niet waarom?'

'Niet tegen mij.'

'U wist niet wat er besproken werd?'

'Niet van tevoren.'

'Wanneer dan wel?'

'Gaandeweg. Iedereen was zo gespannen. Normaal is het heel anders. Als ze bij elkaar zijn, valt alles van ze af, dan worden het weer jongens. Misschien is er eentje ernstig ziek, dacht ik nog, een van de afwezigen. Is er iets met iemand van hun jaar, dan maken ze een fonds en springen met zijn allen bij. Komt een jaargenoot echt in de problemen, dan zorgen ze dat dit afgehandeld wordt zonder dat pers of publiek daar lucht van krijgt. Alles gebeurt achter de schermen, ook justitiële zaken. Is een bepaalde klacht tegen een van hen onverhoopt al bij de rechtbank ingediend, dan grijpen ze in. De zaak wordt herroepen en alles wordt intern geregeld door de jaargenoten onderling, ook disciplinair.'

'Ze leggen elkaar straf op?'

'Indien nodig. En ze zien erop toe dat die wordt uitgevoerd. Alles liever dan dat het in de openbaarheid komt.'

'En dit gebeurt allemaal tijdens avonden zoals u die beschrijft?'

'De meeste rechters erkennen zulk intern recht. Geen wonder, ze komen van diezelfde school en zijn zelf lid van zo'n jaarclub. Zo doen hun oud-studenten dat. Is iemand voor een geheime ereraad van jaargenoten verschenen, dan zal het echte hof zijn zaak zo goed als zeker seponeren. Op deze manier blijft het blazoen van de School voor Jurisprudentie onaangetast.'

'Mij klinkt dat angstaanjagend.'

'Het is verstandig bang te zijn voor elke groep waartoe je niet behoort.'

'Denkt u dat het een van hen kan zijn geweest die mij heeft aangevallen?'

Ik legde mijn hand rond mijn kapotte bovenarm.

'Daar staat tegenover: mijn man en zijn vrienden doen ook erg veel goed. Liefdadigheid. Af en toe is er een inzameling. Onlangs nog hielden ze een veiling ten bate van nieuwe gaarkeukens voor de bedeling. En voor elkaar zorgen ze ook. Voor een carrière bij Justitie is de hulp van studievrienden onontbeerlijk, dat begrijpt u. Maar ook daarbuiten: is een van hen in ongenade aan het hof... Ze weten altijd wel ergens een uitweg voor elkaar te vinden. Promoties, baantjes, aanbevelingen, in alles staat ieder voor de anderen klaar.'

'Zo'n uitweg vonden ze in het geval van Tsjaikovski niet.'

'Of misschien ook wel,' zei Jelizaveta Jakobi zorgelijk. 'Net hoe je het bekijkt. Misschien wás de weg die werd gekozen wel de uitweg.'

Dit begreep ik niet.

'De eer van het schooluniform is heilig,' verduidelijkte zij. 'Hiertoe hebben zij een eed gezworen. De inhoud is geheim, maar ik weet dat hij indertijd met bloed beklonken is. Mijn man bracht het, toen hij zich dat op een verliefde avond liet ontvallen, als een kwajongensstreek. Een dronken dwaasheid uit zijn jeugd. Iets stoers, reden te meer om hem eens lief te hebben. Brallerig. Bravoure. En zo begint het vast en zeker ook, een dronken bui, iemand trekt een mes en kerft zichzelf om de anderen te tonen hoe onvoorwaardelijk zijn liefde voor hen is. Maar na verloop van tijd krijgen de kwajongens macht. Dan wordt het vanzelf ernst. Alles wordt vervolgens in dienst gesteld om die oude eer intact te houden. Alles.'

'Ook als dit tot iemands dood zou leiden?'

'Alles.'

Sommige woorden zijn zo kaal. Alsof de taal zijn pruik afzet. Dan heb ik even nodig om te zien wat me onthuld wordt.

'En die avond ging het om de brief van Stenbok-Fermor?'

Zij aarzelde.

'Ik heb zijn neef gesproken,' zei ik, 'prins Saltikov. Hij heeft mij de inhoud van die brief verteld. Is het die avond daarover gegaan?'

'Ook,' antwoordde mevrouw Jakobi. 'Maar laat mij alleen vertellen wat ik zeker weet: Tsjaikovski kwam als eerste. Rond een uur of zeven. Ik denk dat mijn man hem vroeger had ontboden dan de rest. Of hij geen trek had, vroeg ik nog. Of ik toch niet iets voor hem zou maken. Ik vond het zo gek, rond etenstijd mensen over de vloer en ze dan niets serveren. Maar voordat onze gast kon reageren, trok mijn man hem mee zijn kamer in.'

'Hoe was Petja eronder?'

'Vrolijk nog. Hij keek om en imiteerde Nikolajs ongeduld: mijn man heeft van die driftige gebaren. Ik moest lachen. God ja, ik heb nog naar hem gelachen ook. Ik knipoogde ten teken dat ik hem stiekem later wel een bordje van het een of ander zou bezorgen.'

'Dus hij wist niet wat hem boven het hoofd hing?'

'Welnee, ik denk dat ze dat geen van allen wisten. Niet in deze mate. Dat het zo noodlottig uit zou pakken? Nee. Dat kon niemand weten, behalve misschien...' Twee tellen dacht zij na. 'Er is een bepaalde opwinding in mijn man, een vuur dat soms voor een pleidooi ineens de kop opsteekt, een gedrevenheid wanneer hij zeker is dat hij gaat winnen. Toen stond ik er niet bij stil, maar nu ik eraan terugdenk... hij was zeker van zijn zaak en leek ongedurig die te openen.'

'En toen?'

'Er stond van het middagmaal nog vispastei. Ik ben naar de keuken gegaan en heb een stuk afgesneden. Warm laten maken. Room erover. Stuk brood erbij met zoete kaas. Al met al zal ik nog geen kwartier beneden zijn geweest, maar toen ik aanklopte en de studeerkamer binnenliep, zaten ze erbij alsof de bijl al was gevallen. Pjotr Iljitsj hing in zijn stoel, verslagen, een ander mens. Ik heb het eten neergezet, maar de volgende morgen stond het er nog net zo.'

'En de anderen?'

'Kwamen tegen achten. Of die soms honger hadden, heb ik verder maar niet eens gevraagd. Ik liet ze in de studeerkamer. Hun ijzige begroetingen alleen al! Het stamelen. De machteloosheid.' Jelizaveta Jakobi rilde. 'Ik sloot zonder iets te zeggen de deur, maar ondertussen, mijn hart zat in mijn keel. Ik ging zitten waar ik altijd zit, en ik pakte mijn handwerk op in de hoop daarin wat rust te vinden.'

'Hoelang bleven ze binnen?'

'Lang!'

'Een uur of twee, drie?'

'Och, veel langer. En ze gingen achter die deur verschrikkelijk tekeer. Van werken kwam niks. Zoals mijn vingers trilden. De ene na de andere steek liet ik vallen. Maar opstaan lukte me ook niet, ik zat als verlamd. Zoals het eraan toe ging! En het duurde maar.'

'Kon u horen wat er gezegd werd?'

'Soms. Er werd wat afgeschreeuwd. Voor de rest was het een kwestie van je oren spitsen. Ik heb mijn stoel wat dichter naar de deur geschoven, haakwerk in mijn handen voor het geval dat er een naar buiten kwam.'

'Gebeurde dat?'

'Op het eind pas helemaal, maar dat was ver na middernacht. Tegen enen schat ik. Toen waren de heren uitgeraasd. Hij was de eerste die verscheen. Lijkbleek. Ik kreeg de deur tegen mijn elleboog, zo gooide hij hem open.'

'Wie?'

'Tsjaikovski! Hij zette een paar passen de kamer in, greep naar zijn hoofd en wankelde. Ik schoot overeind, ik dacht dat hij zou vallen. Ik dacht dat ik hem op moest vangen. Hij stond daar maar en zag mij niet, zelfs toen ik voor hem stond nog niet, het leek wel of hij slaapwandelde. Hij scheen zich zijn omgeving niet bewust, dus ik nam zijn arm en in datzelfde ogenblik...' Zij begon te huilen. 'Wij keken elkaar aan. Hij keek op. Hij schrok van mij en keek. Recht in mijn ogen keek hij en ik zág, ik zag het gewoon!'

'Zeg op, wat zag u dan?'

'De dood. In die man, binnen in hem, midden in dat leven, in die ene blik waarin hij mij zag staan, alles lag dáárin al besloten.'

'En zei hij iets?'

'Geen woord. Hij sloeg zijn handen voor zijn gezicht en wilde niet worden gezien. Hij rende weg. Hij wilde niet dat ik hem zag. Ik liep hem tot de voordeur achterna en riep nog of ik niet moest zenden om een wagen, maar hij was al door de poort. Hij rende maar. In volle vaart. De straat uit.'

'En de anderen?'

'Die bleven nog. Toen ik terugkwam, was de studeerkamerdeur alweer dicht. Ik ging erbij zitten om nog iets op te vangen, maar vanaf toen ging alles rustiger. Nog een halfuur of zo. Hooguit. Hun vonnis was geveld. Halftwee was het hele huis weer leeg.'

'Wilt u zeggen dat hij door hen ter dood veroordeeld is?'

Zij dacht na. Zij was de vrouw van een jurist.

'Ze hebben hem ervan weten te overtuigen dat hij de eer van de school diende te beschermen. Daartoe had Pjotr Iljitsj zichzelf veroordeeld toen hij jong was, de dag dat hij die dure eed gezworen heeft.'

'Maar dat is bespottelijk! Dat hele gedoe, geheime genootschappen, stiekeme afspraken. Daar was Petja helemaal de man niet naar. Hij leefde openlijk, hij wilde ongebonden zijn. Niet verplicht aan iets of iemand. Ik ken hem, hij was zijn eigen man, hij leefde misschien niet altijd gelukkig, ook niet altijd hoogstaand misschien, maar vrij in elk geval! Niet iemand die zich iets liet zeggen.'

'De beschuldiging van graaf Stenbok was ernstig, de affaire met zijn neef een strafbaar feit.'

'Als ze elkaar altijd helpen, die jaargenoten, waarom hielpen ze hem dan hier niet bij? Zoals ik Pjotr Iljitsj ken, een dergelijke chantage zou hij zeker hebben aangevochten. En zelfs áls het de tsaar ter ore zou komen, zou die het hem zo goed als zeker hebben vergeven. En zo niet... In het ergste geval had hij kunnen vluchten naar Parijs.'

'Waarmee niet alleen zijn eigen eer zou zijn verwoest, maar die van alle jaargenoten. Van het uniform en daarmee van de hele school.'

'En dáárom hebben ze druk op hem uitgeoefend, die zogenaamde vrienden, om god-weet-wat te doen? Het spijt me, maar dit is niet te bevatten. Wat voor mensen doen zoiets, elkaar de dood in jagen? Enkel om een woord, om eer... En waarom heeft Petja, die aan het hof op zoveel goede wil kon rekenen, zich daartegen niet heviger verzet?'

'O, maar verzet hééft hij zich. Dat kon ik horen. En hoe, zoals een beer vecht voor zijn jongen! Maar uiteindelijk trokken ze hun troef, dat deed het hem, ze kwamen op de proppen met een nog veel zwaarder argument...'

Hier zweeg zij geschrokken. Zij had te veel gezegd en was ineens onzeker hoe ze verder moest. Óf ze verder moest.

'Wat mag dat dan in godsnaam wel voor troef zijn geweest,' zei ik fel, 'dat iemand er gif op inneemt?' Maar voordat zij sprak, had ik het al geraden. 'Lieve God... de brief van Sofja Jersjova aan haar zuster!'

Jelizaveta Jakobi zocht een antwoord, maar haar woorden schoten voor de waarheid weg als stekelbaarsjes voor een snoek.

'Uw gouvernante wekt daarin de suggestie...'

'Die woorden waren opgeweld uit jaloezie! Lang geleden al. Uit rouw om haar mislukking in de liefde schreef zij dat indertijd. Zij heeft daar spijt van, want de suggestie die zij heeft gewekt, is vals. Ik weet zeker dat de juffrouw bereid zal zijn om dat te zweren!'

'Vast,' sprak Jelizaveta Jakobi zonder grote overtuiging. 'Woorden worden net zo makkelijk ingeslikt als uitgespuugd. Maar die moeite kan de mejuffrouw zich gevoeglijk besparen, want daarbij is geen mens nu meer gebaat.'

'En u weet zeker dat die suggestie een rol heeft gespeeld bij Pjotr Iljitsj' dood?'

'Doorslaggevend. Was het alleen om hemzelf gegaan, dan had hij de zaak aangevochten. Al joeg het vooruitzicht van Siberië hem angst aan, hij zou de strijd met Stenbok-Fermor zijn aangegaan. Hij zou desnoods voor ballingschap hebben gekozen. Dat is precies waar mijn man en zijn vrienden bang voor waren, want vluchten is schuld bekennen. De verdenking van sodomie zou daarmee op álle jaargenoten vallen.'

'En in sommige gevallen bepaald niet onterecht.'

'Daarom was die brief van uw kinderjuf zo'n godsgeschenk. Daarmee dekten zij zich in. Nu kon Pjotr Iljitsj de schande niet op zich nemen zonder u en zijn broer erin mee te slepen. Niet zonder ook u beiden in gevaar te brengen. Haar woorden waren hun borg. De suggestie daarin was dat de verhouding tussen Modest en u al in uw kinderjaren mogelijk anders dan volledig zuiver is geweest. Dat dit ter tafel kwam, sloeg de arme Tsjaikovski uit het lood. Hij las de woorden in die brief gelaten. Verslagen. Als je die met kwaaie wil bezag... Het idee dat hij u hierdoor mee zou slepen in zijn schande, was hem ondraaglijk. Dat zíj dan maar over hem moesten oordelen, hoorde ik hem roepen, dat hij zijn lot volledig in handen van zijn jaargenoten legde, op één voorwaarde: de verzekering dat u beiden onbelast en onbesproken zou blijven.'

'Heeft u die brief gezien?'

'Die nacht niet. Toen het laatste bezoek was vertrokken, kwam mijn man zijn studeerkamer uit en hij is bij mij komen zitten aan de haard. Daar zat hij, in diezelfde stoel waar u nu zit, wel een minuut of tien alleen maar starend in de vlammen.'

'Wanneer zag u de brief dan wel?'

'Nadat die zijn werk had gedaan. Tsjaikovski lag al opgebaard. Ze waren erheen gegaan, zijn vrienden, en hadden met zijn allen om de kist gezeten.'

'Dat klopt. Ik heb ze gezien.'

'Nikolaj kwam daarvan thuis... een ander mens. Een veroordeelde. Een stalen blik, ijzig, alsof alle gevoel voorgoed in hem tot stilstand was gekomen. Hij had de brief op zak. Hij trok hem tevoorschijn en heeft hem verscheurd.'

'Waar u bij was?'

'Een jaargenoot houdt altijd woord. Hij heeft de snippers in het vuur geworpen.' Zij wees op de haard. 'Mijn eigen ogen hebben het gezien. Die woorden hadden hun werk gedaan. Ze zijn in vlammen opgegaan, mijnheer Konradi. Ik heb toegekeken hoe ze werden opgestookt, precies zoals mijn man de arme Pjotr Iljitsj had beloofd.' Zij begon te beven alsof ze alles voor zich zag. 'Nikolaj stond tegen de schouw geleund, zijn overjas nog aan, zwijgend en aandachtig, half gebogen om te zien of niet een klein reepje papier door de schoorsteen zou ontsnappen. Tot alles in de as lag keek ik met hem mee, maar weet u, het enige waaraan ik al die tijd kon denken was aan hem, mijn man, en hoe hij zelf op een dag zal branden.'

# 28

## NOTITIES VAN MODEST
## [UIT: CAHIER XVIII – 1892]

*Sint-Petersburg*
*7 december 1892*

'Prachtig hoor, eeuwige roem...' schamperde Petja, 'als je maar wist hoelang het gaat duren.'

De ovaties in Parijs, de rage die rond hem in Praag ontstond, zijn triomftochten door Duitsland... hij geniet van het applaus, maar komt hij thuis, dan ziet hij enkel de zinloosheid. 'Succes,' beweert hij, 'is lucht als je geen mens hebt om het mee te delen.'

Hij bagatelliseert zijn triomf om mijn eigen afgang te verzachten: boegeroep eergisteravond, een dag later de kranten, vandaag het bericht dat mijn stuk van het repertoire is gehaald.

'Trek het je niet aan,' probeert Petja. 'Jouw taal is ook te subtiel voor dat publiek van het Aleksandrinski.'

Het beste commentaar dat ik op de première oogstte: 'Die kanariegele robe waarin hoe-heet-ze opkwam in de tweede akte... schitterend gewoon!'

Daarmee ga ik de eeuwigheid niet halen.

'Nu doet het pijn,' troost mijn broer, 'maar uiteindelijk trek je er lering uit: altijd maar vernieuwing willen, altijd maar het allerhoogste... het belemmert jou in waar jij zo goed in bent.'

'En wat mag dat wezen?'
'Toneelschrijven in de geaccepteerde vorm.'

Ik weet niet waarom mensen medeleven willen. Meevoelende woorden zijn dolkstoten.

*8 december 1892*

Of ik me niet comfortabeler zou voelen als ik op mezelf zou wonen, opperde Petja vanochtend.

Ik begreep niet waar die vraag nu ineens weer vandaan kwam.

Dat ik toch beter af zou zijn, zei hij voorzichtig, met eens wat eigen spulletjes in plaats van altijd maar tussen de tapijten uit Tiflis en de luxe waarmee de zoon van Alina Ivanovna zich omringt.

Schijnt dat ze gisteravond samen nog zijn doorgezakt en dat Kolja zich opnieuw over mij beklaagd heeft. Dat ik ooit door zijn vader in dienst ben genomen, maar dat mijn taak als opvoeder er natuurlijk al lang op zit. Dat ik desondanks nog elke maand mijn toelage opstrijk, terwijl ik nauwelijks uitgaven heb, aangezien ik gratis inwoon en dagelijks op mijnheers kosten goed soupeer!

Sofronov zei me een maand of twee geleden iets dergelijks, dat de jongen ontevreden lijkt met hoe wij leven, maar toen heb ik het niet willen geloven.

Dat Kolja er inderdaad al langer mee loopt, maar niet weet hoe hij het bij mij moet aankaarten, beweert Petja, en dat hij financieel nog best wil helpen om mij ergens onder te brengen.

Toe maar!

'Ik zie dit al zo lang aankomen,' zei mijn broer vol mededogen. 'Steeds weer dat gekibbel tussen jullie. Waarom denk je dat ik tegenwoordig liever in het Grand Hotel logeer?'

'Het zijn al zijn volwassen verantwoordelijkheden. Die maken hem geprikkeld. Het bestieren van Grankino, het beheren van zijn zaken. Op die leeftijd hoort een jongeman zorgeloos te zijn en vrij.'

'Vrij,' zei Petja alsof ik me versproken had. 'Daar zeg je een waar woord. Och Modja, ik had gehoopt dat je de eer nog aan jezelf kon houden, maar ik ben niet duidelijk genoeg geweest.'

Alina Ivanovna heeft haar kind dus ingepalmd! Alle moederliefde die zij hem onthield toen hij haar nodig had, laat ze nu hij volwassen is als een vette worst voor zijn neus bengelen. Tergend, nog altijd mondjesmaat. Maar telkens als zij elkaar zien komt hij opgetogen stralend thuis.

Nooit had ik hem dat contact moeten laten herstellen, maar ik dacht aan zijn geluk.

Dat ik, terwijl zij de hoer uithing, de jongen opving, heeft zij mij nooit vergeven. Dat ik haar taken overnam. Dat het mij wél is gelukt om hem te leren spreken.

En nu hapt hij, altijd hongerig nog naar haar genegenheid, en geeft haar de genoegdoening waarom zij vraagt.

Ik antwoordde mijn broer dat hij Kolja kan zeggen dat ik bereid ben eens voorzichtig naar een eigen woning om te zien, maar dat ik niets onderneem voordat de jongen mij zijn bezwaren zelf kenbaar durft te maken. In zijn eigen woorden. Ik heb ze hem bijgebracht, laat hij ze dan ook gebruiken.

Een kamer inrichten met eigen spullen...
Ik kijk rond en heb werkelijk geen idee. Mijn notities, ja, die zijn mijn eigendom. Boeken, dagboek, manuscripten. En verder? Ik zou het echt niet weten. Mijn of dijn, na zoveel jaar, hoe kun je dat nog onderscheiden?
En toch, ineens, aan alles wat ik oppak brand ik me.

*9 december 1892*

Niets.

*10 december 1892*

Niets. Zwart ook alles.

*11 december 1892*

Nog steeds geen woord. Kolja vrolijk, vriendelijk als altijd. Begin te denken dat ik mijn gesprek met Petja heb gedroomd. Erger, begin te denken dat mijn broer jaloers is en een wig heeft willen drijven. Roep mezelf tot de orde.

Kwam Sofronov zijn nieuwe verloofde voorstellen! Als die iets in zijn kop heeft, heeft hij het niet in zijn kont. Deze is twee jaar jonger dan hij, een lief kind, zelfbewuster dan de vorige. Lijkt me er een die begrijpt waar ze aan begint. Desondanks ogen ze allebei gelukkig. Dit keer, gok ik, geen verrassingen voor het altaar.

### *12 december 1892*

Gisteravond bij Leiner's, toen ik een fooi neerlegde, nam Kolja er de helft af en stak die bij zich. Dat het zíjn geld is waar ik zo ruimhartig mee strooi, zei hij, en dat het wel wat minder kon. Dat ik voortaan ook goedkopere wijnen moet kiezen.

Op zo'n moment is Alina Ivanovna aan het woord.

Nog voortdurend in gevecht met mijn overweldigende impuls om weg te lopen. Waarheen kan me niet schelen. Alles en iedereen achterlaten. Mijn biezen pakken en op de vlucht. Of zonder biezen, ook goed. Voor het eerst snap ik die kerels onder de bruggen van Parijs: snel wegwezen, verdwijnen uit het blikveld van degenen die je met jouw neergang zoveel pijn doet. Hun medelijden niet te hoeven zien. Niets simpeler, niets zinniger, lijkt mij, dan een leven dat zo volledig is mislukt achter je laten. Die verdomde zekerheid dat zonder jou iedereen veel beter af zou zijn!

### *13 december 1892*

De Franse ambassadeur over de vloer. Het heeft de Académie Française behaagd mijn broer tot erelid te kiezen. Overkomt een buitenlander nooit, maar de stemming was unaniem.

Natúúrlijk ben ik blij voor hem.

Petja, die mij te goed kent, vond het niet verantwoord dat ik vandaag alleen zou zijn, dus sleurde hij mij mee naar de orkest-*Probe*. Nog niet de doorloop van onze *Iolanta*, maar van zijn nieuwe ballet, een uitbundig overdadig kinderding, waarmee onze opera de avond deelt.

Daarnaar zat ik in de zaal te midden van alle vrolijkheid te staren – een korps muizen in de weer met een notenkraker en een regiment van peperkoek – toen Kolja naast mij schoof.

Nog altijd is hij gek van ballet omdat hij dan muziek kan zíén.

Na een tijdje ontspande hij en nam mijn hand.

Dat wij zo zaten, hoelang is dat geleden? En nu ik het dan nog een keer smaken mag, kan ik alleen maar denken: dit doet hij uit meelij.

De man die naar troost hunkert of de man die getroost wordt, ik weet niet wie meer valt te beklagen.

Dit doet hij uit schuldgevoel, zong het de hele tijd in mij.

Hij liet ook snel weer los en bleef niet voor het middageten.

In de kantine schoven Petja en ik aan bij Nikolaj Figner en zijn vrouw Medea, die onze hoofdrollen zingen. Zij at niet van de zenuwen. Melk, pap of kaas geven slijm op de stembanden, meelproducten idem dito, bloedworst, beweerde zij, irriteert de bronchiën, van citrusfruit raakt het hele instrument geprikkeld. Uiteindelijk verleidde de repetitor haar tot een handje gepofte kastanjes.

Rimski-Korsakov stormde binnen, woedend natuurlijk: de directie heeft zijn *Mlada* verschoven om plaats voor ons te maken.

### *16 december 1892*

'Gaat dit over mij?' vroeg Kolja midden in onze generale repetitie.

Hij zat met mijn libretto op schoot en las mee, want zangerslippen zijn onleesbaar. Ik had hem terwijl ik eraan schreef wel een en ander over de opera verteld, maar vandaag zag hij alles voor zich en trok de parallel.

'Iolanta is niet doof,' zei ik laf, 'maar blind.'

'En wat denk je dat ik ben,' zei de jongen, 'achterlijk?'

Ik maande hem zachter te spreken, want in zijn opwinding vergat hij zijn volume, en de tsaar, die zijn nieuwsgierigheid niet tot de première had kunnen bedwingen, zat in zijn loge.

Kolja stond op en liep de zaal uit. Hij sloeg zo met de deur dat ik bang was dat Napravnik zou aftikken.

'Zij wéét niet dat zij blind is,' legde ik hem uit in de foyer, waar alleen de zaalwacht ons kon horen. 'Niemand heeft de prinses ooit over het bestaan van zicht of zien verteld. Zij denkt dat zij is als iedereen, dus mist zij niets. Zij is volmaakt gelukkig. De vraag is: moet je haar nu op de hoogte brengen van haar gebrek of is Iolanta beter af in haar onwetendheid?'

'Zoals ik beter af was geweest als ik nooit had gemerkt dat mensen spreken?'

'Het is een sprookje, Kolja, niet meer dan een metafoor.'

'Zij is gelukkig zoals zij is? Gehandicapt en al. Vier zintuigen in plaats van vijf!'

'Zij is gelukkig totdat iemand haar vertelt dat er een vijfde is. Vanaf dat moment weet Iolanta dat andere mensen zien en is haar verlangen naar kijken gewekt.'

'Zoals jij mijn verlangen naar woorden hebt gewekt. Zoals wij daarvoor hebben gezwoegd! Was ik gelukkiger geweest als ik in mijn isolement gebleven was en nooit van woorden had geweten, is dat wat je nu probeert te zeggen?'

'Niet alles draait altijd alleen om jou.'

'Wel in jouw leven. Je woont in mijn huis, je leeft van mijn geld, moet je nu je inspiratie ook nog uit mij zuigen?'

'Het gáát niet over jou! Dat moment waarop een mens ontdekt dat hij iets wezenlijks mist, slaat dat niet evengoed op mij en Petja? Waar zit die omslag? Dat is wat mij interesseert, waar precies wordt ons ongeluk geboren, onze ontevredenheid met wie wij zijn? Die bestond niet in onszelf. Een kind is zich in zijn eerste jaren geen tekortkoming bewust. Dat idee bestaat niet, totdat een ander ons ermee confronteert dat wij niet zijn zoals zij. Dat ontwaken, ergens in je puberteit, van het besef dat je niet kunt worden zoals iedereen, dat je iets ontbeert, dat het jou ontbreekt aan wat er nodig is om op gelijke voet aan het leven deel te nemen...'

'Heb jij het nou over de liefde?'

'Ik heb het over álle vormen van geluk die een mens krijgt voorgespiegeld. Over alles waarvan ons verteld wordt dat je zónder niet volledig leeft.'

Op dit punt werden wij onderbroken door Vsjevolozjski, als directeur sowieso verzenuwd wanneer de tsaar zijn opera bezoekt. Handenwringend kwam hij vragen wat er nu in hemelsnaam toch aan de hand was en of wij het ingetogen konden houden.

Kolja vroeg zijn jas.

Mijn hart wilde met hem mee, maar ik was binnen nodig.

'Haar hele leven is Iolanta verrukt geweest van rozen,' zei ik. 'Om hun geur. Maar op slag is haar dat niet meer genoeg. Nu zij weet dat ze een kleur hebben, probeert zij zich voor te stellen wat dat zou kunnen zijn: wat is rood of wit? Geel en oranje, wat betekent dat? De bloemen waar zij zo van kon genieten zijn voortaan een ergernis. Zij ruikt er niet meer aan. Hun geur kan haar niet langer schelen. Ineens is iedere roos alleen nog iets wat haar herinnert, pijnlijk, stekend, aan het ene zintuig dat zij mist.'

Kolja had deze woorden van mijn lippen gelezen zonder mij te onderbreken. Nu knikte hij.

'Het is de stilte,' zei hij. 'Ik begrijp wel wat je zegt. Er is een korte tijd geweest van veiligheid, ja, dat geloof ik wel, te ver heen om nu nog op te roepen; tevreden in een wereld die alleen van mij was. Misschien was dat mijn rozengeur, als kind, die volmaakte afwezigheid van woorden.'

'Uiteindelijk leert de prinses zien en eindigt alles licht en hoopvol.'

'Je zei het al, een sprookje.'

## *18 december 1892*

Een succès d'estime, vooruit, maar meer ook niet. De Figners glorieerden als Vaudemont en Iolanta. Het applaus was goed, maar daarna volgde Petja's balletmuziek, waarmee hij mensen stierlijk heeft verveeld. Al het krediet dat wij met de opera hadden opgebouwd alsnog tussen zijn *Notenkraker* fijngeknepen. Uiteindelijk ging iedereen bedompt naar huis alsof de hele avond was mislukt.

Ik viste voor het libretto een paar complimenten, vooral omdat mijn woorden zijn muziek zo vaardig ondersteunen. Nooit eens om wat ik er zelf mee wil zeggen. Niets over het achterliggende idee.

'Ik zou jullie samenwerking maar koesteren als ik jou was,' sneerde Rimski-Korsakov, nog steeds verongelijkt. 'Hecht jouw talent aan het zijne, Modja, dan maak je nog énige kans om herinnerd te worden.'

## *19 december 1892*

'Wat moet ik in Hamburg?' zegt Petja. 'Daar het hele debacle nog eens ondergaan?'

Zonder met Kolja of mij te overleggen heeft hij Gustav Mahler geschreven dat wij niet komen. Terwijl die kerel zo trouw is! Na zijn succes met onze *Onegin*, afgelopen jaar, zette hij *Iolanta* ongezien op de rol. 3 januari al is de première, drie dagen later opent in Schwerin een volgende productie van hetzelfde werk, maar mijn broer laat beide vallen.

Zelf denkt hij dat hij heel goed met kritiek omgaat. Hij heeft er, God weet, zat ervaring mee, maar hij draagt zijn schaamte geen haar beter dan ik. Weken tevoren begint hij zich al in te dekken, zo grondig dat het niet alleen alle vuiligheid bij voorbaat neutraliseert, maar ook wat goed en mooi is. En komt de klap, dan roept hij: 'Zie je wel!' Hij ziet het als bewijs dat niets belang heeft, minst van al zijn werk. Leeg en nutteloos wordt alles en dan heeft het geen zin om op hem in te praten. Tegenargumenten maken hem boos, alsof je zijn somberte niet serieus neemt.

Koka en Sanja, die zijn depressie voorzagen, sleuren hem vanavond mee naar een ontvangst bij prinses Dolgoroeki. Haar zoon, jong als hij is, vorst Vanja Saltikov, loopt sinds kort als een hondje achter mijn broer aan, zoals hij in Rome aan Goljitsin hing.

Al een paar keer heeft hij Petja met kloppend hart bij de artiesteningang opgewacht en van de week kwam er een groot boeket rozen. De Litkes proberen die twee voor een nachtje te koppelen, want dat is tegenwoordig nog het enige wat Petja's ego heelt.

# 29

In de Kazankathedraal was de dienst voorbij tegen de tijd dat ik van mijn onderhoud met mevrouw Jakobi terugkeerde. Het cortège was alweer op weg over de Nevski Prospekt voor het laatste deel van de tocht naar het grafveld bij het klooster. Ik wilde mijn plaats weer innemen, maar kon niet door de mensen komen.

Duizenden die sinds vanochtend langs de kant hadden staan wachten, sloten bij de stoet aan, zodat de boulevard over de gehele breedte volliep. Bij de brug, die werkte als flessenhals, werd het gedrang gevaarlijk.

Alle zijstraten waren afgezet, maar ik wist door de Passage te ontkomen. Via het Michajlovskiplein rende ik een aantal blokken zuidwaarts en ik bereikte verderop de Prospekt weer, juist toen daar de lijkkoets aankwam.

Petja's kist wiegde op het hobbelen van de wagenwielen. De zwartgepluimde paarden hieven hun benen hoog. Fier liepen ze, voetstaps. Op elke pas zwierde de rok van rouwroesjes rond de carrosserie even op.

In deze stoet vertrok ik vanochtend. Nu stond ik langs de kant, achter de menigte op het trottoir. Daar ging het leed dat ik vanochtend nog hielp dragen.

Mensen neigden het hoofd en bogen voor Tsjaikovski, zoals Tsjaikovski zelf zo vaak na afloop van een opvoering gebogen had voor hen.

Achter het lijk, gebroken – God, ik had hem willen vasthouden! –, sjokte Modest. Ouder had ik mijn mentor nooit gezien, noch eenzamer.

En ineens was het alsof dat míjn verdriet was dat daar liep.

Mijn verlies, alle inzet en vertrouwen, alle liefde die ik ooit verspeeld had en verloren, trok op dat moment aan mij voorbij. Zoals, zeggen ze, iemand in zijn laatste ogenblikken de toppen en de dalen van zijn leven nog eens langs ziet komen. Dit betekende het voortgaan van de stoet voor mij: ik rouwde, ja, net als iedereen vandaag, alleen gold mijn gemis meer nog dan de overledene, de broer die hem begraven moest.

De man die mij een stem gegeven had, ging daar.

Hij zag mij niet.

Om zich te beschermen tegen alle blikken richtte Modest zijn aandacht naar binnen en staarde als blind voor zich uit.

Ik wilde hem wenken, troosten wilde ik, of troost, ik weet niet wat ik werkelijk wou. Ik was in de war. Misschien wilde ik alleen maar even zoals vroeger mijn gezicht tussen zijn schouderbladen bergen om zijn hart te voelen pompen. Maar er stond tussen ons die mensenhaag!

Ik trachtte mij daardoorheen naar voren te dringen, maar geen van hen gaf zomaar mee. Twee, drie rijen vocht ik me vooruit. Wisten al die lui dan niet: de man die mij had opgetild liep daar gebukt.

Ik werd een kind, anders kan ik wat mij gebeurde niet verklaren: midden op de Nevski Prospekt overviel mij een paniek. Mevrouw Jakobi's woorden tolden door mijn hoofd, de brief van juffrouw Jersjova, de rol die ik – zonder het te weten – in de berechting had gespeeld... Ineens was ik weer acht jaar oud en de schuldeloze oorzaak van ieders verdriet.

Om mij heen was de hele straat in tranen, verstild en woordeloos, zoals ooit mijn moeder aan mijn wieg, en in mij was dat razen weer, alsof ik haar – buiten mijn macht – die pijn had aangedaan.

Iedere rede werd door dit verleden overstemd.

De gedachte aan Petja's offer, de suggestie dat, hoe onterecht ook, er een verband gelegd was met Modest en mij... Met een schok zag ik mij teruggeworpen in de ballingschap uit mijn vroegste jaren. En net als toen draaide het weer allemaal om woorden – woorden! – om iets zo inferieur aan onze zintuigen als taal.

Zoals ik op Modest was toegerend toen mijn ouders zich van mij hadden afgekeerd, zo wilde ik ook nu ineens uit alle macht alleen nog maar naar hém. Daar trok een man voorbij die altijd alles waarin ik was tekortgeschoten zonder te oordelen had aangevuld!

Ik stak mijn hand op, maar Modest merkte mij niet op. Twee armen, ook al ongepast bij zoveel rouw, hield ik omhoog, maar zijn aandacht trok ik daarmee niet.

Ik overwoog mijn kansen: drie, vier rijen toeschouwers en een haag huzaren scheidden mij nog van het cortège. Als ik maar vooraan zou staan dan kon hij mij vast zien, mijn vriend! Dan kon ik zijn hand misschien wel pakken en daaraan meelopen met hem.

Met mijn volle gewicht stortte ik me dus naar voren. Maar één ding wilde ik: mijn plaats innemen aan zíjn zijde. Opdat ik steun vinden kon én geven. Voor de verwensingen die ik naar mijn hoofd geslingerd kreeg, sloot ik mijn ogen. Ik porde en ik werd gepord. Op een haar na haalde ik met ellebogenwerk links en rechts de stoeprand.

Nu, dacht ik, roep ik zijn naam, dan komt hij mij wel halen. Dan zal hij de gardewachters wel gebaren dat ik erbij hoor, dat ik als familie ben en dat het vertrouwd is om mij door te laten.

Ik opende mijn mond, dat weet ik nog, en daarna... Ik zweer, ik weet niet beter of ik riep: 'Mo-dést!' Maar alles wat te horen schijnt te zijn geweest was één onafgebroken, eindeloze, ijselijke kreet.

Gierend over straat.

Snerpend door gewijde stilte.

Het klonk niet menselijk, is mij verteld, een burlen dat pas op mijn laatste adem wegstierf, maar zelfs daarna, op de inademing, had ik nog gegiegaagd, de laatste moedeloze uithaal van een ezel vlak voordat hij het balken opgeeft.

Zelf weet ik van niets.

Alleen dat Modest doorliep en de tijd leek stil te staan.

Toen ik om mij heen keek, was ik vooral verbaasd dat mijn roep naar hem zo'n bres geslagen had, niet alleen in de omstanders, die voor mij waren teruggedeinsd, maar ook in de processie, want twee paarden van het vierspan hadden steigerend de benen genomen en daarbij de anderen, een tiental meters schuins gesleurd. Verderop trok een groep Kozakken zelfs zijn wapens, uit vrees voor een herhaling van '81, toen leden van De Volkswil voor het gooien van de bom bij de Pevtsjeskibrug ook iets onnavolgbaars schreeuwden.

Modest wierp mij, zonder te stoppen, een korte blik toe. Evenveel weerzin sprak daaruit als medeleven. Maar het vreemdst van al vond ik dat hij niet inhield, geen tel, dat hij niet stilviel, niet losbrak uit zijn rol en op mij toesnelde. Hij schreed voort, zonder uit de pas te raken. Als een acteur die een rotte tomaat moest incasseren, vocht hij met zijn angst en trachtte in zijn rol te blijven.

Achter hem hield het rot jaargenoten het hoofd aanzienlijk minder koel.

De fine fleur van de School voor Jurisprudentie defileerde niet meer in gelid, maar in een kluwen nu, druk gesticulerend. Er was onenigheid en grote schrik om mijn gedrag. Ieder keek mijn richting uit.

Gerke leek buiten zinnen, klaar om op mij af te stormen, maar Jakobi hield hem tegen en daarmee waren anderen het weer niet eens. Hun echtgenoten, onzeker van de situatie, schreden ondertussen zo waardig mogelijk verder. Te midden van die schermutseling kon ik de lippen van Vladimir Gerard het beste lezen: dat er weleens genoeg schade was aangericht, smeekte hij, dat ik heus geen gevaar vormde en dat de anderen mij ongemoeid moesten laten.

Uiteindelijk rukte Brovtsin zich van zijn vrienden los. Hij rende op mij toe en sprong over een afzetting. Even dacht ik dat hij mij een kopstoot wilde geven, zo dreigend kwam hij neus aan neus. In plaats daarvan greep hij mij bij mijn revers en sleepte mij enkele meters mee, weg van de massa. Zodra niemand ons kon zien, drukte hij mij met zijn volle gewicht tegen een winkelpui.

De drift die uit zijn blik sprak, herkende ik. Het was die van mijn nachtelijke aanvaller. Het moet Brovtsin zijn geweest, begreep ik nu ik met hem oog in oog stond, die met een zweepslag had willen afdwingen dat ik de zaak zou laten rusten.

'Wat wou jij,' riep hij nu, 'ons allemáál naar Siberië hebben?' Het schuim stond op zijn mond, dit was een man in doodsangst. 'Maar bij God, ik bezweer jou, gaan wij eraan kapot, Konradi, idioot, dan ga jij mee. Alsnog. Begrijp je dat? Dan ga jij als eerste. Dat beloof ik je: jij gaat ons naar Siberië vooruit!'

Hij wilde uithalen. Bang voor een kaakslag wendde ik me af, maar Aljosja Sofronov dook achter mijn aanvaller op en greep hem bij de arm.

'Ik zal me over hem ontfermen,' suste hij. 'Het is goed, mijnheer. Ik leg Kolja alles uit. Thuis. Ik praat hem bij. In alle rust. Het is al goed, ik neem hem mee.'

# 30

## NOTITIES VAN MODEST
## [UIT: CAHIER XIX – 1893]

*Sint-Petersburg*
*2 september 1893*

'Dat wij hem als een van ons hebben beschouwd,' sprak Petja bitter, 'dat is onze grootste fout geweest.'

'Het was een kind. Hij had ons nodig. Wij hebben hem omarmd. Wij hebben hem gered. Ik weiger dat een fout te noemen.'

'Binnen de kortste keren zijn wij Kolja als eigen bloed gaan zien, ik net zo goed als jij. Als familie, lid van ons gezin...'

'Omdat hij door zijn eigen ouders was afgedankt! Geen dag, geen uur is er geweest de afgelopen achttien jaar waarin de jongen bij mij niet op de allereerste plaats kwam. Hulp bieden aan een kind dat het behoeft, is dat niet gewoon de menselijke natuur? Wat moest ik anders, hem enkel als werk zien? Een klus, een baan van acht tot zes en mij in de avond om mezelf bekommeren? Ik zou niet weten hoe dat moest. En ik ben nu te oud om het nog te leren.'

Uit huis gezet! Anders kan ik het niet zien. Kolja heeft mij de wacht aangezegd. Ik sta op straat. Totdat ik een eigen woning heb gevonden, mag ik bij de gratie Gods nog op de Fontanka blijven overnachten, maar ik heb moeten beloven dat ik met spoed zal omzien naar een eigen woning. En waar vind ik die, nu hij ook mijn toelage stopzet?

'Die toelage is bijzaak,' riep Petja. 'Er is op de wereld sowieso niet genoeg geld om alles te vergoeden dat jij voor die jongen opgeofferd hebt. Een vader en een moeder ben jij voor hem geweest, Modja, alle affectie die hij van zijn ouders missen moest, heb jij opgebracht.'

'Dat ging vanzelf. Dat ging met alle liefde.'

'Hoe anders?'

'Zo'n kind, hoe kan iemand daar niet van houden?'

'En hij is ook altijd nog op ons gesteld, echt heel erg op ons gesteld, dat weet ik zeker. Op zijn manier. Maar zijn bloed trekt hem nu eenmaal naar het Vasiljevski-eiland.'

Naar haar! Hoeveel jaar heeft Kolja haar niet willen spreken? Hoe ik daarop heb moeten aandringen, na de scheiding, dat hij de band met zijn moeder niet volledig zou verbreken. Al die jaren! Dat hij contact zou blijven houden. Altijd weer is dat een gevecht geweest. Hoe vaak heb ik hem niet aangezet om haar te schrijven? Iets laten horen als zij jarig was. Een presentje sturen met Pasen. En als hij het verdomde, dreigde ik met straf. Dat die twee elkaar überhaupt een enkele keer nog zagen, was alleen omdat ik hem daartoe steeds opnieuw gedwongen heb. Ruzie heb gemaakt om haar. Elke keer. Altijd ben ik hem blijven zeggen dat een mens maar één moeder heeft; dat hij Alina Ivanovna, hoe zij hem ook heeft behandeld, altijd toch ten minste dank zal zijn verschuldigd voor zijn leven. Sukkel die ik ben! Zoveel jaren soebatten ter wille van die vrouw en dit is nou mijn dank.

*7 september 1893*

Een aantal woningen bekeken, maar overal eisen ze drie maanden vooruit.

Petja, gisteravond teruggekeerd uit Hamburg, belooft borg te staan. Waarvan mag God weten.

Om mij aan werk te helpen dramt hij door over George Eliot. Zie ik geen brood in *The Mill on the Floss,* dan *Middlemarch* of *Adam Bede.* Alsof mijn hoofd daar nu naar staat! Niks liever dan weer een libretto voor hem schrijven, maar niet zo om het even wat. En uit liefdadigheid al helemaal niet.

Morgen gaan wij samen kijken naar een souterrain. Nu is hij om te eten en te slapen naar prins Saltikov, van wie hij onafscheidelijk is, en zit ik hier alleen.

Kolja al dagen niet gezien. Die zit vast bij zijn moeder. Schijnt dat zij bezig is een huwelijk voor hem te arrangeren. En hij, te goed om nog eens mijn raad op te volgen, laat zich door haar maar alles aanleunen. Geen wonder dat die zich hier niet durft te vertonen.

*8 september 1893*

Schijnt dat hij naar Grankino is. Dit althans beweert Alina Ivanovna.

'Om het nodige te regelen voor zijn huwelijk,' sprak zij met zekere triomf.

'Rentmeester Androesisjin heeft dus goedkeuring gegeven.'

'En waarom zou hij niet?'

Ik waagde mij enkel naar de woning van Kolja's moeder op het Vasiljevski-eiland in de hoop hem daar te treffen, zodat wij samen een en ander konden uitpraten.

Zij verwachtte voor de lunch een oude vriend. De verrassing mij in plaats van hem te zien viel haar bepaald onaangenaam. De moed die ik moest opbrengen om aan te bellen, zag zij als impertinentie. Maar zij hernam zich snel en greep de kans haar zoons geluk te etaleren.

'Een betere partij had Androesisjin voor zijn dochter nooit kunnen voorzien: Fanja wordt meesteresse van het landgoed waar zij is opgegroeid.'

'En u?' vroeg ik. 'Heeft het paar uw onverdeelde zegen?'

'U hebt uw twijfels.' Strak keek zij mij aan, onverzettelijk. 'Die hebt u aan mijn zoon kenbaar gemaakt en dat kostte u uw vriendschap. Het leek mij verstandig niet dezelfde fout te maken.'

'Ik wil maar één ding en dat is zijn geluk.'

'Had dan wat enthousiasme voor zijn huwelijk opgebracht in plaats van het te vergelijken met die onzalige onderneming van uw broer.'

'Tegen Fanja Androesisjin heb ik niets, integendeel, ik ken haar als zacht, zij lijkt mij toegewijd en allerliefst. Als Kolja uit hartstocht zijn leven met haar delen wil, dan keur ik dat natuurlijk goed...'

'Uw goedkeuring interesseert niemand. Die voogdij van u is allang verjaard.'

'...maar of Kolja van het hout is waar een echtgenoot doorgaans uit wordt gesneden, daarbij heb ik mijn vraagtekens. U niet?'

'Doofheid is geen belemmering om te trouwen. Integendeel, heel wat huwelijken zouden erop vooruitgaan als de echtelieden elkaar niet zouden hoeven aan te horen.'

'Ik heb het niet over Kolja's gehoor.'

'Ik zou niet wéten waarop u anders doelt.'

'Op een misstap zoals mijn broer die heeft begaan, een vergissing, uit benauwenis en geestelijke nood geboren, die hem haast te gronde heeft gericht. Trouwen omwille van de maatschappij. Omwille van qu'en dira-t-on. Ik heb het anderen ook zien doen.'

'Wat voor anderen?' vroeg zij met nauwelijks ingehouden woede.

'Mannen die door de natuur niet om te trouwen zijn bedoeld.'

'Mannen zoals u en uw broer, is dat wat u insinueert? Zoals u en uw geïnverteerde vrienden? Het soort mannen waarmee u mijn kind, toen u hem in uw klauwen had, omringd heeft!'

'Niet iedereen is voor eenzelfde manier van leven in de wieg gelegd.'

'Kom bij mij niet aan met Kolja's wieg en hoe hij daarin lag, mijnheer.' Alina Ivanovna vloog overeind. 'Avond aan avond heb ik aan die wieg gestaan. Biddend om genezing. Schreeuwend van vergeefse hoop en uiteindelijk verslagen. Gebroken door de manier waarop het leven mijn jongen heeft misvormd. Ik heb mij erbij moeten neerleggen dat mijn kind niet was als iedereen. Nacht in, nacht uit lag ik wakker omdat ik zijn leven voor me zag, zijn eindeloze worsteling, zijn uitzichtloze eenzaamheid... En nee, de dochter van een rentmeester is niet wat een moeder van mijn stand voor haar zoon gehoopt had, maar als dat kind nou toch van hem zegt te houden en bereid is zijn lichamelijk gebrek voor lief te nemen...'

Zij stond tijdens deze tirade achter haar stoel, haar nagels zo diep in de lederen bekleding geslagen dat er krassen achterbleven. (Mijn oude rookfauteuil, een van Kolja's meubelstukken die zij heeft genaast.)

'Dat gebrek,' wierp ik tegen, 'is hooguit nog een ongemak, niet iets wat Kolja's geluk nog in de weg staat. Spraak en taalbegrip vormen geen obstakel meer, voor wie hem liefheeft minst van al. Achttien lange jaren, de jaren waarin u het te druk had met uw... uw sociale leven, hebben die jongen en ik daar heel hard aan gewerkt.'

'Wat had u in ruil daarvoor gewild, een bedankje?'

'Nu u het zegt, ik kan me er geen herinneren.'

'Onze dank aan u is ruimschoots uitgedrukt in geld. Een godsvermogen is u uitgekeerd in al die jaren. U mag blij zijn dat wij u niet laten vervolgen voor het leven waarin u een onschuldig kind heeft meegesleept. Een omgeving van geestelijk en zedelijk verval! Van onverholen zonden. Ik heb mijn man tegen uw verderfelijke invloed nog gewaarschuwd, maar toen de scheiding kwam...'

'De echtbreuk. Door uw overspel.'

'...daarna hield hij u aan, expres, alleen om mij te jennen. Machteloos stond ik, terwijl mijn kind dag in, dag uit moest verkeren met de predikers van Sodom. U zou God op uw blote knieën moeten danken, mijnheer Tsjaikovski, dat Kolja er ongeschonden uit gekomen is! Dat hij trouwen wíl en straks eindelijk eens een leven kan gaan leiden zoals ieder ander.'

'U hebt mij zelf ooit gezegd: "Hij wórdt niet zoals anderen!"'

'Kijk aan, dan heb ik mij daarin dus vergist. Dat hebt u met die jarenlange harde aanpak van u dan toch maar voor elkaar gekregen.'

'Fiducie had u daarin niet. U vond stellig dat wij iemand die afwijkend is geboren, niet ten koste van alles moesten dwingen te worden zoals wij.'

'Ja...' Alina Ivanovna dacht na. 'Nu u het zegt, ik herinner mij dat gesprek. Aan tafel, die allereerste dag dat u in ons leven binnendrong. En ik weet ook nog wat u daar toen op antwoordde. "Omwille van zijn geluk," zei u. U vond zelf dat wij Kolja moesten dwingen tot iets wat hem niet van nature was gegeven. "Wij moeten hem dwingen om zijn eenzaamheid tegen te gaan."'

Er werd gescheld. De gast die zij verwacht had voor het middagmaal werd aangediend. Pas nu ik opstond, merkte ik hoe mijn handen en mijn benen trilden.

'Zijn geluk,' herhaalde ik terwijl wij naar de hal liepen, 'is alles wat mij ooit voor ogen heeft gestaan. Het kan niet anders of Kolja wéét dat. Zelfs als hij het tijdelijk mocht zijn vergeten, op een dag ziet hij dat gewoon weer in.'

'Kolja en ik hebben de band hersteld die tussen moeder en zoon is aangeboren. Ik waarschuw jou, Modest, kom er niet nóg eens tussen. Dit keer ben ik bereid om voor mijn jongen tot het uiterste te gaan.'

In de hal nam zij afscheid van mij en begroette haar volgende gast met een omhelzing.

Dit bleek Boris Brovtsin, nota bene, met wie het allemaal begonnen is. Zonder zijn bemoeienis indertijd om mij aan werk te helpen had ik van die hele familie Konradi nooit weet gehad.

'Nou,' zei ik spottend toen wij in het voorbijgaan elkaar de hand drukten, 'je wordt bedankt!' Maar hij kon mijn cynisme uiteraard niet plaatsen.

'Alles goed?' vroeg hij bezorgd.

'Alles optimaal,' antwoordde Alina Ivanovna voordat ik iets zeggen kon.

Zij nam zijn arm en leidde hem bij mij vandaan naar binnen, maar vanuit de vestibule kon ik horen dat zij al in de hal begon te huilen, zodat hij haar troosten moest.

'In godsnaam, Lina,' vroeg Brovtsin voordat de deur dichtsloeg, 'wat moest die kerel hier, wat is er aan de hand?'

# 31

'Dan is het nu ongeveer zover.' Sofronov zuchtte. 'Om vier uur zou het zijn. Dat ze hem in het graf neerlaten.'

Wij gingen samen door het huis om alle klokken weer in gang te zetten.

'Zo ongeveer,' beaamde ik. 'Hangt van de toespraken af.'

Ieder uurwerk wond hij drie slagen op. Vervolgens las ik hem de exacte tijd van mijn zakhorloge en stelde hij de wijzers.

'Iedereen zal nog een duit in het zakje doen.' Met zijn wijsvinger zette hij de slinger van een mantelklok in beweging. 'En dan gaat voor hen het leven door.'

'Het spijt me dat wij er niet bij zijn.'

'Wij waren erbij toen hij leefde.'

Een spiegel, die sinds het uur van overlijden omgekeerd gehangen had, draaiden wij met vereende krachten terug.

'Uiteindelijk moeten we allemaal in ons eentje de grond in.' Aljosja haalde zijn vinger over het glas en bekeek het stof dat erop achterbleef. 'Morgen eerst zemen.'

'Modest kent maar een deel van het verhaal,' verklaarde Sofronov terwijl hij een ketel water boven het vuur hing. 'Hij weet van de eerste brief, de beschuldiging van Stenbok-Fermor, maar niet dat er een andere bestond, de brief van juffrouw Jersjova die jullie twee belast. Pjotr Iljitsj heeft mij laten zweren dat ik alles zou doen wat binnen mijn macht ligt om de volledige toedracht voor zijn broer te verbergen.'

'Maar jij kent de hele waarheid wel?'

'Hij moest iemand in vertrouwen nemen.'

'Waarom jou?'

Hij zweeg even. Gekrenkt.

Met een pook porde hij de vlammen op.

'Misschien omdat een bediende er minder toe doet...' Een gloed trok over zijn gezicht. Hij deinsde terug voor de warmte. 'Of zou het kunnen zijn omdat ik voor hem ooit was wat jij geweest bent voor Modest?'

'Een leerling.'

'Een project. Iemand om te redden, een jong leven om te voeden en te vormen naar jouw beeld. Voor iemand die zelf geen kinderen heeft... een jong mens leren om zijn weg te vinden. Dichter bij liefde komt het niet.'

'Maar toch... Waarom zou Petja jou met zoiets belasten? Waarom niet, zoals hij zijn hele leven heeft gedaan, zijn hart uitstorten bij Modest?'

'Als jij echt zoveel te weten bent gekomen als je beweert...' Sofronov veegde zijn handen schoon en kwam bij mij aan de keukentafel zitten. '...dan is zijn laatste wens niet moeilijk te begrijpen: de hele reden dat Petja zijn offer heeft gebracht, was om ervoor te zorgen dat de ware toedracht voor altijd werd verzwegen.'

'Ook tegenover Modest?'

'Júíst tegenover Modest.'

Het water kookte, hij stond op en spoelde de samowaar.

'Wanneer was dat,' probeerde ik, 'dat hij jou in vertrouwen nam? Direct na het geheime beraad? Die dinsdagnacht toen hij terugkeerde van de Jakobi's... was jij nog op toen hij thuiskwam?'

'Pjotr Iljitsj was vaak laat thuis.'

'Hij hield van de nacht.'

'Ik zorgde dat ik klaarzat,' beaamde Sofronov met een glimlach. 'Meestal wat brood en kaas, een enkele keer iets warms. Glas port erbij. Gewoon samen in de keuken. Was hij ergens vol van, dan vertelde hij het een en ander. Over iets. Of iemand. Avontuurtjes.'

'Vond je dat niet moeilijk om te horen?'

Hij haalde zijn schouders op.

'De vroege ochtend is toegeeflijk. Die uren waren mij zo dierbaar. Hij en ik en verder niemand. Dan vond ik het alleen maar jammer als het licht werd. Iemands vertrouwen genieten, da's ook genegenheid.' Sofronov sloot zijn ogen alsof hij het nog even voor zich zag. 'Meer, denk ik, wezenlijker dan zo'n nachtelijke escapade.'

'En díé nacht?'

'Hij kwam rechtstreeks bij de Jakobi's vandaan. Rechtstreeks van de jaargenoten. Er was geen zinnig woord uit te krijgen.' Sofronov stond op, wond een zemen lap om zijn handen en tilde de pot met kokend water van de haak. 'Niks dan huilen. Hij was volledig overstuur.'

'Begreep je wat er aan de hand was?'

'Ik geloof dat hij dat zelf nog niet bevatte. Dat hij gecompromitteerd was, werd mij duidelijk. En dat hij berecht was door zijn vrienden, begreep ik ook. Hij had zelf eens aan zo'n berechting meegedaan, een jaar of tien geleden, toen ze een van de anderen om een vergrijp disciplineerden. Dat weet ik precies, ik bracht een paar maal koffie en een keer een broodmaaltijd. Daar kwam toen een boete aan te pas en een halfjaar ontheffing uit zijn functie, zogenaamd vrijwillig, een tijdelijke terugtreding, zelfopgelegd. Daarmee was de kous af. De bewijzen verdwenen onder tafel en klaar. Ik dacht, in mijn onnozelheid, dat het nu ook zo ongeveer zou gaan...'

'Wanneer wist je dat dat niet zo was?'

'Het is zo'n brij, die dagen.' Sofronov greep naar zijn hoofd. 'God, Kolja, het is zo groot, zo veel en alles door elkaar. Je moet het me niet vragen.'

'Wist jij dat hij gif in huis had?'

'Dat had hij niet. Er was geen gif. Er was in dit huis nooit gif. Eerst niet.'

'Waar is dat dan vandaan gekomen?' Ik greep de bediende bij zijn revers en duwde hem tegen het aanrecht. 'Heb jij het hem bezorgd?'

Sofronov sloeg mijn armen weg. Zijn ogen schoten vuur. Hij trok zijn hemd recht en ging verder met het vullen van de samowaar.

'Jakobi kwam met dat gif aanzetten,' zei hij uiteindelijk. 'Lev Bertenson moet het hem hebben toegestopt. Tenminste, dat vermoed ik. Het zat in een flesje. Hier stond het. Petja zette het op tafel.'

'Waarom heb je het niet afgepakt?'

'Ja, met die vraag kwel ik mezelf ook.' Hij zuchtte en keek rond alsof daar het antwoord lag. 'Maar ik had geen idee, toen niet. Hij zei dat er een medicijn in zat. Iets wat hij nodig had. Een gevaarlijk sterk middel. Omdat hij cholera zou krijgen, zei hij erbij. Hij wist het stellig. Heel binnenkort zou die ziekte hem te pakken krijgen, riep hij, vandaag of morgen al. Ik wuifde dat weg. Het was zo'n hypochonder, daar schreef ik zijn zenuwen aan toe. Dat kon hij toch soms hebben? Dan was elke bult een pok, ieder vlekje rodehond. Ik liet hem zijn onzin ratelen, zoals altijd, wachtte tot de hysterie zou zakken. Bij elk wondje was hij op zijn hoede voor gangreen. Maar nu denk ik: het heeft daar die nacht gewoon gestaan, die vuiligheid. Hier vóór me op tafel.... Met één haal had ik het kapot kunnen gooien!'

'Dus die hele onzin om te doen alsof het cholera was, komt niet van Modest?'

'Dat was hún plan, ze hadden een excuus nodig. Het mocht koste wat kost niet op zelfdoding lijken. Een oudstudent die zichzelf van het leven berooft, betekent dat zijn jaarclub heeft gefaald in hun verplichting om hem op te vangen. Dat tast net zo goed de eer aan van het uniform.'

'En een moord niet?'

'Niet als die geheim blijft.'

'Want iemand tot zoiets dwingen, ik noem dat moord.'

'Een moord, maar zonder daders.'

'Integendeel. Zeven daders zijn er en ik ken ze. Zij denken ermee weg te komen, maar ik hang het hoogstpersoonlijk aan de grote klok.'

'Nee,' sprak Sofronov stellig, 'dat doe jij niet.'

'Ik ben niet bang voor die lui. Wat heb ik met hun club te maken? Ze hebben hun bewijzen verbrand, wat kunnen ze me maken? En kóst het mij mijn naam en reputatie, is dat voor gerechtigheid niet een schappelijke prijs? Voor genoegdoening? Als dit bekend wordt, vinden die kerels in het hele land geen plek meer waar ze veilig zijn!'

'En jij dan? En Modest? Gaan zij eraan, dan barst het schandaal voor ieder van ons los. Precies wat Pjotr Iljitsj hoopte te voorkomen. Dan is hij dus zijn vreselijke dood voor niets gestorven, is dat dan wat je wilt?'

'Wat ik wil?' Ik sloeg met mijn vuist op tafel. 'Dat hij daar zo dadelijk door die deur komt. Ik wil dat hij ons omhelst en met ons meedrinkt. Dat hij bij ons komt zitten met nieuwe reisplannen. Dat hij zijn hemd optilt en jou een schaafwondje laat zien omdat hij vreest dat het zo'n zweer is als jij had opgelopen in San-Remo. Dat wij hem daarom uitlachen en alles weer is zoals het was.'

'En dat gaat niet gebeuren, nooit, al hang je ze met zijn allen aan de hoogste boom.' Hij greep mijn pols en dwong mij zijn mond te blijven lezen. 'Het enige wat je daarmee bereikt, is dat Petja's laatste wens teniet wordt gedaan, zijn hoop dat alles in de doofpot blijft.'

'Die leugens over Modest en mij? Die zijn van a tot z gefabriceerd! Waarom niet gewoon alles tegenspreken?'

'Wie zou hem hebben geloofd? De beschuldiging van Stenbok-Fermor viel met geen mogelijkheid te weerspreken. Aan dat schandaal gekoppeld wordt ieder verzinsel vanzelf waarheid. Ook die aantijging tegen Modest. Hoe je die ook nog zou ontkennen, mensen geloven alleen het slechtste. Het ergste horen ze, en verder luisteren ze niet.'

'Telt dan de waarheid helemaal niet?'

'Alleen de woorden tellen en wie ze het slimst gebruikt.'

Pas toen het al te laat was en Petja het gif al had gedronken, had hij Sofronov in vertrouwen genomen en verteld over het geheime beraad. De uitkomst daarvan schijnt, anders dan mevrouw Jakobi had begrepen, niet unaniem te zijn geweest.

Gerke en Gerard, die hem zo lief hadden gehad, konden het vonnis niet over hun hart verkrijgen zonder zich verder te beraden, en hadden zich vooralsnog van stemming onthouden. Die avond en de volgende dag was er dus nog hoop.

In afwachting van hun besluit vond de vertoning bij Leiner's plaats, enkel om het ongeduld van Jakobi te kalmeren, die een paar tafels verderop zat met de brief van Stenbok-Fermor in zijn zak. Het drinken van dat tafelwater uit die kan – goed zichtbaar voor de hele zaal – was een signaal aan hem geweest dat Pjotr Iljitsj zich zou neerleggen bij het oordeel, hoe dat ook zou uitpakken.

'Nu iedereen hem had zien drinken,' zei Sofronov, 'had de mythe van de cholera publiekelijk een voedingsbodem. Was het goed uitgepakt, dan hadden ze het erop gehouden dat het water van Leiner's veilig gekookt was, wat ook zo is. Pakte het verkeerd uit, dan was er ten overstaan van veel getuigen een verklaring... Nou ja, zo is het gegaan. Die donderdag. Pjotr Iljitsj zou die ochtend overleggen met Napravnik over de zesde symfonie. Hij wilde alles zo normaal mogelijk laten doorgaan, dus hij nam zijn partituur onder de arm en vertrok naar het Mariinski. Onderweg hebben ze hem opgewacht, Gerke en Gerard. In de tuinen van de Joesoepovs hebben ze hem aangesproken en het hem verteld... Dat ze niet anders konden. Dat het te gevaarlijk was voor iedereen. Dat zij zich aansloten bij de rest en het vonnis niet langer tegenhielden. Daarop heeft Petja rechtsomkeert gemaakt.'

'Dat was toen Sanja hem zag lopen over het Izaäkplein op weg naar huis, volledig in de war.'

'Volledig.'

'Toen kwam hij thuis en heeft jou alles verteld?'

'Welnee. Die middag pas. De krampen waren al begonnen. Een paar uur heb ik aan zijn bed gezeten met een emmertje. Als een krankzinnige probeerde het lichaam alles er nog uit te werken. Op het venijn na kwam het allemaal naar boven.'

Keihard sloeg Sofronov zich op de borst. En weer en nog eens, wel een keer of tien, steeds harder.

'Hij heeft mij laten zweren, Kolja!' schreeuwde hij. 'Hij had zo'n pijn, ik was bereid hem alles te beloven. Gezwóren heb ik er nooit over te zullen spreken en kijk nou eens: zelfs dát heb ik niet voor hem opgebracht.'

De bediende stond op. De thee was getrokken. Aan het aanrecht leegde hij het reservoir. Hij zei nog iets, maar ik kon hem niet lezen.

'Het enige wat ik nog niet begrijp...' zei ik toen hij de samowaar op tafel zette. 'Als ze elkaar altijd overal uit redden, die jaargenoten, waarom dan uitgerekend hém nu niet?'

'Omdat ze als de dood zijn!' Sofronov hield een kom onder de tuit en liet hem vollopen. 'Niet alleen Gerke en Gerard, er zijn er in die jaarclub meer zoals zij.'

'Daarin vergis je je,' zei ik stellig. 'Ze zijn vrijwel allemaal getrouwd.'

'Zoals ikzelf. En jij, Kolja, ben jij soms niet verloofd?'

'Dat is iets heel anders.'

'Exact.'

Hij roerde een paar scheppen suiker door de thee en gaf mij die.

'Met heel mijn ziel hou ik van Fanja,' verzekerde ik hem.

'Zoals mijn vrouw voor mij alles betekent. Natuurlijk is dat zo, zij is mijn redding en mijn leven, álles! En steekt iemand ooit een vinger naar haar uit, breek ik zijn botten. Maar al die liefde neemt niet weg, nietwaar, dat jij en ik niet altijd en overal onszelf kunnen zijn.'

'Geldt dat niet voor de meeste mensen?'

'Misschien, maar óns wacht Siberië.'

'En dat is waar ze bang voor zijn?'

'Een herhaling van wat er bij het Aleksandrinski is gebeurd. Dat het hele netwerk wordt opgerold.'

'Vier jaar geleden is dat een keer gebeurd...'

'En dat begon op dezelfde manier, een aanklacht vanuit hofkringen. Om de een of andere reden toonde de tsaar plots geen clementie en uit het niets, in één keer, zomaar op een ochtend: met zijn allen op transport. Geen afscheid van hun vrouwen en kinderen, niets, ze mochten niet eens meer eventjes naar huis om nog een extra wolletje te halen. In de boeien, op het plein voor het theater kaalgeschoren, boevenpakken aan en, hup, naar de kampen zonder dat er ooit een van is teruggekomen. Tweehonderd man. Doodgeknuppeld.'

'Dat kan ons gebeuren, ja. Zo leven wij. Is dat een reden om iemand uit de weg te ruimen?'

'Met blote handen distels plukken, dagenlang marcheren over de bevroren toendra tot een groep veroordeelden jou op een dag in handen krijgt en je gebroken achterlaat om dood te bloeden in de sneeuw... Denk na, Kolja, ieder van ons kan het overkomen, jou, mij, Modest. Als er een manier was om zo'n lot vóór te zijn... ik weet het niet, wat zou jij doen?'

'In elk geval zou ik nooit een ander het leven benemen in ruil voor het mijne.'

'En daarom benam Petja zichzélf het leven. Om dat van anderen te redden.'

'Ik kan niet geloven dat hij zoiets zou doen enkel omwille van een groepje studievrienden!'

'Daar durfden zij zelf ook niet op te vertrouwen. Dus hielden zij een stok achter de deur...'

'Die vermaledijde lasterbrief van juffrouw Jersjova.'

'Dat was hun verzekering dat hij de zaak nooit zou laten escaleren, want daarmee zouden niet alleen zijzelf eraan gaan en god-weet-hoeveel jongens van de Jurisprudentie nog meer, maar nu ook Modest en jij en ik zo goed als zeker, Bob, de Litkes, wie al niet, de hele vierde suite.'

Ik zweeg een tijd, lepelend door mijn thee. Starend in de kom hield ik de roering gaande, alsof op dat suikerwater mijn gedachten dreven. Naar een zin zocht ik tussen alles wat me duizelde, naar woorden die nog uitweg boden. Ik zag ze rondgaan, meegezogen in een draaikolk, een voor een ten onder.

Een stapel schriften, harde kaft, rood en groen gemarmerd. Ruggen gebonden in zwart linnen. Op elk een etiket geplakt, cahiers I tot en met XIX. Ieder met een jaartal. De jaren dat wij samen waren. Hier en daar, waar de gom was opgedroogd en brokkelde, liet al een hoekje los.

'Als je die nou eens doorbladert,' zei Sofronov terwijl hij ze voor mij op de keukentafel stapelde. 'Negentien stuks.'

Ik sloeg ze open en bekeek het handschrift.

'Modest is ze begonnen als een logboek van jouw vordering,' ging hij verder, 'om oefeningen te onthouden, schema's vast te leggen, maar gaandeweg... Het werd een manier om zijn gedachten op een rij te krijgen. Heregod, als hij te weten komt dat ik ze jou laat lezen, kan ik mijn biezen pakken!'

Beduimeld waren ze, getekend door ons leven onderweg: de kringen van een wijnglas, een pagina met inkt die in de zomerregen uitgelopen was, papier gebobbeld van het drogen in de zon. Als bladwijzers de rekening van een Romeinse osteria, het stompje van een treinbiljet, een vergeeld laissez-passer.

Ik zag hem weer zitten, zoveel jonger, ergens aan een tafeltje op een strandterras onder een gestreepte parasol, pennend over onze levens, terwijl ik aan het zwemmen was of balde met wat vissersjongens.

Altijd heb ik hem met deze schriften in de weer gezien: een krabbel over de voortgang van mijn lessen, korte observaties over de stand van hals, van kaak of lippen, over het rekken en ontspannen van de tongriem. En daartussen dus van allerlei over ons leven neergepend, vaak terwijl ik naast hem huiswerk zat te doen.

'God weet hoe het verdergaat,' verzuchtte Sofronov. 'Misschien is het laatste woord tussen jullie gezegd en komt er geen schrift meer bij. Maar dat is niet waar Pjotr Iljitsj op hoopte.'

Hij keek naar de pendule.

'Nu ligt hij erin, dunkt me. Iedereen heeft toch onderhand zijn knuistvol aarde wel over de kist gestrooid.'

Wij sloegen een kruis.

'Blader erdoorheen, lees hier en daar een stuk en ga dan nog eens bij jezelf te rade of Pjotr Iljitsj het verdient dat zijn geheim verraden wordt.'

Ik schoof de stapel naar me toe. Geen jaar dat wij met zijn allen hadden doorgebracht ontbrak, zelfs niet het huidige, de eerste maanden van dit jaar, alles bijgehouden tot aan onze breuk.

'Hoe het is geëindigd weten we allemaal nog wel,' zei Sofronov toen ik het wilde opslaan bij alle onenigheid. 'Maar hoe het begón, dat wordt zo gauw vergeten.'

Hij trok het onderste schrift uit de stapel en gaf het mij.

Dit was het eerste cahier, uit 1875, waarin Modest zijn komst naar Grankino beschreef.

*De jongen gezien*, begon hij. *Het zal niet meevallen.*

'Jij en ik kennen de volle waarheid, Kolja,' zei Sofronov. 'Bedenk of je een ander daarmee wilt belasten.'

Ik las: *Hij hoort niet, spreekt niet; lezen of schrijven kan hij evenmin. Van het hele concept taal geen notie.*

'Het is Modest geweest die jou heeft leren spreken,' zei de bediende voordat hij mij alleen liet. 'Het best mogelijke wat jij nu voor hem terug kunt doen, is zwijgen.'

Niets heeft mij ooit zo teleurgesteld als woorden.

# 32

## NOTITIES VAN MODEST
## [UIT: CAHIER XIX – 1893]

*Sint-Petersburg*
*9 november 1893*

Voorbij. We hebben het gedaan, vraag me niet hoe. Ik voel me Blondin op zijn laatste meters boven de Niagarawatervallen, verbijsterd dat het onbestaanbare nagenoeg volbracht is, en verlamd van angst juist op het nippertje nog naast het koord te stappen.

Eén keer vandaag heb ik gedacht dat wij er niet mee zouden wegkomen en dat was dankzij Kolja, de idioot. Als een bezopene dook hij op, uit het niets, midden op de Prospekt kort na ons vertrek uit de Kazan.

Je geeft je leven voor zo'n kind en dit is mijn beloning.

Ergens tussen de menigte stond hij op het laatste stuk van het parcours en uitgerekend daar – terwijl heel Petersburg uitgelopen was – besloot hij te gaan staan krijten; een bulkend blèren zoals vroeger.

Niet sinds onze kennismaking op Grankino heb ik hem zo gehoord, hooguit nog eens uit frustratie bij de Hugentoblers. In woede over zijn moeder nog een keer, maar daarna heb ik hem nooit meer zo onthand en onbeheerst gezien, onbereikbaar, verloren, een wanhoop zo krachtig en tegelijk zo machteloos. Alleen gerasp, een verschrikkelijk janken, grommend. Geen woord of begrip, niets zinnigs kon hij vinden.

Ik dacht dat de grond onder mij wegzakte.

'Dóór! Dóórlopen!' riep achter mij Jakobi, alsof de duivel hem aan zijn drietand wilde rijgen. 'Niet kijken, niks zeggen, dóór!'

Maar horen moest ik wel. En zoals de eerste keer sneed zijn eenzaamheid dwars door mijn ziel. Dan wil ik op hem toerennen en hem onder mijn jas laten kruipen, laten schuilen waar hij mijn hartenklop kan voelen. Hij is dan in paniek, en warmte, duisternis en regelmaat kalmeren hem.

Verwenst dat jong! De strijd die wij voeren om ons verdriet tot een goed eind te brengen. En dan voor het oog van de wereld zo tekeergaan!

'Wij zien niks, wij horen niks,' commandeerde Jakobi zijn manschappen.

God bewaar ons voor de kleine mens die macht geroken heeft.

'Lopen,' snauwde hij. 'Lopen, jongens. Mars!'

Aljosja Sofronov, die goeie vent, heeft ons hieruit gered. In twee sprongen stond hij tussen de toeschouwers en greep hij Kolja bij de lurven. Even was er een schermutseling, zoals zij als jongens stoeiden om de bal, twee tellen bloedernst en het was al over. Sofronov sloeg zijn arm om de onverlaat en leidde hem bij de stoet vandaan.

Hierna liep alles volgens schema, maar mijn gedachten... Ik kreeg ze niet meer in bedwang. Uit alle macht probeerde ik maar aan mijn broer te denken, hem voor me te zien, hem bewust te begeleiden op zijn laatste gang. Ik deed mijn best om mij het lichaam voor te stellen dat ons vooruitging in de kist. Maar in plaats van het gezicht dat daarin lag of zijn gevouwen vingers, in plaats van ingevallen oogkassen of de uitwaaierende blauwe vlekken op Petja's huid, kon ik de hele weg aan niets anders denken dan dat wij hem zonder verdere verstoring de grond in moesten zien te krijgen.

Was de Nevski Prospekt altijd al zo eindeloos?

En dan: hoe vaak kan één lijk worden gezegend? God weet dat Petja het gebruiken kan, maar toch: komen we bij het klooster aan, staat daar wéér een legertje staretsen met een pope in de aanslag om de dode te bewieroken.

Bij elk gebed, iedere keer dat ze met zijn allen de ziel van de overledene aan de Heer onze God aanbevalen, kon ik alleen maar denken: goedbedoeld, maar er bestaan op de wereld niet genoeg gebeden die mijn broer zo dadelijk aan de hemelpoort nog kunnen helpen. Hij mag dan in gewijde grond worden neergelaten, dat neemt niet weg dat hij daar niet hoort. Scherven, vuurstenen en keien had hij verdiend, zoals Ophelia en ieder die door eigen hand gestorven is.

Tegen de tijd dat wij het open graf bereikten, had de menigte het kerkhof overspoeld. Zo ver als je kijken kon namen mensen zerken in als waren het parterrestoelen. Op de daken van de mausolea zat volk, benen bungelden van boomtakken. Op de graven van Moessorgski, Glinka en Borodin, Petja's buren vanaf nu tot in de eeuwigheid, leek het wel marktdag.

Van de toespraken, vast gemeend, drong een enkel woord slechts tot mij door, geen dieper dan die van Vladimir Gerard. Hij stond nergens als spreker gepland, maar drong in een impuls naar voren. En Jakobi's protesten ten spijt liet Petja's oude vlam zich niet meer bij de kist wegslaan.

Gerard sprak met een verontrustend vuur dat veel van de aanwezigen tot tranen bracht. Aan het einde stortte de arme jongen in en moest door zijn jaargenoten worden weggedragen.

Thuis – ik had de voordeur nog niet achter me dicht – liep het leven uit mij weg. Heel eigenaardig, ik voelde het gebeuren: beneden in de hal stond ik en ik begon, mijn laatste zenuwkracht verbruikt, over mijn hele lijf te trillen.

Als een oude vent was mij de klim naar boven te veel. Ik ging wel op weg, maar na een paar treden moest ik de leuning vastgrijpen. Ik dacht dat ik door mijn knieën zou zakken. Of nee, dat gebeurde ook.

De conciërge schoot uit zijn hok onder de trap tevoorschijn en bood aan mij in zijn armen naar boven te dragen. Ik sloeg dit beleefd af, want ik zag hem vanochtend al met een fles onder zijn arm en onderhand was hij zo in de lorum dat we meer kans hadden om de trap op te komen als ík hém had getild.

Hierop kwam hij met een stoel aanzetten.

'Goed,' zei ik, 'heel even zitten dan', maar tien minuten later zat ik nóg.

Morgen, dacht ik, maak ik een begin met Petja's brieven. Eerst ze bijeen zien te krijgen; een lijst opstellen van iedereen met wie hij ook maar kán hebben gecorrespondeerd. Stap twee: die mensen allemaal zien op te sporen, niet alleen in ons land maar door heel Europa, en ze aanschrijven met het verzoek de brieven die hij aan ze richtte af te staan ten behoeve van een archief dat ik zal oprichten.

Het huis in Klin lijkt mij hiervoor geschikt. Daar

was hij gelukkig. Twee verdiepingen, mooi ruim. Ik zal Sakharov, die het hem sinds vorig jaar verhuurde, schrijven met de vraag of wij het, zodra de erfenis vrijkomt, kunnen kopen.

Tot mijn verrassing bood Aljosja Sofronov aan hierin met mij te investeren. 'Ik heb gespaard,' zei hij. 'Heus geen groot bedrag. Dat kan ook moeilijk van een salaris als het mijne, nietwaar? Maar toch. Met het oog op de toekomst heb ik elke week wat opzijgelegd en over al die jaren... In Sint-Petersburg wil ik niet blijven. De mensen hier en wat er speelt... Maar in Klin zouden wij het huis tot een monument kunnen maken, een plaats om hem te gedenken, een museum voor mijnheer. U en ik en alles wat van hem geweest is. Ik kan de mensen binnenlaten. Ik kan ze over hem vertellen.'

Hij meende het.

Ik voel ervoor.

De brieven, de partituren, elk handschrift dat wij boven water kunnen krijgen. Eenmaal onder mijn beheer zuiver ik ze van elke smet, alle bijzaken die niemand iets aangaan. Alleen de schoonheid die Petja voortbracht mag ons uiteindelijk overleven. Een archief waarin zijn kunstenaarschap centraal zal staan, zonder nadruk op het menselijk lijden en falen. Eens en voor altijd vast te leggen wie mijn broer is. Was. Had kunnen zijn. De toekomst te vertellen wie hij is geweest, daar ligt misschien een verder leven.

Kóm ik uiteindelijk boven, zit Kolja daar!

Alsof het zíjn huis is, vertelt hij me dat hij Sofronov de rest van de dag vrijaf gegeven heeft omdat het, godhoumetegen, 'nu eenmaal voor ons allemaal een zware dag is geweest'.

Trekt hij een fles open en schenkt me een borrel in.

Neemt er zelf ook een, toost op Petja's ziel en slaat alles in één teug achterover.

Dan vind ik het moeilijk, hoor, dat hij geen tien meer is en ik hem geen oorvijg kan geven.

'Je gaat me nou in godsnaam toch niet weer onderwerpen aan een van je derdegraads verhoren?' begon ik. 'Dat duikt overal maar op de hele tijd, bij voorkeur als mijn hoofd er niet naar staat, en dan kom je met allerlei vragen waarop ik het antwoord niet weet en weet ik het wel, dan geloof je me niet.'

'Geen vragen meer.' Kolja hief zijn hand als bij een eedaflegging. 'Ik weet alles wat ik weten moet.'

'Dan weet je meer dan ik,' spotte ik, want mij brandde nog wel een en ander op de lippen. Wat die vertoning van hem op de Nevski Prospekt te betekenen had, bijvoorbeeld. Maar ik zeg niets, want vanaf dag één heb ik me aangewend hem buiten de lessen nooit te wijzen op zijn blunders.

Hoe hij tegenover anderen ook is afgegaan of voor wie hij zich die eerste jaren met zijn stuntelend gestamel soms ook voor schut zette, onvoorwaardelijk heb ik altijd zijn kant gekozen. Die jongen deed immers het uiterste. Zijn kleinste stap vooruit heb ik geprezen, elke terugval genegeerd. Als een vroedvrouw die lang voordat het hoofdje is te zien, aanspoort om maar moedig door te persen, heb ik elk onnozel woordje, hoe gehakkeld ook, met lofprijzing de wereld in geholpen. En lukte het hem niet, zoals aanvankelijk negen keren van de tien, zich ook maar enigszins begrijpelijk te maken, dan voerde ik zo onnadrukkelijk en vanzelfsprekend mogelijk de misgeboorten af, hem ondertussen prijzend voor zijn volharding en zijn durf.

Zijn gêne heb ik altijd ervaren als de mijne. Bij stompzinnige reacties van mensen die hem niet verstaan – van lachen om zijn ongeluk tot woede omdat hij met zijn haspelen hun tijd verspilt – krimpt mijn maag ineen.

Zelfs vanmiddag, hoe ik hem ondertussen ook verwenst heb; op zo'n moment wil ik alleen maar dat hij zijn stem vindt. Daarin is in al die achttien jaren niets veranderd. 'Borst ontspannen,' wil ik roepen, 'laag ademen, middenrif aantrekken, zoek je ademsteun, nekspieren los, spanning op de keelspieren, tong in de aanslag, lippen los!' Dat niemand van hem schrikt, loop ik ondertussen te bidden. Dat geen mens hem begint na te doen of aanvliegt, wat ook weleens gebeurd is wanneer iemand schrok van zijn gebrul. In een restaurant hebben wij ooit meegemaakt dat een ober die Kolja hoorde grommelen en grauwen luid schreeuwend de duivel begon uit te drijven.

Hoe ik mij in het verleden af en toe ook schaamde, niet één keer ben ik de jongen afgevallen. Nooit. En vandaag is er de dag niet naar om daar alsnog mee te beginnen. Over het voorval op de Prospekt zweeg ik dus in alle toonaarden, al las Kolja moeiteloos dat het mij op de lippen lag.

'Het is misschien niet altijd nodig elk detail te kennen,' ging hij verder en hij zwoer dat hij naar de toedracht rond Petja's dood niet verder zou peuren. 'Het moet toch mogelijk zijn, Modja, denk je niet, een zaak te laten rusten zonder dat je hem volledig hebt begrepen.'

Ik haat het als hij volwassener klinkt dan ik.

Hij schonk zichzelf nog maar een keer in en hief zijn glas nog eens, ten teken dat ik hem dit keer niet alleen mocht laten drinken.

Ik dronk.

Er is geschreeuwd. Nu is het stil. We wachten op de echo. De tijd, de afstand. Er gaat altijd iets verloren.

Hij schoof voor de haard op de grond, kleermakerszit, pook in de hand, en gluurde door het luikje naar de vlammen alsof het een hele studie was.

Ik ken niemand die op die manier het vuur opport.

'Ik denk dat het Petja rust zou hebben gegeven,' zei hij, 'het idee dat wij hier vanavond samen zouden zitten.'

Warmte rolde door de kamer, het laaien zette alles in een gloed, die bijna pijn deed na alle kou die ik urenlang had lopen lijden.

Dát zal het zijn geweest wat mij daarnet beneden toen ik binnenkwam deed wankelen: de overgang met buiten is te groot. Zelfs nu trok ik maar langzaam bij. Mijn vingers tintelden, het bloed begon weer door mijn huid te stromen. Ik schopte mijn schoenen uit en probeerde mijn tenen.

Kolja keek hoe ik ze kneedde en heen en weer bewoog.

'Zal ik je voeten warm wrijven?'

'Nee!' riep ik meteen, maar dat begreep hij wel.

'Je hebt gelijk. Natuurlijk niet,' zei hij. 'Het is alleen... ik zit hier zo. Is dat niet gek? Alsof ik ze nog zó zou kunnen beetpakken. Ik zit hier en ik zie jou zo... Hoe vaak hebben wij niet zo gezeten?'

Het meest ergerlijke aan een dove is dat je geen moment zijn blik kunt mijden, niet als je wilt dat hij je verstaat.

Ik stond op en greep de fles want ik liep op zijn minst een ronde achter.

'Je kan blijven,' zei ik, 'maar verder niks.'

De jongen dacht even na en knikte.

De rest van de avond hebben wij geen woord gewisseld. Na een tijdje werd het koud en ben ik bij hem op de grond gaan zitten.

# Nawoord

De ereraad vond plaats in de studeerkamer van de Jakobi's aan de Kolpinskajastraat nummer 11 in Tsarskoje Selo, waarschijnlijk op de dinsdag voor Pjotr Iljitsj' dood. Hij werd die avond berecht door zeven van zijn jaargenoten uit de klas van 1859, de twintigste die afstudeerde aan de School voor Jurisprudentie.

**Jelizaveta Karlovna, mevrouw Jakobi**, zat ondertussen op haar vaste plek naast de deur van de studeerkamer te handwerken. Zij zag en hoorde, zoals beschreven, veel van wat daar voorviel. Na afloop vertrouwde haar man haar de details toe over de brief van graaf Stenbok-Fermor. Pas na het overlijden van haar echtgenoot heeft zij hierover verteld.

Mevrouw Jakobi's verhaal komt overeen met dat van anderen, zoals Tsjaikovski's schoonzuster Olga Sergejevna, die deze toedracht – meestal pas op het einde van hun leven – hebben opgebiecht. De naam Jakobi werd volgens hen binnen de familie nog tot midden vorige eeuw met afkeer uitgesproken, omdat hij de kwade genius zou zijn geweest achter 'de moord op Tsjaikovski'.

**Dokter Hugentobler en zijn vrouw Rosa** hebben hun succesvolle 'oralistische' methode (waarbij gebarentaal taboe is) voortgezet in het Institut Jacques Hugentobler, vandaag de dag onderdeel van Le Centre Gallieni te Lyon. Daar gaf het echtpaar les aan zowel dove, dove en niet sprekende, als blinde kinderen, onder wie uiteindelijk ook – zoals van meet af aan hun droom was – velen uit armlastige gezinnen.

Kolja Konradi's wonderbaarlijke spraakontwikkeling blijft – ongetwijfeld dankzij Modests niet-aflatende pedagogische toewijding – een van hun opmerkelijkste successen.

De weergegeven oefeningen komen direct uit Hugentoblers leerboek.

**Kolja** huwde kort na de beschreven voorvallen. De brief die hij van Petja kreeg, een laatste bemiddelingspoging, schreef Tsjaikovski op de dag dat hij onwel werd. De fragmenten die zijn gebruikt, zijn mijn woorden. Enkele jaren later werd de innige vriendschap met Modest volledig hersteld. Kolja leefde van de opbrengst van zijn land, in volle overgave aan zijn passie voor studeren, en leidde een gelukkig gezinsleven, waaraan – zoals voor zovelen – abrupt een einde kwam met de komst van de bolsjewieken.

**Aljosja Sofronov**, die in 1877 als tiener in dienst kwam bij Pjotr Iljitsj, ontving een aanzienlijk deel van diens erfenis. Hiermee kocht hij het huis in Klin, dat hij voor vijftig roebel per maand verhuurde aan Modest, die er het Tsjaikovski Museum en Archief vestigde.

Nadat zijn eerste bruid zich voor het altaar had bedacht, huwde Sofronov alsnog. Tweemaal zelfs.

**Modest Tsjaikovski** verzamelde als museumdirecteur in Klin alle documenten die er van en over zijn broer bekend waren, waaronder zevenduizend brieven, die hij kopieerde en rubriceerde, maar ook redigeerde en kuiste. Seksueel al te expliciete passages – waarvan er nogal wat waren – werden door hem onleesbaar gemaakt. Later ging de Sovjetregering nog eens ruimhartig met zwarte lak door de resterende tekst. Desondanks blijft daarin de expliciet homoseksuele levensstijl van Pjotr Iljitsj overeind.

Modest schreef Petja's biografie in drie dikke delen waarin hij kundig diens aard omzeilt en zijn versie van diens dood heeft vastgelegd. Hij schreef nog diverse operalibretti voor onder andere Napravnik en Rachmaninov en vertaalde veel en verdienstelijk, met name werk van William Shakespeare.

Uiteindelijk begon Modest zijn levensnotities uit te werken tot een autobiografie. Het manuscript hiervan werd nooit gepubliceerd, maar wel bewaard. Daarin is hij juist onverklaarbaar open over het liefdesleven van zijn broer en van hemzelf.

**Bob Davidov** wijdde eveneens de rest van zijn leven aan de nalatenschap van Pjotr Iljitsj, die zijn oom was en zijn geliefde. Bobs aanwezigheid bij diens gruwelijke sterfbed en het onrecht van alle ontwikkelingen daaromtrent hadden hem echter zo getekend dat hij zich in Klin op vierendertigjarige leeftijd door het hoofd schoot.

**Sergej Pavlovitsj Diaghilev** stond als een van de eersten naast de dode Tsjaikovski.

De latere oprichter van de Ballets Russes, minnaar van Vaslav Nijinski (en protagonist in mijn roman en toneelstuk *Vaslav*), was op dat moment een beginnend componist en zanger.

Hij tilde 'djadja Petja', oom Petja, zoals hij Tsjaikovski noemde, van diens sterfbed op de tafel en begon nog diezelfde dag, geïnspireerd door het verlies, aan de genoemde sonate. Van de vele honderden rouwkransen was die van Diaghilev de enige die van het sterfbed tot aan het graf aan de voeten van het dode lichaam heeft gelegen.

*

Groothertog Konstantin Konstantinovitsj, de kleinzoon van tsaar Nicolaas de Eerste, vader van negen kinderen, heeft uitgebreid geschreven over zijn vele homoseksuele avonturen in het leger, de mannenbordelen en badhuizen van Sint-Petersburg, onder andere die bij de Pevtsjeskibrug.

Ook Michail Koezmin geeft in *Op vleugels* (1906), de eerste Russische roman over homoseksualiteit, precieze details over de Petersburgse baden.

Nadezjda von Meck, in deze roman slechts zijdelings genoemd, was vele jaren Tsjaikovski's mecenas. Zij schreven elkaar twaalfhonderd brieven. Zij bezocht zijn concerten, maar heeft hem nooit ontmoet. De ware reden dat zij zijn subsidie ineens stopzette, heeft Pjotr Iljitsj nooit kunnen achterhalen. Hoewel zij al drie jaar zijn brieven ongeopend terugstuurde, greep zijn dood haar zozeer aan dat zij hem slechts enkele maanden overleefde.

Tijdens Tsjaikovski's leven hield men in het Russische Keizerrijk de juliaanse kalender aan. Deze liep twaalf dagen achter bij de gregoriaanse kalender die in de meeste andere landen gold. De Tsjaikovski's gebruikten, zeker op hun reizen, beide tellingen door elkaar, maar niet accuraat of consequent. Omwille van de begrijpelijkheid wordt in deze roman waar mogelijk de westerse en hedendaagse dagtelling gebruikt.

*

In deze roman heb ik geprobeerd, uitgaande van de nu bekende voorvallen en gegevens, de aanloop naar Tsjaikovski's dood te reconstrueren zoals die mij het meest aannemelijk lijkt.

Ik maak daarvoor mijn excuses aan Modest, die altijd is blijven volhouden dat zijn broer aan cholera stierf. Dat de strenge maatregelen rond deze ziekte noch door hem, noch door de artsen of de overheid in acht zijn genomen, heeft niemand afdoende kunnen verklaren. (Het genoemde regeringsbulletin is authentiek en de regels werden in alle andere gevallen strikt gevolgd.) Dit vormde voor velen direct al het bewijs dat de ziekte een verzinsel was, zoals voor Nikolaj Rimski-Korsakov, die zag hoe men 'het choleraslachtoffer' zelfs op het gezicht kuste.

Alle twijfels hierover die in het boek worden genoemd, ontstonden ogenblikkelijk na overlijden. Meteen de volgende dag al meldden de kranten in Sint-Petersburg dat de tegenstrijdigste berichten betreffende de doodsoorzaak de ronde deden.

Hierop publiceerde zowel Modest als dokter Lev Bertenson een eigen verslag van de gebeurtenissen. Deze verschillen op zoveel belangrijke punten dat het vermoeden dat de ziekte was verzonnen alleen maar verder werd gevoed.

Ook de medische rapporten zijn inconsistent en getuigen spreken elkaar tegen. Modest zelf schiep nog eens verdere verwarring door verschillende momenten en plekken te noemen waarop zijn broer het besmette water zou hebben gedronken. Of het glas nu werd gedronken bij restaurant Leiner's (Nevski Prospekt 18, nu een Burger King) of de volgende dag thuis in de keuken, in beide gevallen volgde de dood daarop te snel om aan een cholerabesmetting te kunnen worden toegeschreven.

Niettegenstaande alle twijfels over de choleratheorie wordt deze door velen, met name in Rusland maar ook daarbuiten, nog voor waar aangenomen. De mogelijkheid van zelfmoord wordt daarbij afgedaan als onzin. Soms gebeurt dit met opmerkelijke felheid, alsof er nog altijd iets van afhangt.

Overigens wordt ook de – onomstotelijk bewezen en breed gedocumenteerde – homoseksualiteit van de broers Tsjaikovski in hun geboorteland niet algemeen erkend en niet zelden op eenzelfde wijze aangevochten. Sterker, in 2013 verklaarde de Russische minister van Cultuur officieel het tegendeel en financierde van staatswege een speelfilm waarin Pjotr Iljitsj' heteroseksualiteit gevierd diende te worden. In juni van datzelfde jaar ondertekende president Vladimir Poetin een wet die het, zogenaamd ter bescherming van de jeugd, strafbaar maakt homoseksuele relaties als die van de broers Tsjaikovski te 'propageren'.

Hierdoor staat de lgbt-gemeenschap in de Russische Federatie op dit moment aan actievere en agressievere vervolging, openlijker bedreiging en intimidatie alsook aan grotere gevaren bloot dan in Tsjaikovski's tijd. Dit jaar nog werd het bestaan bekend van kampen in Tsjetsjenië waar mannen vanwege hun geaardheid worden geïnterneerd, gemarteld en gedood.

*

Het Tchaikovsky Research Project, sinds 2006 online, is een onmisbare en overzichtelijke bron van informatie geweest. Daarnaast heb ik me voor deze roman gebaseerd op tal van geschreven bronnen. Om te beginnen natuurlijk *Het leven en de brieven van Tsjaikovski*, verzameld en geredigeerd door Modest.

Van de overige noem ik graag Anthony Holdens *Tchaikovsky. A Biography*, John Warracks *Tchaikovsky* en Nina Berberova's *Tsjaikovski* (bij De Arbeiderspers verschenen in de reeks 'Open Domein'). David Brown schreef zowel *Tchaikovsky Remembered* als, in vier delen, *Tchaikovsky. A Biographical and Critical Study*. Alexander Poznansky heeft met *Tchaikovsky. The Quest for the In-*

*ner Man* veel gedaan om het stilzwijgen over de doodsoorzaak en de homoseksualiteit van de Tsjaikovski's te doorbreken. In *Tchaikovsky and His World*, een verzameling essays over de componist door diverse experts, verzameld door Leslie Kearney, doet dezelfde Poznansky een poging gecensureerde passages in de brieven van Pjotr en Modest te reconstrueren.

Ik heb dankbaar gebruikgemaakt van Diaghilevs beschrijving van zijn aandeel in de sterfdag zoals opgenomen in Sjeng Scheijens *Sergej Diaghilev. Een leven voor de kunst*. Peter Stonely wijst in *A Queer History of the Ballet* op de onderliggende betekenis van de zwanen en hun nachtelijk leven rond het meer.

Zoals vaker begon mijn zoektocht naar relevante titels ook dit keer bij Aleph aan de Oudegracht te Utrecht, waar boekhandelaar Paul van den Hoven me over ieder nieuw onderwerp altijd meer blijkt te kunnen vertellen dan ik op dat moment weet.

Over de door de eeuwen voortschrijdende en steeds veranderende visies op het onderwijs voor doven las ik – dankzij Martijn Kamphuis – enkele studies, waaronder *Anders doof zijn* van C. Tijsseling, *Bevrijdend Gebaar* van H. Betten, *Doorbroken stilte* van S. Derks en *Verhaal halen bij doven* door P. van Veen. De dove en blinde schrijfster en taalkundige Helen Keller, in haar tijd een fenomeen, beschreef knap hoe zij door middel van handoplegging had kunnen genieten van een radio-uitzending van Beethovens negende symfonie.

Ik gebruik de term doofstom in zijn historische context. In Kolja's tijd bestond er geen alternatief. Nog steeds kent de Nederlandse taal geen ander woord dat de lading van Kolja's aanvankelijke toestand volledig dekt. Wie de twee volstrekt verschillende betekenissen van het Nederlandse woord stom verwart, begaat een taalkundige vergissing. Desalniettemin is het wenselijk de term in het hedendaags taalgebruik waar mogelijk te vermijden en te bedenken dat de meeste doven, ook wanneer ze niet spreken, wel degelijk communiceren.

*

Ik ben de doventolk-vertaler Martijn Kamphuis, die als ervaringsdeskundige input gaf en meelas, veel dank verschuldigd. Zijn beschrijving van de constante fysieke en emotionele inspanning om te begrijpen en begrepen te worden, was onmisbaar. Mijn bijzondere dank gaat ook uit naar Janine van den Ende, Michelle da Rocha, Christiaan Kuyvenhoven en Margreet Ruardi, die meelazen of -luisterden, evenals – zoals altijd – naar Lex Jansen en Benjamin Moser voor hun nooit aflatende steun en liefde.

Al meer dan twintig jaar, vanaf mijn allereerste publicatie, is Peter Nijssen mijn redacteur. Dit moment wil ik aangrijpen om hem een keer nadrukkelijk te bedanken voor de lange en waardevolle samenwerking.

# Dramatis personae

**Kolja**, Nikolaj Hermanovitsj **Konradi** (1868-1922)
**Modest** (Modja) Iljitsj **Tsjaikovski** (1850-1916) Kolja's leraar
**Petja**, Pjotr Iljitsj **Tsjaikovski** (1840-1893) de componist, Modests oudere broer

**Aljosja**, Aleksej Ivanovitsj **Sofronov** (1859-1925) Petja's bediende
**Sofja** Aleksandrovna **Jersjova** (1848-?) Kolja's gouvernante

IN SINT-PETERSBURG

**Bob**, Vladimir Lvovitsj **Davidov** (1871-1906)
**Sanja**, graaf Aleksander Nikolajevitsj **Litke** (1868-1912)
**Koka**, graaf Konstantin Nikolajevitsj **Litke** (1873-1915)

**Sergej** Pavlovitsj **Diaghilev** (1872-1929)
**Jelizaveta** Karlovna **Jakobi**-Ganzen(1841-?)

**Dokter Vasilji** Bernardovitsj **Bertenson** (1853-1933) Tsjaikovski's lijfarts
**Dokter Lev** Bernardovitsj **Bertenson** (1850-1929) lijfarts van de tsaar
**Ljoeba** Antonovskaja (1863-1917) studente medicijnen

OP GRANKINO

**Alina** Ivanovna **Konradi**-Meyer [hertrouwd: Brjoellova] (1849-1932) Kolja's moeder
**Herman** Karlovitsj **Konradi** (1833-1882) Kolja's vader
**Fanja** Androesisjin (1869-1917) dochter van de rentmeester

IN LYON

**Dokter Jacques Hugentobler** (1844-1924)
**Rosa Hugentobler**-Zuberbühler (?-1925)
**Misja** Semjonovitsj **Antonovski** (1869-?) Ljoeba's broer

IN ROME

**Prins** Aleksej Vasiljevitsj **Goljitsin** (1832-1901)
**Nikolaj** Vasiljevitsj **Masalitinov** (?-1884)

STUDIEGENOTEN AAN DE SCHOOL VOOR JURISPRUDENTIE, KLAS VAN 1859

**Nikolaj** Borisovitsj **Jakobi** (1839-1902)
**Vladimir** Nikolajevitsj **Gerard** (1839-1903)
**August** Antonovitsj **Gerke** (1841-1902)
**Nikolaj** Nikolajevitsj **Schreiber** (1839-?)
**Aleksej** Vasiljevitsj **Belostotski** (1839-1900)
**Boris** Aleksandrovitsj **Brovtsin** (1839-?)
**Ivan** Nikolajevitsj **Toertsjaninov** (1839-1910)
**Vladimir** Pavlovitsj **Mordvinov** (1838-1908)

*Alles voor het uniform.* De School voor Jurisprudentie. Op de eerste rij, recht voor de man met de strik, zit Pjotr Iljitsj Tsjaikovski, hand in hand met Vladimir Gerard.